CASSIDY'S GIRL

David Goodis est originaire d'une famille juive de Philadelphie où il demeurera presque toute sa vie. Il est mort en 1967, à 50 ans. Il commença par écrire des feuilletons pour des magazines populaires avant de devenir reporter. Il aimait la boxe et les femmes plantureuses, indiennes ou noires de préférence. Il était l'ami d'Henry Miller. Miné par la maladie, Goodis connaissait parfaitement le monde des paumés peuplant les docks de Philadelphie. Il y vivait, déguisé en clochard, pour mieux s'inspirer de la réalité. Au-delà du sordide, Goodis fait toujours transparaître la tendresse et la chaleur humaine; elles servent de rempart même dérisoire contre la solitude et la mort.
Parmi ses œuvres, Descente aux enfers, Cauchemar, Cassidy's girl, Epaves, L'Allumette facile, La Garce, Vendredi 13, Obsession *et* Sans espoir de retour *sont publiées en français. Plusieurs de ses romans ont inspiré les cinéastes :* Tirez sur le pianiste *de Truffaut,* Les Passagers de la nuit, Le Casse *d'Henri Verneuil,* La Course du lièvre à travers les champs *de René Clément. C'est Jean-Jacques Beinex, le grand réalisateur de* Diva, *qui a mis en scène* La Lune dans le caniveau *avec Gérard Depardieu et Nastasia Kinski. Longtemps classé parmi les grands du polar, David Goodis est maintenant considéré comme l'un des maîtres de la littérature américaine.*

La femme de Cassidy le provoque, l'insulte, se soûle en sa compagnie et n'hésite pas à le frapper. Elle va même jusqu'à s'associer avec son pire ennemi.
Cassidy veut la quitter, voire la tuer. C'est peut-être à cause d'elle qu'il se retrouve traqué par les flics, c'est sans doute pour elle qu'il doit affronter la mort. Mais elle, que fera-t-elle quand elle se trouvera une dernière fois face à lui ?

ŒUVRES DE DAVID GOODIS

Dans Le Livre de Poche :

LA POLICE EST ACCUSÉE.
LA LUNE DANS LE CANIVEAU.

DAVID GOODIS

Cassidy's Girl

TRADUIT DE L'AMÉRICAIN
PAR JEAN-PAUL GRATIAS

FAYARD

Cet ouvrage est la traduction du livre :

CASSIDY'S GIRL

1

Il pleuvait à verse sur Philadelphie. Au volant de son autocar, Cassidy se frayait un chemin dans les encombrements de Market Street. Il détestait emprunter cette rue le samedi soir, jour de circulation intense, particulièrement en avril lorsqu'il pleuvait à torrents et que les flics, excédés, passaient leur hargne sur les chauffeurs de taxis et les conducteurs de cars. Cassidy les plaignait un peu, et quand l'un d'eux se mettait à l'invectiver et à le fusiller du regard, il se contentait de hausser les épaules en un geste d'impuissance. Ce n'était pas une partie de plaisir, pour eux, de régler la circulation à un carrefour pareil, mais ce n'en était pas une non plus de conduire un autocar comme le sien. Car c'était vraiment un véhicule lamentable, une vieille mécanique fatiguée dont la transmission renâclait au moindre effort.

Il appartenait à une petite compagnie, installée dans Arch Street, qui ne possédait que trois autocars. Tous les jours, les trois cars allaient jusqu'à Easton, vers le nord, avant de revenir à Philadelphie. Faire la navette entre Easton et Philadelphie était une corvée monotone, mais Cassidy avait terriblement besoin de cet emploi, et un homme ayant des antécédents comme les siens avait toujours du mal à trouver du travail.

La paie mise à part, c'était très important pour son équilibre de faire un métier de ce genre. En gardant les yeux fixés sur la route, et l'esprit concentré sur son volant, il se construisait une sorte de barrière défensive qui le protégeait des catastrophes, qu'elles viennent de l'extérieur ou bien de lui-même.

Le car quitta Market Street, remonta vers Arch Street sous la pluie battante et pénétra dans le dépôt. S'extirpant de son siège, Cassidy ouvrit la porte et resta près de la sortie pour aider les passagers à descendre. Il avait pris l'habitude de scruter les visages des voyageurs quand ils sortaient du car, essayant de deviner leurs pensées, leur façon de vivre. Les vieilles femmes, les jeunes filles, les gros hommes aux sourcils froncés, aux bajoues pendantes, les jeunes gens au regard morne et vide, qui semblaient ne rien voir. Cassidy examinait leurs visages et il croyait savoir d'où venaient leurs problèmes : c'est qu'ils menaient tous une existence très banale et qu'ils n'avaient aucune idée de ce que cela pouvait représenter que d'être vraiment dans le pétrin. Lui, Cassidy, il aurait pu le leur apprendre. Il était sacrément bien placé pour ça.

Les derniers passagers descendirent du car; Cassidy traversa la salle d'attente étroite et humide et alluma une cigarette avant d'aller remettre le compte rendu de son trajet au contrôleur. Il sortit du dépôt et prit un tramway qui descendait Arch Street, vers l'est et le fleuve, vers le Delaware aux eaux sinistres, puissantes et sombres. Il habitait, près du Delaware, un appartement de trois pièces dont les fenêtres donnaient sur Dock Street, les quais et le fleuve.

Cassidy descendit du tram, courut jusqu'au kiosque à journaux du coin de la rue et acheta un journal. Il le tint incliné au-dessus de sa tête pour se protéger de la pluie et, pressant le pas, se dirigea vers chez lui. L'enseigne au néon d'un petit bar accrocha son regard et il fut tenté d'aller prendre un verre. Mais il changea d'avis; pour le moment, il avait surtout besoin de manger quelque chose. Il était neuf heures et demie, et il était à jeun depuis midi. Il aurait dû dîner à Easton, mais un petit génie de la compagnie avait brusquement modifié l'horaire et Cassidy était le seul chauffeur disponible à ce moment-là. C'était le genre de choses qui lui tombaient sans arrêt sur le dos et qui faisaient partie des bonnes surprises qui vous attendent quand vous travaillez pour une compagnie de seconde zone.

Il pleuvait à torrents et il dut se mettre à courir. Il lâcha le journal qui s'envola sous la pluie, poussa une pointe de vitesse et se jeta dans l'entrée de l'immeuble. Il était à bout de souffle et passablement trempé. Mais maintenant, c'était bon d'être à l'intérieur et de monter l'escalier qui menait chez lui.

Il prit le couloir, ouvrit la porte de l'appartement et entra. Regardant autour de lui, il se figea aussitôt. Puis il cligna des yeux plusieurs fois. Et il reprit son examen.

La pièce était complètement sens dessus dessous, comme si elle avait été prise dans un tourbillon. Presque tous les meubles étaient renversés et le canapé avait été projeté contre le mur avec assez de force pour faire tomber une grosse plaque de plâtre et laisser un trou béant dans la paroi. Une petite table était retournée. Deux des chaises n'avaient plus de pieds. Des bouteilles de whisky, vides pour la plupart, et dont certaines étaient brisées, étaient éparpillées dans toute la pièce. Il examina longuement la scène. Puis son regard bondit. Il y avait du sang sur le sol.

Plusieurs petites mares de sang, avec quelques traînées çà et là. Il avait séché, mais sa surface était encore luisante, et ce fut comme si un poignard incandescent se plantait dans le cerveau de Cassidy. Il pensa aussitôt que c'était le sang de Mildred. Il était arrivé quelque chose à Mildred!

Combien de fois il l'avait avertie de ne pas inviter des gens à boire chez eux pendant qu'il était sur la route! Ils s'étaient souvent disputés à ce sujet-là. Ils s'étaient affrontés avec rage; parfois même physiquement, mais il avait toujours eu le sentiment qu'il n'aurait jamais le dernier mot. Au fond de lui, Cassidy savait qu'il ne faisait que récolter ce qu'il avait semé. Mildred était une bête sauvage, un paquet de dynamite vivante qui explosait périodiquement et Cassidy explosait par contrecoup, et cet appartement était plus un champ de bataille qu'un foyer. Pourtant, en voyant ce sang répandu sur le sol, il ressentait une peur atroce, déchirante, celle d'avoir perdu Mildred. Et cette seule pensée provoquait chez lui une sorte de paralysie. Il était incapable de rien faire d'autre que de rester planté là à contempler les mares de sang.

Il y eut un bruit derrière lui. On avait ouvert la porte. Il se retourna lentement, et avant même de l'avoir vue, il fut certain, sans savoir pourquoi, que c'était Mildred. Elle refermait la porte, elle lui souriait. Son regard se posa sur lui, puis, derrière lui, sur la pièce mise à sac que sa main désignait d'un mouvement circulaire. Son geste trahissait à peine son ivresse. Il était sûr qu'elle avait beaucoup bu, mais elle était plutôt douée quand il s'agissait de tenir l'alcool, et elle restait toujours pleinement consciente de ses actes. Et maintenant elle le défiait. C'était sa façon à elle de lui dire : j'ai décidé de recevoir des amis, les invités ont tout cassé et tu as peut-être envie de me faire une scène ?

Cassidy ne dit rien, mais son silence était éloquent. Il hocha la tête, très lentement. Il fit un pas vers elle et elle ne bougea pas. Il fit un pas de plus, s'attendant à ce qu'elle bouge. Il leva le bras droit et elle resta là, à lui sourire. Son bras fendit l'air et sa paume atterrit brutalement sur la bouche de Mildred.

Le sourire de Mildred ne disparut qu'un instant. Il revint aussitôt sur ses lèvres, mais il ne s'adressait plus à Cassidy. Mildred regardait l'autre extrémité de la pièce. Elle se dirigea lentement dans cette direction, ramassa une bouteille de whisky vide et la lança à la tête de Cassidy.

Le projectile lui érafla la tempe avant d'aller se fracasser contre le mur. Cassidy s'élança sur Mildred, mais elle brandissait une autre bouteille qu'elle faisait tournoyer. Il leva les bras pour se protéger tout en faisant un bond de côté. Trébuchant sur une chaise renversée, il s'effondra sur le sol. Mildred s'avança vers lui. Il s'attendait à sentir la bouteille s'abattre sur son crâne. Mildred avait la partie belle et elle ne laissait jamais passer une occasion aussi favorable.

Mais cette fois-ci, pour une obscure raison qui échappait totalement à Cassidy, elle préféra lui tourner le dos et se diriger calmement vers la chambre. Lorsqu'elle referma la porte derrière elle, Cassidy se releva, se massa la tempe à l'endroit où la première bouteille avait laissé une bosse et fouilla ses poches à la recherche d'une cigarette. Il n'en trouva pas. Il fit le tour de la pièce, sans but précis, découvrit une bouteille qui contenait encore quelques gorgées d'alcool, et, la portant à ses lèvres, il la vida. Puis il fixa la porte de la chambre.

Une vague sensation de malaise naquit en lui, puis devint de plus en plus envahissante, oppressante. Il comprit qu'il était déçu que l'affrontement n'ait pas eu lieu. Bien sûr, se disait-il, c'était absurde de réagir de cette façon. Mais, à vrai dire, qu'est-ce qui n'était pas absurde dans l'existence qu'il menait avec Mildred? Et, depuis quelque temps, cela devenait de la folie furieuse. La situation empirait de jour en jour.

Cassidy haussa les épaules. C'était un haussement d'épaules peu convaincant, qui ressemblait plutôt à un soupir. Il entra dans la petite cuisine pour découvrir de nouveaux désastres. L'évier menaçait de s'effondrer sous le poids des bouteilles vides et des assiettes sales. La table était dans un état épouvantable et le carrelage était pire encore. Il ouvrit la glacière et découvrit les maigres restes de ce qui aurait dû constituer son repas du soir. En refermant la porte à la volée, il sentit son malaise et sa déception s'évanouir, chassés par la colère qui revenait en force. Il y avait quelques cigarettes éparpillées sur la table. Il en alluma une et tira quelques bouffées rapides, tandis qu'il laissait la rage monter en lui. Quand il fut sur le point d'exploser, il se précipita dans la chambre.

Mildred était debout devant sa coiffeuse, penchée vers le miroir, et se mettait du rouge à lèvres. Elle tournait le dos à Cassidy, et, quand elle le vit dans la glace, elle se pencha un peu plus, creusant les reins pour mettre en valeur sa croupe généreuse.

« Retourne-toi », dit Cassidy.

Elle se cambra un peu plus.

« Si je me retourne, tu ne pourras plus jouir du spectacle.

– Je ne regardais pas.

– Tu ne fais que ça.

– Je n'y peux rien, dit Cassidy. Ça en impose tellement que je ne vois rien d'autre.

– Bien sûr que ça en impose. »

Sa voix était sirupeuse et alanguie, et elle continuait de se passer du rouge.

« Si ce n'était pas le cas, tu ne t'y intéresserais pas.

– Eh bien, je vais te dire quelque chose, déclara Cassidy. Ça ne m'intéresse plus.

– Espèce de menteur ! »

Elle se retourna très lentement, et son corps était comme une forme fluide, lisse, ample et galbée, et quand elle lui fit face, elle lui apparut comme un fruit ferme et pulpeux, gorgé de sucre et délicieusement amer tout à la fois. Et comme ils restaient face à face à se dévisager, Cassidy eut l'impression que la chambre devenait silencieuse, que son cerveau apaisé n'était plus rempli que de la présence de Mildred, de ses couleurs, des formes de son corps. Il sentit sa gorge se nouer, douloureusement, l'empêchant presque de respirer. Sale garce ! se répétait-il, espèce de sale garce ! et il essayait d'arracher son regard du spectacle qu'elle lui offrait, mais il en était incapable.

Et ce qu'il voyait, c'étaient les cheveux de Mildred, noirs comme la nuit, une lourde masse lustrée de cheveux en désordre, c'étaient ses yeux couleur d'ambre, aux longs, très longs cils. Et la courbe arrogante de son nez ravissant, légèrement retroussé. Il essayait de toutes ses forces de détester ses lèvres pleines et pulpeuses, et le spectacle bouleversant de ses seins énormes qui saillaient superbement, braqués sur lui comme deux obus. Il regardait cette femme avec qui il était marié depuis presque quatre ans, dans le lit de laquelle il dormait chaque nuit, mais ce qu'il voyait, ce n'était pas sa femme. C'était une véritable obsession, impérieuse, insupportable.

Et en comprenant que Mildred incarnait cette obsession, il comprit aussi qu'elle n'était rien d'autre pour lui. Il était inutile de s'imaginer qu'elle pourrait un jour représenter plus que ce besoin irrésistible. Il désirait passionnément le corps de Mildred, il ne pouvait pas s'en passer, et c'était la seule et unique raison pour laquelle il vivait encore avec elle.

Il en était persuadé, et de la même façon il savait que Mildred éprouvait un sentiment semblable envers lui. Il avait toujours attiré un certain genre de femmes sensuelles, et cela à cause de son corps puissant, solide, aux muscles secs et noueux. A trente-six ans, il avait des épaules larges et musclées, un ventre plat, des jambes puissantes et dures comme de la pierre. Il savait que Mildred était sensible à son physique, à sa chevelure blond pâle aux boucles abondantes et indisciplinées, à ses yeux gris sombre, à son nez qui avait été cassé deux fois, mais qui paraissait toujours aussi solide. Sa peau cuivrée était sèche et tannée, et Mildred aimait ça aussi. Il hocha la tête, se disant qu'en dépit de tout, elle le haïssait.

Il avait quatre ans de plus que Mildred et pourtant, de temps à autre, il avait l'impression d'être beaucoup plus jeune qu'elle, de n'être qu'un jeune imbécile maladroit et complètement aveugle qui s'était laissé envoûter par une femme pleine d'expérience et dont l'emprise était immense. Parfois, il avait le sentiment que la situation était inversée. Il s'imaginait n'être qu'un vieillard délabré, fasciné par les promesses de volupté de ces lèvres pleines et de ces seins lourds, revigoré par le rythme juvénile du balancement de ces hanches.

Ces hanches qui se balançaient sous ses yeux, en ce moment même, alors que Mildred lui tournait le dos pour regagner la coiffeuse. Elle reprit son bâton de rouge et continua de se peindre les lèvres. Cassidy s'assit sur le bord du lit. Il tira une dernière bouffée de sa cigarette avant de la laisser tomber par terre et de l'écraser du pied. Puis il retira ses chaussures, s'étendit sur le lit, et, les mains sous la nuque, attendit que Mildred vienne le rejoindre.

Il patienta quelques minutes, sans que l'attente lui pèse, car il savourait à l'avance le moment où ils seraient au lit ensemble. Il fermait les yeux et il entendait la pluie crépiter contre la façade de la maison. Faire l'amour un jour de pluie, c'était quelque chose de très particulier. Le bruit de la pluie produisait toujours sur Mildred un effet assez violent. Certains jours où il pleuvait à torrents, elle s'acharnait sur lui avec une frénésie farouche. En été, les jours d'orage, elle semblait lacérer le ciel pour y puiser l'énergie que libéraient les éclairs. Il commença à songer à ces scènes, prenant de plus en plus de plaisir à ces évocations, puis il se dit brusquement qu'il devait penser à autre chose, et aussitôt il fut impatient d'avoir Mildred près de lui.

Cassidy ouvrit les yeux et la vit devant sa coiffeuse. Elle arrangeait ses cheveux. Se redressant, il la vit hocher la tête, satisfaite, en se regardant dans la glace. Puis elle se dirigea vers la porte.

Cassidy lança ses jambes par-dessus le rebord

du lit. Il essaya de ne pas trahir son inquiétude soudaine en lui demandant :

« Et où crois-tu aller comme ça ?

– Je sors pour la soirée. »

Il bondit derrière elle, comme fou. Il lui saisit les poignets.

« Tu vas rester ici. »

Mildred lui sourit. Un large sourire, découvrant ses dents.

« Tu as l'air d'en avoir vraiment envie, on dirait ? »

Il tenait ses poignets serrés dans un étau brûlant. Il se força à se calmer. Elle voulait seulement le provoquer. C'était sans doute une nouvelle technique pour le faire enrager. Elle lui donnait toujours l'impression de prendre d'autant plus de plaisir qu'il était furieux. Mais il décida de ne pas lui donner la satisfaction de le voir exploser. Lui lâchant les poignets, il lui adressa un sourire mauvais et répondit :

« Tu te trompes. La seule chose dont j'ai envie, c'est d'un bon repas. Je n'ai rien mangé depuis midi. Va à la cuisine et fais-moi à dîner.

– Tu n'es pas infirme. Vas-y toi-même. »

Et elle se tourna vers la porte une fois de plus.

La saisissant aux épaules, Cassidy la fit pivoter sur elle-même. Incapable de cacher la colère mêlée d'effarement qui brûlait dans son regard, il lui dit :

« C'est moi qui paie le loyer, ici, et la nourriture. Quand je rentre le soir, j'ai droit à un repas chaud. »

Mildred ne lui répondit pas. Levant les bras, elle repoussa les mains de Cassidy qui la tenait par les épaules. Puis elle fit demi-tour très vite et sortit de la chambre. Cassidy la suivit dans le salon mis à sac, la dépassa et lui coupa la route.

« Pas question ! lança-t-il hargneux. J'ai dit que tu restais ici. »

Il se préparait à un nouvel affrontement. Il voulait que la bagarre commence ici et tout de suite, pour se poursuivre à travers toute la pièce et revenir dans la chambre, pour se terminer là-bas, sur le lit, avec le bruit de la pluie. C'était toujours comme ça que se terminaient leurs batailles, qu'il pleuve ou non. Mais, ce soir, il pleuvait très fort, et ça allait être quelque chose d'exceptionnel.

Mildred ne bougea pas. Elle ne dit rien. Elle le regarda, sans plus. Il était sûr, maintenant, qu'il s'était passé quelque chose de nouveau, d'inquiétant, et il éprouva pour la seconde fois une sensation de vide et de malaise.

Son regard tomba. Il vit les mares de sang, et, les désignant d'un geste de la main, il demanda :

« Qui a fait ça ? »

Elle haussa les épaules.

« Quelqu'un qui a saigné du nez. Ou de la bouche. Je ne sais pas. Mes amis se sont battus.

— Je t'ai déjà dit de ne pas les amener ici. »

Mildred fit reposer tout son poids sur une jambe. Elle mit ses mains sur ses hanches.

« Ce soir, dit-elle, il n'est pas question qu'on se bagarre à ce sujet-là. »

Elle avait parlé d'un ton étrangement détaché, et Cassidy demanda lentement :

« Que se passe-t-il ? Qu'est-ce qui ne va pas ? »

Elle recula. Ce n'était pas pour battre en retraite, mais seulement pour bien le regarder des pieds à la tête. Puis elle déclara :

« Toi, Cassidy. Ce qui ne va pas, c'est toi. J'en ai marre de toi. »

Il cligna des yeux plusieurs fois de suite, essayant de trouver quelque chose à lui répondre, mais il était à court d'idées. Il finit par murmurer :

« Vas-y ! Crache le morceau !

– Tu es sourd ? Je viens de te le dire. C'est simplement que j'en ai marre de toi, c'est tout.

– Et pour quelle raison ? »

Elle lui sourit. C'était presque un sourire de pitié.

« A toi de deviner.

– Ecoute-moi, dit-il. Je n'aime pas les devinettes. C'est le genre de petit jeu que tu n'as jamais essayé jusqu'ici, et ce n'est pas aujourd'hui que je vais te laisser commencer. Si tu as quelque chose à me reprocher, dis-le. »

Elle ne répondit rien. Elle ne le regarda même pas. Ses yeux étaient fixés sur le mur derrière Cassidy, comme si elle était seule dans la pièce. Il voulut dire quelque chose pour renouer le contact verbal, mais il se produisait comme un blocage dans son cerveau. Il ne savait pas pourquoi et il n'avait aucune envie de le savoir. Le seul désir qu'il ressentait, c'était ce besoin lancinant qui battait en lui au rythme des trombes d'eau qui giflaient les vitres, un besoin exacerbé par la vision de ce corps épanoui, pulpeux, qui se trouvait dans la même pièce que lui.

Il avança d'un pas vers elle. Elle le regarda. Comprenant quelles étaient ses intentions, elle secoua la tête et dit :

« Pas ce soir. Je n'en ai pas envie. »

Dans sa bouche, ces mots avaient une consonance bizarre. C'était la première fois qu'elle les prononçait. Il se demanda si elle était sincère. Le silence de la pièce lui parut glacial quand il la dévisagea et qu'il comprit qu'elle pensait vraiment ce qu'elle disait.

Il fit un pas de plus. Elle ne bougea pas et il se

dit qu'elle attendait qu'il pose la main sur elle pour engager la bataille. Et la partie serait gagnée. Cela suffirait pour mettre le feu aux poudres. La lutte allait être sacrément chaude et se terminerait au lit par une mêlée ardente. Puis elle allait paraître ne jamais pouvoir se rassasier de lui et il ne pourrait plus s'arracher à elle. Et cela serait bien. C'était ce qu'il voulait.

Le crépitement des bourrasques de pluie résonnait dans sa tête et il tendit le bras pour lui saisir le poignet. Il la tira à lui et la surprise fut telle qu'il resta sidéré, atterré : elle ne se débattait pas. Elle ne résistait pas. Son visage était de marbre, et elle le regardait comme s'il n'existait pas.

Au plus profond de lui, quelque chose l'avertit qu'il fallait la lâcher, la laisser tranquille. Quand une femme n'en avait pas envie, elle n'en avait vraiment pas envie. Et dans ces cas-là, la pire chose à faire était de la forcer.

Mais maintenant que sous ses doigts il sentait la chair de Mildred, il ne pouvait plus la lâcher. Il oublia qu'elle ne se débattait pas, que son corps était inerte et passif, quand il l'emmena dans la chambre. Il n'avait conscience que de la plénitude de ses seins, des courbes superbes de ses hanches et de ses cuisses, de cette présence qui survoltait chaque nerf, chaque fibre de son propre corps. Voilà ce qu'il voulait posséder, et il fallait à tout prix qu'il le possède, et plus rien d'autre n'avait d'importance.

Il la poussa vers le lit, et elle s'y laissa tomber comme un pantin inanimé. Son visage resta impassible quand elle leva les yeux vers lui. C'était comme si elle se trouvait à des kilomètres et des kilomètres de lui et de ce qu'il faisait. Il commença à se sentir écœuré de voir combien étaient futiles ses efforts frénétiques pour l'exciter. Elle était allongée sur le dos, sans bouger, comme une grosse poupée de chiffons, et elle le laissait faire ce qu'il voulait. Il essaya de se mettre en colère, et leva la main pour la frapper, pour la faire réagir d'une façon ou d'une autre, mais il savait que cela ne servirait à rien. Elle ne sentirait même pas les coups.

Et pourtant, bien que cela soit une douleur presque physique de la savoir indifférente, le brasier qui rugissait en lui était plus fort que tout, et la seule chose qu'il pouvait faire était de s'y abandonner. Mais quand il la prit, le feu ne brûlait qu'en lui seul, et il eut la sensation sinistre et sordide, et finalement franchement horrible, d'être seul dans le lit.

Puis, quelques instants plus tard, il se retrouva effectivement seul et il entendit Mildred marcher dans le salon. Quittant le lit, il enfila ses vêtements en hâte et passa dans le salon. Mildred allumait une cigarette. Elle en tira une longue bouffée, puis l'ôtant de sa bouche, elle contempla, pensive, l'extrémité incandescente. Cassidy attendit qu'elle dise quelque chose.

Elle n'avait rien à dire. Il se rendit compte qu'il était incapable d'interpréter son attitude. Le silence lui était pénible et cela empirait à chaque seconde. Il finit par avoir l'impression que le sol se dérobait sous ses pieds. Il fouillait désespérément dans sa mémoire, essayant de se rappeler si un incident de ce genre s'était déjà produit. Ils avaient déjà connu pratiquement toutes les scènes possibles et imaginables, mais jamais aucune n'avait ressemblé à celle-ci.

Au bout d'un instant, elle le regarda. D'un ton neutre, elle déclara :

« C'est mon anniversaire, aujourd'hui. C'est pour ça que j'ai invité des amis.

— Oh ! »

Cassidy resta un long moment sans réagir. Puis il tenta de sourire.

« Je savais bien que quelque chose te chagrinait. Je pense que j'aurais dû m'en souvenir. »

Plongeant la main dans la poche de son pantalon, il en ressortit un billet de dix dollars. Son sourire s'élargit quand il lui tendit l'argent et lui dit :

« Achète-toi quelque chose. »

Elle baissa les yeux sur le billet de dix dollars qu'il venait de poser dans sa main et demanda :

« Qu'est-ce que c'est que ça ?

— C'est un cadeau d'anniversaire.

— Tu en es bien sûr ? »

Elle parlait doucement, d'une voix calme.

« Tu veux peut-être me payer pour ce qui s'est passé dans la chambre ? Si c'est le cas, je ne voudrais pas que tu sois volé. Ça ne valait pas un rond. »

Elle froissa le billet en boule et le lui jeta à la figure. Puis elle ouvrit la porte et, laissant Cassidy planté là, à cligner des yeux, elle sortit en courant.

2

DANS la cuisine, Cassidy essaya de mettre de l'ordre dans le fatras d'assiettes sales, de bouteilles vides et de nourriture rance. Mais au bout d'un moment, il renonça. Il se rendit compte qu'il mourait de faim. La glacière contenait peut-être de quoi calmer un estomac vide. Il réchauffa quelques pommes de terre et beurra un morceau de pain, mais au moment de commencer à manger, il fut incapable de regarder le contenu de son assiette.

Un café lui ferait peut-être du bien. Il alluma le gaz sous la cafetière, s'assit à la table et contempla le plancher. Puis il tourna lentement la tête pour regarder par la fenêtre de la cuisine. La pluie faiblissait et il l'entendait crépiter doucement sur les toits. Il pourrait bien pleuvoir pendant un mois entier, pensa-t-il, sans que ces immeubles minables commencent à devenir plus propres. Ni ces horribles rues pavées qui ressemblaient à un visage grêlé. Ni les gens. Les ivrognes du quartier des docks. Ces loques humaines, dont un parfait spécimen se trouvait ici-même, dans cette cuisine.

Le café bouillonnait. Il s'en versa une tasse et laissa le liquide noir, amer et brûlant, couler dans sa gorge. Cela avait un goût horrible. En fait, le café n'y était pour rien. Son humeur était telle qu'il aurait trouvé un goût horrible à n'importe quoi. Il aurait même pris du champagne pour de l'eau savonneuse. A propos, qu'est-ce qui l'avait fait penser à du champagne ? Un détail venait de lui rappeler un lointain passé, de le ramener à une époque où il appréciait le champagne, et où il avait les moyens de s'en offrir. Il tenta de chasser cette pensée de son esprit.

Mais le souvenir le poursuivait, le submergeait peu à peu. Il contemplait la vapeur qui montait de sa tasse de café, et dans ce nuage de brume son histoire tout entière se déroulait une fois de plus, comme projetée par une lanterne invisible. Cassidy remonta loin, très loin dans son passé, jusqu'à une petite ville de l'Oregon, une petite maison et sa pelouse minuscule, et une bicyclette d'enfant. Il revécut les jours merveilleux, les jours de gloire au stade du lycée quand les clameurs montaient des gradins au moment où James Cassidy surgissait de son poste d'avant droit pour boucher le trou dans la ligne d'attaque. Et, plus tard, il revit James Cassidy à l'université de l'Oregon. Pour la remise des diplômes, le journal de l'université l'avait couvert d'éloges : « Brillants résultats aussi bien sur les bancs de l'université que sur les terrains de sport. Reçu au grade d'ingénieur en mécanique, James Cassidy est classé troisième de sa promotion. Pendant sa dernière saison avec le Onze de Webfoot, il a été sélectionné comme avant droit dans l'équipe inter-universités de la Côte Ouest. »

James Cassidy, un garçon sain, et solide, disait-on. Et qui faisait honneur à sa ville natale. Et on l'avait répété, en 1943, quand il était rentré après sa cinquantième mission. Puis il était parti pour l'Angleterre où il devait piloter un B24, le temps d'accomplir trente missions supplémentaires. A la fin de la guerre, il avait déjà décidé de son avenir, et une compagnie aérienne de New York s'était empressée de l'engager.

Un quadrimoteur. Quatre-vingts passagers. La grande étendue verte de l'aéroport de La Guardia. Le déroulement précis et sans heurts des opérations. Le vol 634 arrive, à l'heure prévue. Commandant James Cassidy au rapport. Voilà votre chèque. Cela avait duré un an, deux ans, trois ans, puis on l'avait transféré à la liaison transatlantique. Quinze mille dollars par an. A New York, il avait un appartement dans un quartier chic, il portait des costumes de cent vingt-cinq dollars quand il n'était pas en vol, il était invité aux soirées les plus sélectes, et certaines jeunes filles, parmi les plus élégantes, auraient bien voulu qu'il les honore d'un regard.

Quand l'accident survint, les autorités déclarèrent que c'était une faute impardonnable. Les journaux titrèrent : « l'une des plus terribles tragédies de l'histoire de l'aviation ». Le gros avion de ligne était en train de décoller, il venait à peine de quitter le sol, en bout de piste, quand il avait brusquement piqué du nez avant de s'écraser dans les marais et exploser instantanément. Sur les soixante-dix-huit personnes qui se trouvaient à bord, il n'y eut que onze survivants. Et, parmi eux, un seul membre de l'équipage : le commandant J. Cassidy.

A l'audience, à la façon dont les gens le regardèrent, sans rien dire, il comprit que personne ne le croyait. Il n'avait aucun moyen de les convaincre qu'il disait la vérité. Mais, pourtant, il ne mentait pas. L'horrible vérité, c'était que les nerfs du copilote avaient brusquement lâché, sans prévenir, que sa conscience s'était désintégrée, cédant sous la pression atroce de ses pulsions négatives, comme l'écorce terrestre pendant un séisme. Le copilote s'était jeté sur Cassidy, l'avait arraché à son siège, et, saisissant les commandes, il avait mis l'avion en piqué alors qu'il était à trente mètres d'altitude seulement.

Les officiels écoutèrent Cassidy, puis, sans qu'un seul mot soit prononcé, tout le monde comprit qu'ils le prenaient pour un menteur. Les journaux dirent qu'il était pire que ça. Ils l'accusèrent de rejeter sa faute sur une victime innocente. La famille du mort affirma que le copilote n'avait jamais montré le moindre signe d'instabilité, et qu'il n'avait aucune raison de succomber à une dépression subite, et ils exigèrent que Cassidy soit sévèrement châtié, surtout après qu'un témoin eut déclaré que Cassidy s'était rendu, la veille de l'accident, à une soirée où l'on n'avait bu que du champagne.

Et ce fut cette explication-là que le tribunal retint. On fit venir des experts pour décrire les effets physiologiques du champagne; ils insistèrent sur le fait que l'absorption de champagne avait des contrecoups inattendus, que l'on pouvait boire un verre d'eau le lendemain d'une soirée au champagne et se retrouver ivre aussitôt après. Ils déclarèrent que l'affaire était classée. Et ils dirent à Cassidy qu'il était fini.

Il n'arrivait pas à y croire. Il essaya de se défendre, mais personne ne voulut l'écouter. Personne ne voulait même lui accorder un regard. La situation était déjà assez pénible à New York, mais quand Cassidy se retrouva dans sa petite ville natale de l'Oregon, il commença à ressentir toute l'étendue de sa tragédie personnelle. Une semaine après avoir quitté l'Oregon, il se mit à boire.

Il y avait des périodes où il luttait de toutes ses forces pour arrêter de boire, et il y parvenait parfois. Alors, il sortait pour chercher du travail. Mais son nom et son portrait avaient été publiés dans les journaux du pays tout entier, et, partout, on lui disait de vider les lieux, et vite. Une fois, on avait essayé de l'expulser par la force; cela avait dégénéré en bagarre, et il avait passé une semaine en prison.

La déchéance fut abrupte et rapide. Pendant une bordée particulièrement mouvementée, il s'était dit qu'il n'avait plus de comptes à rendre à personne, et il était allé au Nevada où il avait commencé à jouer. Pendant ses années de service à la compagnie, il avait économisé un peu plus de dix mille dollars, et, au Nevada, aux tables de jeux de dés, il lui fallut exactement quatre jours pour tout perdre jusqu'au dernier cent. Et lorsqu'il quitta le Nevada, ce fut à bord d'un train de marchandises.

Il alla au Texas, où il trouva du travail sur les quais de Galveston. Mais quelqu'un le reconnut et il y eut une nouvelle bagarre, dont il ressortit avec le nez cassé. A La Nouvelle-Orléans, il fit dix jours de prison pour vagabondage; il fut enchaîné pendant douze jours. Pour avoir été insolent envers un gardien, il eut le nez brisé pour la seconde fois, et il perdit trois dents. En Caroline du Nord, il sauta dans un train de marchandises qui l'amena à Philadelphie. Il y resta quelques semaines dans le quartier réservé de la 8e Rue, puis il essaya de trouver du travail du côté des quais. On le prit comme docker à temps partiel, il loua une petite chambre près du fleuve, et il se jura de se tenir tranquille, de ne pas lâcher son emploi et d'arrêter de boire.

Mais Cassidy détestait son travail et il détestait

sa chambre. Comme il avait atteint le stade où il se détestait lui-même, il se dit qu'il avait besoin de boire. Pendant sa troisième semaine de travail, il entra dans un bar des quais qui s'appelait Chez Lundy, un établissement au plancher crasseux, aux murs fissurés et fréquenté par des épaves. Il commanda un verre de whisky. Puis un second. Il en était à son troisième quand il remarqua la robe rouge vif, les formes qu'elle contenait, et la façon dont la fille était assise, là-bas, à l'observer.

Il se dirigea vers sa table. Elle était seule. Il lui demanda ce qu'elle regardait. Mildred lui répondit qu'il serait beaucoup plus beau s'il avait quelques dents de plus. Il lui raconta comment il les avait perdues. Huit ou neuf verres plus tard, il lui racontait tout. Quand il eut fini, il la regarda et attendit de voir sa réaction.

Elle se contenta de hausser les épaules. Quelques jours plus tard, quand il lui demanda de l'accompagner dans sa chambre, elle haussa les épaules de nouveau, elle se leva et ils sortirent ensemble.

Le lendemain, Cassidy allait voir un dentiste, qui prit une empreinte pour lui faire une prothèse de trois dents. Moins d'un mois plus tard, l'appareil était posé et Cassidy épousait Mildred. Leur voyage de noces fut une traversée du Delaware en ferry, jusqu'à Camden, pour cinq cents par personne. Quelques jours plus tard, Mildred lui conseilla de chercher un emploi à temps complet. Elle lui dit qu'il pourrait peut-être trouver du travail dans l'une des petites compagnies de transports d'Arch Street. Cassidy alla faire un tour dans Arch Street, entra dans un dépôt d'autocars et il sut tout de suite que c'était le genre d'affaires qui avait du mal à survivre. Il sut qu'on ne lui poserait guère de questions sur lui-même. Et quant aux seules questions qu'on lui posa, il n'eut pas de mal à y répondre. Il leur donna son vrai nom, sa véritable adresse, et quand ils lui demandèrent s'il avait déjà conduit un autocar, il n'eut pas besoin de mentir. A l'université, il avait travaillé à mi-temps comme chauffeur de car scolaire.

Ils lui dirent qu'il faisait l'affaire, et l'après-midi même ils lui donnèrent une casquette et il emmena dix-huit passagers à Easton. Ce soir-là, il rentra pour annoncer la bonne nouvelle à Mildred, mais au lieu d'aller directement à l'appartement, il décida de s'arrêter prendre un verre chez Lundy. En approchant du bar, il vit Mildred et plusieurs autres clients, hommes et femmes, sortir en titubant, tous ivres morts. Sur le moment, il rit intérieurement, se disant qu'après tout, ça n'avait aucune importance, et qu'il ne pouvait pas espérer mieux de toute façon. L'important, c'était d'avoir le car. Il n'était pas aussi gros qu'un quadrimoteur, mais c'était une machine avec des roues, et qui avançait. Et c'était lui qui était aux commandes. C'était ça l'important. C'était ça dont il avait besoin. Plus que de tout le reste.

Il savait qu'il avait perdu tout pouvoir de se maîtriser lui-même, et que, certainement, il n'aurait jamais aucune emprise sur Mildred, mais il restait une chose en ce monde qu'il pouvait maîtriser, qu'il allait maîtriser, la seule et unique chose qui pour lui avait un sens, qui était réelle, stable, et utile. Une chose qui lui permettait de tenir un volant, de changer des vitesses, et qui lui permettait de revivre, autant qu'il lui était possible de le faire, les jours lointains où il pilotait un avion de ligne au-dessus de l'Atlantique. Ce n'était qu'un vieux car ferraillant et déglingué, mais c'était une sacrément bonne machine. Il était merveilleux, ce car. Parce qu'il faisait ce que Cassidy voulait qu'il fasse. Parce que, une fois de plus, J. Cassidy était aux commandes.

Ce soir-là, il s'était senti revivre en comprenant tout cela, et maintenant, en fixant son café noir fumant, il parvenait à ressusciter cette sensation ancienne. Il avait toujours le car. Il était toujours aux commandes. Il avait toujours des passagers sous sa responsabilité. Chez Lundy, Cassidy n'était qu'un ivrogne parmi les autres, et dans cet appartement, rien de plus qu'un habitant du quartier des docks, perdu dans la masse. Mais dans le car, bon Dieu, c'était lui le chauffeur, c'était lui le commandant. Les passagers comptaient sur lui pour les emmener à Easton, ils comptaient sur lui pour ramener le car sans encombre jusqu'à Philadelphie. On avait besoin de lui au volant.

Il fallait qu'il boive un coup pour arroser ça. Il se précipita dans le salon. Il y trouva une autre bouteille qui contenait encore du whisky et il but une copieuse rasade. Il respira à fond et en but une seconde. A la santé du commandant du navire, du pilote de l'avion, du chauffeur d'autocar. Et maintenant, à la santé du commandant J. Cassidy. Une autre en l'honneur des quatre roues du car. Ou, encore mieux, il allait boire à chacune des quatre roues. Tout le monde allait fêter ça. Allez, buvez tous ! Buvez ! Buvez ! C'est ma tournée.

Cassidy jeta la bouteille vide contre le mur. Elle explosa et il la vit voler en une gerbe d'éclats de verre. Eclatant d'un rire absurde, il sortit comme un fou de l'appartement. La pluie avait cessé, mais les rues étaient encore humides, et il sourit en regardant le trottoir luisant. Longeant les quais d'une démarche hésitante, il se dirigea vers le bar de Lundy.

3

Sa fureur retomba un peu tandis qu'il approchait du bar, et son esprit se calma sous l'effet de l'alcool qui lui montait à la tête et lui brouillait la vue. Il n'avait pas d'autre but ni d'autre pensée que d'aller chez Lundy pour boire un verre. Pour boire plusieurs verres. Autant de verres qu'il en voudrait. Et rien ne l'empêcherait d'aller là où il avait envie d'aller. Il avait décidé de se payer à boire et *ils* feraient mieux de ne pas se trouver sur son chemin. Il n'avait aucune idée de ce que ce « ils » représentait, mais « ils » avaient intérêt à lui laisser la voie libre jusqu'à chez Lundy.

Descendant Dock Street, il longea le fleuve, passant devant les navires ventrus qui oscillaient lentement sur l'eau noire comme des poules monstrueuses en train de couver, énormes et satisfaites. Leurs fanaux clignotaient et jetaient des flaques de lumière jaune sur la rue pavée qui bordait le quai. De l'autre côté de la rue, les magasins du marché aux poissons étaient fermés et plongés dans l'obscurité. Seuls quelques rais de lumière filtraient chez les fournisseurs d'aloses du Delaware, de crabes et de palourdes de Bornegat, de carrelets d'Ocean City, qui préparaient leur marchandise pour la vente du matin.

Au moment où Cassidy passait devant un magasin, un volet s'ouvrit et un paquet d'entrailles de poissons en surgit, lancé en direction d'une poubelle. Mais le projectile manqua son but et atterrit sur la jambe de Cassidy.

Cassidy fonça vers l'ouverture et foudroya du regard un homme en tablier blanc, au visage gras et couvert de sueur.

« Hé, toi, dit Cassidy, tu pourrais regarder où tu lances tes cochonneries.

— Ah ! ferme-la ! » dit le marchand de poisson qui commença à refermer le volet.

Cassidy saisit le volet et le bloqua.

« C'est à moi que tu dis de la fermer ? »

Un second visage apparut dans l'ouverture. Cassidy crut voir un monstre bicéphale. Les deux visages échangèrent un regard, et le plus gros dit :

« Ce n'est rien, c'est seulement cet ivrogne de Cassidy qui a un coup dans le nez. »

Une main surgit pour refermer le volet. Cassidy résista.

« D'accord, dit-il. C'est vrai, j'ai un coup dans le nez. Et alors ? Tu cherches la bagarre ?

— Tire-toi, Cassidy. Tire-toi, va te promener ailleurs. Va faire un tour chez Lundy pour retrouver tous les autres débris de ton genre.

— Débris ? »

Cassidy tira brutalement sur le volet, qui fit gémir ses gonds.

« Sors un peu et répète ce que tu viens de dire. Allez, sors !

— Qu'est-ce qui te prend, Cassidy ? Tu piques ta crise ? Tu t'es encore engueulé avec ta femme ?

— Laisse ma femme où elle est. »

Il tira plus fort encore sur le volet. Les gonds commencèrent à céder.

Le visage bouffi exprima la peur et la colère.

« Tu vas lâcher ce volet, espèce de sale ivrogne...

– Oh ? dit Cassidy, et il rit. Je suis un sale ivrogne ? Je ne le savais pas. Merci de me l'apprendre... »

Il donna une méchante secousse au volet et les gonds s'arrachèrent du mur. Cassidy recula en titubant sous la charge. Les deux visages surgirent à la fenêtre du magasin. Cassidy lança le volet dans leur direction et ils se reculèrent une fraction de seconde avant que l'objet ne passe par la fenêtre. Cassidy entendit un fracas métallique, des cris, des jurons. Il savait que les deux hommes ne sortiraient pas pour le poursuivre parce qu'un incident semblable s'était déjà produit et qu'à cette occasion, il avait poché l'œil gauche du gros et étendu le second pour le compte. En un sens, il regrettait qu'ils ne sortent pas. Cela le démangeait de se livrer à une bonne bagarre.

Il s'éloigna de la poissonnerie et descendit la rue. L'épisode du volet l'avait suffisamment dégrisé pour qu'il ait une meilleure idée de ce qu'il avait l'intention de faire. Il pensait plus à Mildred qu'à se soûler. Il allait la retrouver chez Lundy, la sortir de là, la ramener à la maison et l'obliger à lui préparer un repas décent. Bon Dieu, un homme qui venait de faire une dure journée de travail avait bien droit à un repas décent, non ? Et ensuite, au lit. Et quand il pensait au lit, à ce qui allait s'y passer, à ce qu'il y ferait et avec qui il le ferait, la personnalité de Mildred n'avait plus aucune importance. Il ne songeait plus qu'à son corps, à son aspect physique.

Et pourtant, même en ne pensant à elle que sous cet angle, il fut brusquement saisi, une fois de plus, par une impression de malaise, d'incertitude. Son esprit redevenait de plus en plus lucide alors qu'il se rappelait son comportement étrange, le fait qu'elle ait refusé l'affrontement, qu'elle soit partie froidement au beau milieu d'une scène. Elle n'avait jamais fait ça. Qu'est-ce qu'il lui prenait ? Quel nouveau tour essayait-elle de lui jouer ?

Il s'arrêta et s'appuya pesamment contre un mur. Il valait mieux qu'il réfléchisse à tout ça. Qu'il essaie d'y voir clair. Ce n'était pas un problème qu'il pouvait traiter à la légère. C'était une affaire grave. Ce que les gens appellent un problème domestique. Car, après tout, Mildred et lui étaient mariés. C'était sa femme. Au mont-de-piété, la bague qu'elle avait au doigt ne valait pas plus de deux dollars, mais c'était une alliance malgré tout, et il la lui avait passée devant un authentique officier d'état-civil. Une cérémonie officielle à trois heures du matin à Elkton, Maryland. Selon la loi, et selon la volonté de Dieu, avait dit l'homme. Rien de louche là-dedans. Un mariage tout à fait légal, elle était son épouse légitime, il avait des droits à faire respecter, et elle avait intérêt à ne pas l'oublier et à ne pas se faire des idées.

De toute façon, de quoi se plaignait-elle ? Il rapportait sa paie toutes les semaines, il réglait le loyer à temps, il veillait à ce qu'elle ait toujours quelque chose à se mettre sur le dos. Si une partie de l'argent était dépensée en whisky, c'était d'un commun accord, et Mildred buvait autant que lui, parfois plus. A bien y repenser, question finances, c'était elle qui s'en tirait le mieux, parce qu'elle trouvait sans arrêt des emplois à temps partiel, comme coiffeuse, et il ne lui posait jamais de questions sur l'argent qu'elle gagnait. Il était probable, d'ailleurs, qu'elle le dépensait jusqu'au dernier cent à acheter de l'alcool, comme elle le faisait déjà, avant qu'il ne la rencontre.

De quoi se plaignait-elle, bon Dieu? Elle lui avait poché l'œil aussi souvent qu'il l'avait fait lui-même. Plus souvent, peut-être, mais ils s'étaient battus tant de fois qu'il ne comptait plus les coups. Il serait riche aujourd'hui s'il avait gagné cinq cents chaque fois qu'elle avait fait mouche en lui lançant une assiette, un plat, ou une bouteille de whisky vide. En une mémorable occasion, la bouteille n'avait pas été vide et on avait dû lui faire trois points de suture dans le cuir chevelu.

Cassidy se complaisait dans ces souvenirs sordides. Il aurait pu réfléchir à des sujets plus importants, mais il n'était jamais tenté de chercher si loin quand il s'agissait de Mildred. Il avait pour principe, quand il pensait à Mildred et à lui-même, de s'arrêter à l'essentiel et de ne pas aller au-delà. Tout le reste était beaucoup trop compliqué, et il avait eu assez d'ennuis déjà pour ne pas s'attirer de problèmes supplémentaires.

Et pourtant, en approchant de chez Lundy, quand il vit la lumière d'un jaune sale que laissaient passer les vitres maculées du bar, il fut assailli par un doute fulgurant. Il ressentit une crainte aiguë concernant Mildred. Et soudain, il comprit ce que c'était : Mildred avait trouvé un autre homme!

Tout aussi brusquement, il sut de qui il s'agissait, et il comprit pourquoi Mildred avait été attirée par cet homme-là plutôt qu'un autre. Tout en se disant qu'il aurait dû s'en douter depuis longtemps, il fouilla sa mémoire pour se rappeler certaines scènes qu'il avait plus ou moins ignorées au moment où elles s'étaient produites. En voyant Mildred pour la première fois, la plupart des hommes avaient tendance à écarquiller les yeux et à respirer plus fort, mais dans le cas de Haney Kenrick, cela avait été particulièrement évident. Et ce qui faisait de lui un rival spécialement redoutable, c'était l'argent qu'il avait dans les poches. Ce n'était pas une fortune, mais cela dépassait de beaucoup les capacités financières de tous les autres clients du bar.

C'était donc ça. Cassidy hocha vigoureusement la tête. C'était aussi clair et aussi simple que ça. C'était tellement évident que ça en devenait presque comique. C'était facile de comprendre pourquoi elle avait dit qu'elle en avait assez de lui. Bien sûr qu'elle en avait assez. Elle en avait assez des robes bon marché et des chaussures à cinq dollars, et des produits de beauté de bazar. Assez d'habiter un appartement sordide donnant sur les docks. Maintenant, il comprenait pourquoi elle lui avait jeté à la figure son billet de dix dollars. Ce n'était pas suffisant. Et dans son esprit se dessinait, à grands traits furieux, la main de Haney Kenrick tendant un billet de cinquante dollars à Mildred qui s'en saisissait.

Serrant les poings, Cassidy se dirigea vers le bar. On aurait dit le décor d'un vieux film, projeté sur un écran craquelé. La salle était vaste, haute de plafond, et les meubles étaient ternes, dépourvus de couleur, et n'avaient pas de formes bien définies. Le bois des tables et du bar était fendu, gris de patine, et le plancher recouvert d'une sorte de mousse spongieuse semblable à de la poussière accumulée en moutons. Quant à Lundy, ce n'était qu'un élément du décor, lui aussi, quelque chose d'ancien, de terne et de creux, qui faisait la navette entre le bar et les tables et s'activait derrière son comptoir en gardant un visage de marbre. La plupart des habitués s'installaient à une table, à la même table tous les soirs, et s'asseyaient toujours sur la même chaise. Et Cassidy, qui scrutait la salle de l'extérieur, à travers la vitre embuée, savait exactement où porter son regard.

Il vit Mildred assise à la table de Haney Kenrick. Il n'y avait qu'eux deux dans ce coin-là. Kenrick qui parlait avec énergie et Mildred qui souriait en hochant la tête. Puis posant la main sur le bras de Mildred, Kenrick se pencha pour lui dire quelque chose à l'oreille. Mildred rejeta la tête en arrière et éclata de rire. Cassidy rentra la tête dans les épaules et appuya son front contre la vitre, très fort. Il réussit à rester calme, sachant pertinemment que s'il ne se contrôlait pas, la fenêtre volerait en éclats. Il se força à se calmer, s'imposant d'attendre au-dehors et de réfléchir.

Mais son regard restait rivé à la table où Mildred était assise avec Haney Kenrick. Elle riait toujours. Puis Kenrick dit quelque chose qui la fit rire de plus belle. Ils riaient tous les deux. Cassidy tremblait, le front contre la vitre, et il fixait la table comme s'il s'agissait d'une tranchée ennemie distante de huit ou neuf mètres.

A plusieurs reprises, Cassidy avait jeté à la figure de Kenrick qu'il n'était qu'un minable et qu'une enflure. Cela ne faisait pas seulement allusion à son aspect physique, bien que Kenrick pesât plus de quatre-vingt-dix kilos et qu'il parût avoir plus de graisse que de muscles. Il mesurait quelques centimètres de plus que la moyenne, et il cherchait toujours à paraître plus que sa taille. Il essayait souvent de rentrer son ventre et de bomber le torse, mais, au bout de quelques minutes, ses muscles se relâchaient.

Cassidy concentra son attention sur Kenrick, sur son visage gras et luisant, aux cheveux châtains clairsemés, gominés et ramenés en travers de son crâne rond. Il détailla ses vêtements, bon marché et de mauvais goût, son col trop empesé, les plis de son pantalon droits comme le fil d'un rasoir, ses chaussures tellement bien cirées qu'elles semblaient vernies.

Haney Kenrick avait quarante-trois ans et gagnait sa vie en vendant à crédit des appareils ménagers au porte-à-porte. Il habitait une chambre à quelques centaines de mètres de chez Lundy et il répétait à qui voulait l'entendre qu'il adorait le quartier des docks, et qu'il adorait le bar de Lundy et tous les chers et bons amis qu'il retrouvait là.

Les « chers et bons amis » savaient tous que c'était du bluff. Kenrick était exclu de la plupart des cercles de la bonne société, et venir chez Lundy satisfaisait son orgueil en lui donnant un sentiment de supériorité. Il ne parvenait jamais complètement à masquer son dédain et son mépris pour les clients du bar, et quand il leur adressait un grand bonjour accompagné d'une claque sur l'épaule, les autres se contentaient de rester assis sans broncher, de tolérer sa présence, mais leurs regards indiquaient clairement à Kenrick qu'il ne fallait pas les prendre pour des imbéciles.

Et Mildred était là, assise à la table de ce gros faux jeton. A lui faire du charme. A le laisser lui frôler l'oreille de son visage bouffi, à laisser la main de Kenrick remonter le long de son bras pour esquisser en passant une caresse minable.

Cassidy se mordit l'intérieur de la bouche et se dit qu'il était temps de jouer les trouble-fête.

Quelque chose le retint. Il ne savait ce que c'était, mais il sentit confusément que cela faisait partie d'un plan. Détachant son regard de l'endroit où Mildred était assise avec Kenrick, il reporta son attention sur les autres tables et trouva finalement quatre clients installés dans un angle éloigné, à une table où, d'habitude, ils n'étaient que trois.

Trois de ses meilleurs amis. Il y avait Spann, un traîne-savates du quartier des docks, maigre, vicieux, mais franc comme l'or avec les gens qu'il aimait. Et la petite amie de Spann, Pauline, aussi épaisse qu'un cure-dents et aussi pâle qu'une feuille de papier. Il y avait Shealy, aux cheveux déjà blancs à quarante ans, dont la capacité à absorber de l'alcool était étonnante, et qui avait autrefois écrit des traités d'économie utilisés dans les universités. Aujourd'hui, Shealy gagnait sa vie derrière le comptoir d'un magasin de fournitures pour bateaux, près de Dock Street. C'était un bon vendeur pour ce genre de commerce parce qu'il n'essayait jamais de placer sa marchandise. Il n'essayait jamais de faire quoi que ce soit. Tout ce qu'il faisait, c'était de rester assis, et de boire. Comme tous les autres, comme tous ceux qui étaient là, englués dans la pénombre du bar de Lundy. C'était un port pour les bateaux désemparés.

Le quatrième membre du groupe était quelqu'un que Cassidy n'avait jamais vu. Une petite femme, pâle et fragile. Elle semblait avoir vingt-cinq à trente ans. Cassidy fut frappé par sa simplicité, sa douceur. Il vit en elle quelque chose de bon, de gentil. Quelque chose de sain. Et pourtant, tandis qu'il l'observait, à voir de quelle façon elle levait son verre, il sut tout de suite qu'elle était alcoolique.

Cela se voyait. Cassidy ne se trompait jamais. Les alcooliques se trahissent par des centaines de petits gestes. Il ne les plaignait jamais, parce qu'il était toujours trop occupé à s'apitoyer sur son propre sort. Mais à cet instant, il éprouva un flot de pitié pour la jeune femme pâle aux cheveux blonds qui était assise avec Shealy, Pauline et Spann. Il eut envie de savoir qui elle était.

Il entra dans le bar, traversa la pièce d'un pas lent, presque nonchalant, et dit bonjour à Shealy. Il adressa un vague sourire à Pauline et Spann, puis il contempla la frêle jeune femme et attendit qu'elle remarque sa présence. Elle concentrait toute son attention sur un verre à moitié rempli de whisky. Il savait qu'elle ne faisait pas exprès de se montrer impolie. C'était seulement qu'elle ne pouvait pas détacher son regard du verre d'alcool.

« La pluie s'est arrêtée ? » demanda Shealy.

Cassidy hocha la tête.

« Rien de neuf ? » dit Shealy.

Cassidy approcha une chaise de sa table, s'assit et fit un signe à Lundy. Le vieil homme arriva et Cassidy commanda une bouteille de rye. La jeune femme frêle regarda Cassidy, sourit, et Cassidy lui rendit son sourire. Il remarqua qu'elle avait des yeux gris pâle. Elle était assez jolie.

Shealy dit :

« Elle s'appelle Doris.

– Et lui, comment s'appelle-t-il ? demanda Doris.

– Il s'appelle Cassidy, répondit Shealy.

– Est-ce que M. Cassidy boit ? voulut savoir Doris.

– De temps en temps, dit Cassidy.

– Moi, je bois tout le temps », dit Doris.
Shealy sourit à Doris comme s'il était son père.
« Va, mon petit, continue à boire. »
Il regarda intensément Cassidy, puis désigna d'un signe de tête la table où Mildred était assise en compagnie de Haney Kenrick. Il demanda :
« Que se passe-t-il, Jim ? Qu'est-ce que ça veut dire ? »
Cassidy posa ses mains sur ses cuisses.
« Elle prend quelques verres avec Haney Kenrick. Je n'en sais pas plus. »
Pauline intervint.
« Moi, j'en sais plus. »
Spann foudroya Pauline du regard et lui dit :
« Tu vas te taire, compris ? Tiens-toi tranquille et ferme-la !
– Je la fermerai si ça me plaît », protesta Pauline.
Spann parla d'une voix dangereusement douce.
« Je te préviens. Je n'aime pas du tout que tu te mêles de ce qui ne te regarde pas.
– Justement, ça me regarde, dit Pauline. Cassidy est mon ami. Et je n'aime pas voir mes amis se faire blouser. »
Spann se massa les phalanges.
« Je crois que je vais devoir la faire taire.
– Laisse-la tranquille, intervint Shealy. Quoi que tu fasses, elle finira par cracher le morceau. Alors, laisse-la parler. »
Lundy apporta la bouteille. Cassidy la paya, l'ouvrit et remplit les verres. Il versa un doigt de rye à Doris et lui sourit, alors qu'elle continuait à lui tendre son verre pour en avoir davantage. Il remplit le verre jusqu'à la moitié; elle ne bougea pas, et il dut le remplir jusqu'au bord pour qu'elle hoche enfin la tête.
Pauline dit :

« Ecoute, Cassidy. Ecoute-moi bien. On est allés chez toi cet après-midi. Mildred nous avait invités. »

Cassidy appuya un coude sur la table et se frotta la nuque.

« J'avais compris ça tout seul.

– Et pour la bagarre, tu es au courant? demanda Pauline.

– Je me suis douté qu'il y avait eu une bagarre », dit Cassidy.

Et au moment où il disait cela, il remarqua que le nez de Shealy était un peu rouge et légèrement enflé. Les lèvres pincées de colère, Cassidy demanda :

« Qui t'a frappé, Shealy?

– Je vais te dire qui l'a frappé, dit Pauline. C'est ce gros porc qui est assis là-bas avec ta femme. »

Cassidy posa les deux mains à plat sur la table.

« Allons, du calme, Jim, dit Shealy. Laisse tomber. »

Pauline, les bras croisés, penchait la tête vers Cassidy.

« Et je vais te dire comment c'est arrivé. Kenrick baladait ses mains partout sur Mildred. Il la palpait, il la pelotait comme s'il était en train de tâter des melons au marché. Et Mildred? Elle ne bougeait pas, elle se laissait faire...

– Ce n'est pas tout à fait vrai, intervint Shealy. Mildred était ivre et elle ne savait pas ce qui lui arrivait.

– Tu parles qu'elle ne le savait pas! dit Pauline. Elle s'en rendait parfaitement compte, et si tu veux mon avis, ça ne lui déplaisait pas. »

Spann adressa à Pauline un sourire suave et lui dit :

« Continue. Continue comme ça, et avant la fin

de la soirée je t'arrache les cheveux un par un jusqu'au dernier.

– Tu ne feras rien du tout, lui répondit Pauline. T'es un minable, un zéro. Si tu étais un tant soit peu un homme, tu l'aurais prouvé aujourd'hui quand Kenrick s'est mis à frapper Shealy. Mais tu t'es contenté de regarder, comme si tu avais un fauteuil de ring. »

Shealy sourit à Cassidy.

« Je pense que j'ai dû laisser du sang sur ton plancher.

– C'était horrible, dit Pauline. Shealy ne cherchait pas la bagarre. Tout ce qu'il a fait, ça a été de lui demander poliment quelque chose. Comme le vrai gentleman qu'il est. Si, c'est vrai, Shealy, t'es un vrai gentleman. »

Shealy haussa les épaules.

« J'ai simplement demandé à Kenrick de cesser de faire ce qu'il faisait. Je lui ai fait remarquer que Mildred était ivre...

– Et Kenrick s'est contenté de rigoler, coupa Pauline. Alors Shealy lui a répété ce qu'il venait de dire. Et sans avertissement, Kenrick l'a frappé en plein visage. »

Cassidy recula sa chaise de quelques centimètres. Il regarda Mildred et Haney Kenrick à l'autre bout de la pièce. Il les fixa jusqu'à ce que Kenrick l'aperçoive et lui adresse un large sourire, un bonjour amical de la main et lui fasse de nouveau signe pour l'inviter à prendre un verre avec eux.

« Doucement, dit Shealy. Doucement, Jim.

– La seule chose qui m'ennuie, murmura Cassidy, c'est qu'il t'ait frappé. Je n'aime pas du tout ça.

– Ce n'était rien, dit Shealy avec un petit rire. Un simple coup de poing sur le nez. »

Pauline se pencha vers Cassidy.

« Et Mildred? Tu as entendu ce qu'il faisait avec Mildred? »

Cassidy baissa les yeux et regarda ses mains.

« Je m'en fous bien de Mildred.

– C'est ta femme », dit Pauline.

Doris sourit à Cassidy et lui demanda :

« Je peux avoir un autre verre? »

Il lui servit un autre verre. Il en renversa un peu sur la table et il entendit Pauline dire :

« Tu m'entends, Cassidy? Tu entends ce que je te dis? C'est ta femme.

– La question n'est pas là, répondit Cassidy. Ça n'a pas d'importance. »

Il leva son verre et but une longue gorgée. Il en but une seconde, vida son verre et le remplit de nouveau, et pendant un moment ils n'échangèrent pas un mot, trop occupés à boire. Cet interlude de silence ressemblait au calme étrange qui règne sur le pont d'un navire en train de couler lentement, alors que les passagers, avec une gravité inhabituelle, montent dans les canots de sauvetage. Ils ne se préoccupaient pas les uns des autres. Ils se contentaient de boire en silence.

Pauline finit par déclarer :

« Je le dis et je le répète, Shealy est un vrai gentleman.

– Je n'en suis pas si sûr, dit Shealy.

– Si, c'est vrai, poursuivit Pauline, les larmes aux yeux. Et tu es la crème des hommes. »

Spann sourit dans le vide.

« Et moi, alors? demanda-t-il. Qu'est-ce que je suis?

– Tu es une larve », répondit Pauline.

Elle regarda Doris.

« Bon Dieu, dis quelque chose! »

Doris leva son verre et but lentement et longuement comme si elle avalait de l'eau fraîche.

Cassidy se leva. Il se campa sur ses jambes, s'assura de son équilibre, et il entendit Shealy lui dire :

« Doucement, Jim. Je t'en prie, vas-y doucement.

– Ça va très bien, dit Cassidy.

– Reste là, dit Shealy. Je t'en prie, Jim. Rassieds-toi.

– Ne t'inquiète pas.

– Non, Jim.

– Il t'a frappé, non ? C'est bien ce qu'il a fait ?

– Je t'en prie ! »

Shealy tira Cassidy par la manche.

« Mais tu ne comprends pas ? dit Cassidy, doucement. Tu es mon ami, Shealy. Il y a des jours où tu parles comme un livre et où tu me tapes sur les nerfs, mais tu es mon ami. Tu es un vieux propre-à-rien d'alcoolique, mais tu es mon ami et il n'avait pas le droit de te frapper. »

Il écarta la main de Shealy qui le retenait par la manche. Il traversa la salle, se dirigea tout droit vers la table où ils étaient assis. Kenrick le vit venir et lui adressa un large, très large sourire. Mildred se retourna pour voir à qui Kenrick souriait, et, apercevant Cassidy, elle ne lui accorda qu'un regard avant de lui tourner le dos.

Cassidy arriva à leur table, et Kenrick, se levant à moitié, approcha une chaise et lui demanda :

« Qu'est-ce qui t'a autant retardé ? On t'attendait. Tiens, assieds-toi. Bois un verre.

– D'accord ! » dit Cassidy.

Et Kenrick demanda à Lundy d'apporter une bouteille et un autre verre.

Puis il donna une claque sur l'épaule de Cassidy et demanda :

« Alors, Jim, comment ça va, mon vieux?
– Bien, dit Cassidy.
– Et ta vieille guimbarde, ça roule toujours?
– Ça marche. »
Cassidy regardait Mildred qui le regardait aussi.
« Et comment ça se passe à Easton? demanda Kenrick en donnant à Cassidy une nouvelle claque sur l'épaule.
– La ville est agréable, dit Cassidy.
– C'est ce qu'on m'a dit, renchérit Kenrick qui tripotait un briquet entre ses gros doigts. Il paraît que c'est une vieille ville formidable, et qu'il y aurait de quoi faire pour la vente à crédit.
– Ce n'est pas moi qui pourrais te le dire, fit Cassidy.
– Ecoute, dit Kenrick en se carrant contre le dossier de sa chaise, je vais t'expliquer. A mon avis, ce qui compte, c'est qu'il y a un grand nombre de rues et que les gens ont des salaires plutôt bas. Ils travaillent en usine, ils ont beaucoup de gosses, c'est très bon, tout ça. Quand tu ajoutes tous les facteurs, t'as une bonne idée de la zone à prospecter, tu peux y aller et t'es sûr de vendre.
– Je n'y connais strictement rien, dit Cassidy.
– Ça s'apprend, observa Kenrick. C'est très intéressant.
– Pas pour moi, dit Cassidy. Mon boulot, c'est de conduire un autocar.
– Et c'est un sacré bon boulot, si tu veux mon avis. »
Une fois de plus, Kenrick claqua l'épaule de Cassidy.
« Il n'y a pas de quoi en avoir honte. C'est simplement un sacré bon boulot, dur, mais honnête. »
Lundy vint à leur table avec la bouteille et le

verre supplémentaire, et Kenrick servit tout le monde. Il leva son verre, s'apprêta à dire quelque chose, changea brusquement d'avis et porta son verre à ses lèvres. Mais Cassidy posa la main sur son bras pour l'empêcher de boire.

« Vas-y, Haney, dis ce que tu voulais dire.

– Et que veux-tu que je dise ?

– Que tu lèves ton verre en l'honneur de Mildred qui fête aujourd'hui son anniversaire. »

Kenrick fit une curieuse grimace, comme s'il avait du mal à déglutir.

« Son anniversaire ? »

Les mots sortirent très vite, nerveusement.

« Mais oui, dit Cassidy. Tu ne savais pas que c'était son anniversaire aujourd'hui ?

– Eh bien, mais si, bien sûr. »

Le rire de Kenrick était légèrement étranglé. Il leva cérémonieusement son verre et déclara :

« A Mildred, et à son anniversaire !

– Et à ses jolis bras ! » ajouta Cassidy.

Kenrick le regarda avec des yeux ronds.

« A ses jolis bras bien blancs, poursuivit Cassidy. Des jolis bras potelés à la peau bien douce. »

Kenrick tenta de rire, mais aucun son ne sortit de sa bouche.

« Et à la poitrine de Mildred. Regarde un peu cette poitrine, Haney. Regarde bien.

– Ecoute, Jim, vraiment...

– Regarde-la. Regarde. Elle est superbe, non ? »

Kenrick déglutit avec peine.

« Regarde la courbe de ses hanches, dit Cassidy. Regarde ces hanches. Larges, pleines et bien rondes. Regarde-moi ce corps magnifique. As-tu jamais rien vu de pareil ? »

La sueur perlait sur le visage de Kenrick.

« Vas-y, Haney. Regarde. Regarde tant que tu

veux. Elle est à côté de toi. Tu peux la regarder. Tu peux la toucher. Tends le bras et touche-la. Mets tes mains sur elle. Ce n'est pas moi qui t'en empêcherai. Mets tes mains partout sur elle. Vas-y, Haney ! »

Kenrick déglutit de nouveau. Il parvint à afficher une expression sévère et solennelle et il déclara :

« Ça suffit maintenant, Jim. Il s'agit de ta femme.

– Tu viens seulement de l'apprendre ? demanda Cassidy. Ça n'avait pas l'air de te gêner, cet après-midi. »

Mildred se leva.

« Arrête, Cassidy.

– Toi, reste assise, lui dit-il. Et tais-toi.

– Cassidy, dit-elle, tu es complètement soûl et tu ferais mieux de sortir d'ici avant de faire un scandale.

– Il va rester tranquille, dit Kenrick.

– Il est ivre mort, soûl comme un cochon, dit Mildred. C'est lamentable.

– Oui, c'est ça, éclata Cassidy. Je suis un ivrogne, un raté minable. Pas assez bien pour toi. Je ne gagne pas assez d'argent. Je ne peux pas t'acheter ce que tu veux. Tu sais que je ne serai jamais autre chose que ce que je suis maintenant. Tu t'imagines que tu peux trouver mieux. Ça, par exemple. »

Il désignait Haney Kenrick.

Du regard, Kenrick sondait Cassidy pour évaluer son degré d'ivresse. Il comprit que Cassidy était assez soûl pour ne pas lui poser trop de problèmes. Il pressentait du même coup que la situation lui était favorable et qu'il pourrait en tirer profit pour s'imposer aux yeux de Mildred.

Kenrick ordonna :

« Rentre chez toi, Jim ! Rentre chez toi et va te coucher ! »

Cassidy éclata de rire.

« Si je rentre chez moi, où est-ce que vous irez, tous les deux ?

– Ne t'en fais pas pour ça, dit Kenrick.

– Tu peux être bien sûr que je ne vais pas m'en faire, répondit Cassidy en se levant. Ça ne m'empêchera pas de dormir. Pourquoi veux-tu que je m'inquiète ? Elle peut bien faire ce qu'elle veut. Si tu crois que ça me dérange ? Tu crois que je t'en veux de l'avoir pelotée cet après-midi ? Je ne t'en veux absolument pas. Je te dis que je m'en fous complètement.

– Très bien ! dit Mildred. On a compris, tu t'en fous complètement. Et après ?

– Laisse tomber, lui dit Kenrick. Il va se tenir tranquille. Il va se calmer et rentrer chez lui. »

Kenrick se leva, saisit fermement Cassidy par le bras et commença à l'écarter de la table. Cassidy chercha à se dégager, perdit l'équilibre, heurta la table voisine et s'écroula sur le sol. Kenrick se baissa, le remit sur ses jambes, et le poussa de nouveau vers la porte. Une seconde fois, Cassidy échappa à Kenrick.

« Allez, ne fais pas le malin, Jim ! »

Cassidy cligna des yeux, regarda par-dessus l'épaule de Kenrick et vit Mildred se diriger vers la table où Shealy et les autres étaient assis. Il vit Mildred saisir Pauline par le poignet.

Il entendit Mildred lui dire :

« Ecoute bien, espèce de garce ! Si tu ne peux pas t'empêcher de l'ouvrir, je vais me charger de te fermer ta grande gueule ! »

Mildred tira violemment Pauline pour la faire se lever et la gifla brutalement. Pauline poussa un juron et saisit Mildred aux cheveux, et Mildred lui lança une seconde gifle qui projeta Pauline contre le mur avec tant de force qu'elle rebondit vers Mildred, qui l'accueillit avec un troisième coup en plein visage. Pauline poussa un cri d'oiseau de proie et se jeta sur Mildred alors que Shealy tentait de s'interposer. Kenrick s'était retourné et observait la scène, et quand Shealy essaya de séparer les deux femmes, il lança :

« Ne te mêle pas de ça, Shealy. »

Shealy ignora l'ordre. Kenrick fit quelques pas vers Shealy et c'est alors que Cassidy ordonna :

« Retourne-toi, Haney. Regarde-moi. Tu t'es bien amusé avec Shealy, cet après-midi. Maintenant, on va jouer tous les deux. »

Cassidy avait parlé d'un ton froid et décidé, et tous les clients du bar se retournèrent vers lui. Le combat entre Mildred et Pauline était terminé. Pauline sanglotait sur le sol. Spann ne faisait pas attention à elle; il regardait Cassidy, se demandant ce qu'il allait faire. Tout le monde se demandait ce que Cassidy allait faire.

Kenrick semblait inquiet. Cassidy avait l'air quelque peu dégrisé, et Kenrick n'aimait pas beaucoup la façon dont il se tenait campé fermement sur ses jambes, les poings serrés pareils à deux blocs de pierre.

« T'es une enflure, Haney, dit Cassidy. Une enflure, et un minable.

– Ecoute, Jim, on n'est pas là pour se bagarrer.

– Moi, si.

– Pas avec moi, Jim. Tu n'as absolument rien à me reprocher. »

Cassidy sourit à peine.

« Disons seulement que ta tête ne me revient pas. Et ce soir, tout particulièrement. Cela m'ennuie de savoir que tu as donné une raclée à Shealy. Shealy, c'est mon ami. »

Mildred s'interposa. Se plantant devant Cassidy, presque à le toucher, elle lui jeta à la figure :

« Shealy n'a rien à voir là-dedans, et tu le sais bien. Tu es jaloux, c'est tout. Tu es simplement jaloux.

– De toi ? demanda Cassidy. Ne me fais pas rire.

– Si, justement, le défia-t-elle. J'aimerais bien te voir rire. »

Au lieu de rire, il repoussa violemment Mildred du plat de la main et elle recula en titubant, perdit l'équilibre et tomba. Elle heurta lourdement le sol, et, sans bouger, elle montra les dents et cracha :

« Vas-y, Haney. Fais-lui payer ça. Ne le laisse pas me faire une chose pareille. »

Kenrick eut soudain l'expression d'un homme pris au piège. Mais il lui fallait Mildred, absolument, et son désir avait pris de telles proportions qu'il éclipsait tout le reste, dans son esprit. Il savait qu'il lui fallait Mildred, et c'était peut-être là l'occasion rêvée de la conquérir. Kenrick rentra son ventre, bomba le torse, avança sur Cassidy et le frappa de toutes ses forces.

Cassidy ne fut pas assez rapide. Le crochet du droit l'atteignit en pleine mâchoire. Il fut projeté en arrière, heurta une table et s'y retrouva allongé sur le dos. Kenrick revint à la charge, lui saisit les jambes pour le faire basculer de l'autre côté, puis fit le tour de la table pour lui lancer un coup de pied dans les côtes, puis un second. Cassidy roula sur lui-même, bondit sur ses pieds et tenta de se défendre, mais il n'y parvint pas. Kenrick lui écrasa la bouche d'un direct du gauche, puis le frappa d'un second gauche sur le nez, suivi d'une droite à la tête. Et Cassidy s'écroula une seconde fois.

Pour Kenrick, ce fut un moment délicieux. Il était certain d'avoir étendu Cassidy pour le compte, et il s'apprêtait à lui tourner le dos. Mais du coin de l'œil, il aperçut Cassidy qui se redressait.

« Ne fais pas l'imbécile, Jim, prévint-il. Tu vas finir à l'hôpital. »

Cassidy se racla la gorge, amassa une boule de salive et de sang entre ses dents et la cracha au visage de Kenrick. Il bondit sur lui, lui assena un direct du gauche sur la bouche, suivi d'une droite qui l'atteignit à la tempe. Kenrick agrippa Cassidy, le saisit à bras-le-corps, lui encercla la poitrine et commença à serrer, et ils tombèrent tous les deux. Ils roulèrent sur le sol, Kenrick augmentant son avantage de toute la puissance de ses bras énormes, serrant la poitrine de son adversaire à lui couper le souffle, à l'asphyxier, et serrant de plus belle jusqu'à ce que Cassidy soit envahi par une douleur épaisse comme un brouillard gris sombre qui devint bientôt d'un noir profond. Et Cassidy crut que c'était la fin.

Kenrick lui sourit et lui demanda :

« Tu as ton compte ? »

Cassidy commença à hocher la tête, mais ne termina pas son geste car son front heurta le menton de Kenrick. Kenrick émit un grognement qui ressemblait à un soupir, et lâcha prise. Cassidy se releva aussitôt, vit Kenrick se remettre debout et le laissa venir à lui pour le cueillir d'un direct du gauche dans l'œil. Le coup stoppa Kenrick, le maintint sur ses pieds juste le temps que Cassidy lui expédie de toutes ses forces une droite croisée qui atterrit comme un coup de massue sur la mâchoire de Kenrick.

Kenrick fut projeté en arrière et s'étala de tout son poids. Il fermait les yeux, il était inconscient. Cassidy le regarda, l'examina une seconde fois pour être sûr de son fait, lui sourit, puis sombra doucement dans une brume blanche et cotonneuse avant de s'écrouler sur Kenrick.

4

CASSIDY sentit qu'on lui jetait de l'eau au visage. On l'avait monté dans l'une des pièces inoccupées, situées au-dessus du bar. Quand il ouvrit les yeux, il découvrit ses amis penchés sur lui, qui l'examinaient d'un air inquiet. Leur souriant, il tenta de s'asseoir. Shealy lui dit d'y aller doucement. Cassidy demanda à boire et Spann lui tendit une bouteille. Il but longuement. Avant de reposer la bouteille, il aperçut Mildred. La regardant droit dans les yeux, il avala une dernière gorgée d'alcool. Puis il se releva et se dirigea vers elle.

« Fous le camp d'ici ! lui dit-il.

– Je te ramène à la maison.

– A la maison ? répéta-t-il à voix basse. Depuis quand j'ai une maison ?

– Allez, viens ! » dit-elle, et elle tendit la main pour le prendre par le bras.

Cassidy la repoussa.

« Bas les pattes ! Je ne plaisante pas.

– Très bien, dit-elle. Comme tu voudras. »

Elle fit demi-tour et sortit; il entendit Shealy dire :

« Tu as eu tort, Cassidy. Tu n'aurais pas dû lui faire ça. »

Il regarda Shealy.

« Ne te mêle pas de ça.

– Je te dis seulement que tu as eu tort. C'est elle qui a essayé de faire le premier pas.

– Tu me raconteras ça un autre jour. »

Tournant le dos à Shealy, Cassidy porta un doigt à sa bouche et l'en retira couvert de sang. Il commençait à se ressentir de ses blessures. Sans s'adresser à qui que ce soit en particulier, il demanda :

« Où est donc passé mon ami Haney ? »

Spann eut un petit rire.

« On l'a emmené chez le docteur. »

Cassidy tâta sa mâchoire.

« Tu sais, dit-il, ce gros salopard s'est bien défendu. »

Ils descendirent au bar. Cassidy déclara qu'il supporterait bien un verre de plus.

Shealy secoua la tête.

« Je crois que tu ferais mieux d'aller te coucher. On va te raccompagner chez toi.

– J'ai dit que je ne rentrais pas chez moi. »

Il fit un signe à Lundy et le vieil homme le regarda, puis quêta l'approbation de Shealy qui secoua la tête de nouveau. Se retournant vers Shealy, Cassidy lui demanda :

« Depuis quand joues-tu les anges gardiens ?

– Je suis ton ami, c'est tout.

– Alors, rends-moi service, dit Cassidy. Fous-moi la paix.

– C'est vraiment dommage.

– Qu'est-ce qui est dommage ?

– Que tu sois aveugle à ce point, répondit Shealy. Tu es incapable de voir les choses en face. »

Cassidy, d'un geste las, lui fit comprendre qu'il en avait assez entendu, et il tourna le dos à l'homme aux cheveux blancs. Derrière le bar, Lundy lui versait un verre. Il se moquait complètement que Cassidy ait déclenché une bagarre chez lui. Ce genre de choses arrivait sans arrêt. Les bagarres qui dégénéraient presque en émeutes étaient monnaie courante dans le métier, et c'était en partie parce que Lundy refusait toujours de s'en mêler que les habitants du quartier des docks l'appréciaient tant. Sa popularité tenait aussi au fait qu'il acceptait encore de les servir lorsqu'ils étaient déjà ivres depuis longtemps. Il avait même une arrière-salle réservée aux buveurs qui voulaient rester après la fermeture. Pour le moment, en servant Cassidy, il ne lui demandait rien d'autre que de régler les trente cents de sa consommation.

Cassidy but trois verres de suite puis décida d'offrir une tournée générale. Quand il se retourna pour inviter les autres clients à boire avec lui, il découvrit qu'ils étaient tous partis, à l'exception d'une femme assise toute seule à l'autre bout de la salle.

Elle était assise, là-bas, devant son verre vide, ce verre qu'elle fixait avec la même intensité que s'il s'agissait d'un livre passionnant. Cassidy se dirigea vers elle, essayant de se rappeler son nom. Dorothy, ou quelque chose comme ça. Ou Dora. Il se demanda s'il n'était pas trop ivre pour lui parler.

Il s'arrêta près d'elle, vacillant sur ses jambes. Il fixa le centre de la table, qui semblait tourner sur elle-même.

« Je ne me rappelle pas votre nom.

– Doris.

– Oui, c'est ça.

– Asseyez-vous, dit-elle, avec un sourire gentil, mais impersonnel.

— Si je m'assieds, je vais m'endormir.
— Vous avez l'air fatigué, dit Doris.
— Je suis ivre.
— Moi aussi. »
Cassidy fronça les sourcils.
« On ne dirait pas.
— Je suis complètement ivre. Je m'en rends toujours compte quand je suis complètement ivre.
— C'est mauvais signe, dit Cassidy. Ça veut dire que votre cas est grave. »
Doris hocha la tête.
« Oui, je suis très malade. On m'a dit que j'allais y laisser ma peau si je continuais à boire comme ça. »
Cassidy voulut prendre une chaise, la renversa, eut des difficultés à la remettre sur ses pieds, et finalement réussit à s'y installer.
« C'est la première fois que je vous vois ici, dit-il. D'où venez-vous ?
— Du Nebraska. »
Elle leva lentement la main et pointa l'index vers Cassidy.
« Vous avez eu un accident. Votre visage est couvert de coupures.
— Enfin, bon Dieu, vous n'étiez pas là ? Vous n'avez pas vu ce qui s'est passé ?
— J'ai entendu des gens qui s'agitaient, répondit Doris.
— Vous n'avez rien vu ? Vous n'avez pas vu la bagarre ? »
Elle baissa la tête et regarda son verre vide. Cassidy la dévisagea.
Après un long silence, il finit par dire :
« Je ne sais pas trop quoi penser de vous. »
Doris eut un sourire triste.
« C'est pourtant facile. Je suis malade, c'est

tout. La seule chose que j'aie envie de faire, c'est de boire.

– Quel âge avez-vous ?

– Vingt-sept ans. »

Cassidy tenta de se croiser les bras, mais ses mouvements manquaient de précision et il n'y parvint pas. Il les laissa pendre le long des montants de sa chaise. Il se pencha légèrement en avant et dit :

« Vous êtes très jeune, vous savez ? Vous êtes encore une petite fille. Une toute petite fille. Je parie que vous ne pesez pas plus de quarante kilos.

– Quarante-trois.

– C'est ça, dit-il, en s'efforçant de réfléchir à ce qu'il était en train de dire, et de voir clair à travers les brumes de son ivresse. Vous êtes jeune, et vous êtes toute petite, et c'est vraiment triste.

– Qu'est-ce qui est triste ?

– Que vous buviez. Vous ne devriez pas boire comme ça. »

Il leva lentement la main et essaya de la refermer pour donner un coup de poing sur la table. Sa main retomba mollement à plat sur le bois et il demanda :

« Vous voulez boire un verre ? »

Doris acquiesça.

Cassidy chercha Lundy des yeux, mais le patron n'était plus dans la pièce. Il se dit que le vieil homme devait être dans l'arrière-salle, et il se leva, appela Lundy, fit quelques pas et tomba à genoux.

« Oh ! bon Dieu, fit-il, je suis complètement vidé ! »

Il sentit les mains de Doris se poser sur ses bras, il comprit qu'elle essayait de le relever. Il tenta de l'aider, mais ses genoux cédèrent de nouveau et elle tomba avec lui. Ils restèrent assis là, sur le plancher, à se regarder. Elle tendit la main, saisit celle de Cassidy et s'appuya sur lui pour se remettre sur ses pieds. Puis elle essaya de le soulever et cette fois-ci, en y allant très doucement, ils y arrivèrent, comme deux animaux blessés, pantelants, perdus dans une forêt en feu. Cassidy avait passé son bras sur l'épaule de Doris et elle ployait sous la charge alors qu'ils traversaient la salle en direction de la porte d'entrée.

Ils se retrouvèrent dans la rue sombre et déserte. Il était deux heures et demie du matin et la brume qui montait du fleuve envahissait la rue. Des lumières brillaient sur quelques-unes des jetées d'où leur parvenaient des échos d'activité nocturne, et plusieurs péniches circulaient au milieu du fleuve. De l'autre côté de la rue, au bord de l'eau, un agent de police les aperçut et les observa un instant, fronça les sourcils, fit quelques pas vers eux, puis se dit qu'il s'agissait seulement d'un couple de pochards et qu'ils pouvaient bien aller au diable.

Ils descendirent du trottoir et ils commencèrent à traverser la chaussée pavée avec un sérieux qui faisait de chaque nouveau pas un problème à étudier et à résoudre avec beaucoup de prudence et de lenteur. Il était extrêmement important pour eux de rester debout, de se raccrocher à ce qui leur restait de lucidité et de parvenir à traverser la rue. Pour eux, ce but était aussi primordial que le combat du saumon pour remonter la rivière vers le havre de paix. Aussi primordial que la terrible errance d'une panthère blessée qui cherche une source. Leurs corps, intoxiqués, affaiblis par l'alcool, n'étaient plus que des masses de substance animale, privées de pensées et d'émotions, qui avançaient, avançaient toujours, dans le seul espoir de survivre à cet horrible voyage qu'était la traversée de la rue.

Au milieu de la chaussée, ils tombèrent de nouveau et Cassidy parvint à empoigner Doris avant que sa tête ne heurte les pavés. La pauvre lumière d'un réverbère tombait sur le visage de la jeune femme, et Cassidy vit qu'il était privé de toute expression, et dans ses yeux, il n'y avait que le regard mort, égaré, de quelqu'un qui a depuis longtemps renoncé à lutter, qui n'a plus la moindre envie de lutter.

Il la prit à bras-le-corps, et ils se retrouvèrent de nouveau sur leurs jambes. Ils avançaient sans suivre une direction précise, faisant un écart de côté pour revenir au même endroit, tournant en rond, reculant, puis avançant de nouveau pour finalement atteindre le trottoir d'en face et s'appuyer pesamment contre le réverbère.

Ils se reposèrent ainsi un moment et l'air humide qui venait du fleuve les ranima un peu. Le regard qu'ils échangèrent avait retrouvé un semblant de lucidité.

« Ce qu'il me faut, dit Cassidy, c'est juste un verre de plus. »

Les yeux de Doris se mirent à briller.

« Allons boire un verre.

– On va retourner chez Lundy, dit-il, et boire un autre verre. »

Mais soudain elle frissonna et Cassidy sentit son corps frêle trembler contre le sien; il ressentit l'énergie qu'elle déployait pour ne pas tomber une fois de plus. La tenant droite, il lui dit :

« Je suis là, Doris. Ne t'en fais pas.

– Je crois que je vais rentrer. Tu ne penses pas que je devrais rentrer ? »

Il hocha la tête.

« Je vais te raccompagner.
– Je n'arrive pas..., commença-t-elle.
– A quoi...
– A me rappeler où j'habite.
– Essaie de t'en souvenir. Si on traîne trop par ici, les flics vont venir avec le panier à salade, et on va finir au bloc. »

Doris fixait les pavés luisants sous la lumière du réverbère. Elle baissa la tête, porta la main à son front. Au bout d'un moment, elle retrouva son adresse.

Vers cinq heures du matin, une tempête déferla du nord-est. Les bourrasques de pluie s'abattirent sur la ville entière, semblant concentrer leur fureur sur le quartier des docks. Les eaux du fleuve se mirent à tourbillonner, à s'agiter et des vagues hargneuses commencèrent à gifler les quais, projetant des rideaux d'embruns qui atteignaient le milieu de Dock Street. Les gouttes de pluie tombaient avec violence, drues et aveuglantes, aussi perçantes que des milliards d'aiguilles. Dans les magasins de Dock Street et de Front Street, et dans les entreprises de transports routiers de Delaware Avenue, les employés cessèrent toute activité pour courir se mettre à l'abri. Ils comprirent qu'il n'y aurait pas de travail aujourd'hui.

Ce fut le fracas de la pluie qui réveilla Cassidy. Il se redressa et comprit aussitôt qu'il avait dormi par terre. Il se demanda ce qu'il faisait là. Puis il se dit que cela n'avait pas d'importance parce que, de toute façon, il pouvait difficilement se sentir plus mal. Sa tête le faisait tellement souffrir qu'il avait l'impression qu'on lui avait enfoncé des tubes dans les orbites pour lui injecter du métal en fusion dans le cerveau. Son estomac semblait être descendu au niveau de ses genoux. Dans son corps tout entier, la moindre de ses cellules nerveuses irradiait une douleur particulière. Il se dit qu'il était vraiment mal en point. Il se remit sur le flanc et se rendormit.

Vers dix heures et demie, il se réveilla de nouveau, et il entendit le bruit de la pluie. Il faisait très sombre dans la chambre, mais il y avait juste assez de lumière pour qu'il puisse voir où il se trouvait. Il se frotta les yeux et se demanda ce qu'il pouvait bien faire dans une chambre qu'il ne connaissait pas. Puis, en se relevant, il vit Doris qui dormait dans son lit. Et il se rappela qu'elle s'était évanouie dans la rue, qu'il l'avait portée jusqu'ici et couchée avant de perdre connaissance à son tour.

Il examina la chambre de nouveau. Elle était très petite, plutôt sinistre, mais il y régnait une odeur de propreté. L'une des deux portes donnait sur une salle de bain, l'autre sur une petite cuisine. Il se dit qu'il avait d'abord besoin d'utiliser la salle de bain. Quand il en ressortit, il se sentait un peu mieux. Sur la commode, il y avait une boîte d'allumettes et un paquet de cigarettes. Il en alluma une et alla dans la cuisine, pensant se préparer un café chaud.

Il y avait une pendule dans la cuisine, et en la regardant il poussa un grognement, car il était trop tard pour se rendre à son travail. Mais aussitôt il se rappela que c'était dimanche. Et, de toute façon, la tempête qui faisait rage devait rendre les routes impraticables. Il regarda par la fenêtre de la cuisine et c'était comme s'il regardait à travers le hublot d'un navire englouti. De toutes parts, retentissait le bruit de la pluie, pareil au grondement sourd du canon, et Cassidy se dit que c'était un jour idéal pour rester à l'intérieur.

Il s'assit tranquillement à la table de la cuisine, savourant sa cigarette en attendant que le café soit passé. Il remarqua quelques livres sur une étagère près de la cuisinière; il se leva et jeta un coup d'œil aux titres. Il les déchiffra en se mordillant la lèvre inférieure. Il s'agissait d'ouvrages sur l'art de se guérir soi-même de l'alcoolisme. Il ouvrit l'un des livres et vit que Doris avait annoté certains passages dans la marge. L'écriture révélait une certaine intelligence, une ténacité qui tenait presque de l'effort désespéré. Mais vers le milieu du volume, les notes disparaissaient et les derniers chapitres semblaient ne pas avoir été lus.

Le café était prêt et Cassidy s'en servit une tasse. Il frémit lorsque le liquide noir et bouillant lui brûla la bouche. Mais ça lui faisait du bien et il continua à boire, puis se servit une seconde tasse. Il se sentait beaucoup mieux maintenant, et l'étau qui lui broyait le crâne commençait à se desserrer. Il entamait sa troisième tasse lorsqu'il entendit Doris marcher dans la chambre, puis le bruit de la porte de la salle de bain qui se refermait et de l'eau qui coulait.

C'était un bruit agréable. Quelque chose de positif, de vivifiant que le bruit du robinet de la baignoire, et Doris faisait sans doute la même chose tous les matins. C'était agréable de penser qu'elle prenait un bain tous les jours. La plupart des gens du quartier utilisaient de l'eau de Cologne bon marché et se passaient diverses crèmes sous les bras, mais ils se baignaient rarement.

Il alluma une seconde cigarette et reprit du café. Il resta assis là, à écouter le bruit de l'averse auquel se mêlaient les clapotis en provenance de la salle de bain. A la savoir si proche, il éprouvait un certain plaisir qui n'avait rien de sensuel, une agréable impression de bien-être total et de paix intérieure. Il se sentait tout à fait bien. Et son café et sa cigarette avaient bon goût.

Puis il entendit la porte de la salle de bain s'ouvrir et Doris se diriger vers la cuisine. Quand elle entra, Cassidy lui sourit pour lui souhaiter bonjour. Elle s'était brossé les cheveux et portait une robe fraîche, en coton jaune pâle, d'une forme très simple.

Lui rendant son sourire, elle lui demanda :

« Comment te sens-tu ? »

Il hocha la tête.

« Je récupère.

– J'ai pris un bain froid. Cela me fait toujours du bien. »

Elle alla jusqu'à la cuisinière, se versa une tasse de café et l'apporta jusqu'à la table. Elle leva sa tasse, fronça les sourcils, la reposa et regarda Cassidy. Elle demanda :

« Où as-tu dormi ?

– Par terre. »

Il insista sur les mots, pour être sûr qu'elle n'ait pas de soupçons injustifiés.

Mais le regard de Doris lui apprit aussitôt qu'elle ne pensait pas du tout à cela, et qu'au contraire elle ne s'inquiétait que de son confort à lui.

« Tu dois être raide comme un bout de bois, dit-elle. Je suppose que tu n'as pas dû dormir beaucoup.

– Au contraire, j'ai dormi comme une masse. »

Son regard était toujours soucieux.

« Tu es sûr que tu te sens bien, maintenant ?

– Je suis en pleine forme. »

Elle reporta son attention sur sa tasse de café. Après quelques gorgées, elle dit :

« Tu ne veux pas boire un verre ?

— Bon Dieu, non ! protesta Cassidy. Ne me parle surtout pas de ça.

— Ça t'ennuierait si j'en buvais un ? »

Il était sur le point de répondre que ça ne lui faisait rien, bien sûr que ça ne lui faisait rien, et pourquoi est-ce que ça lui ferait quelque chose ? Mais ses lèvres étaient réticentes, son regard se fit solennel, presque paternel. Et il lui demanda :

« Tu en as vraiment besoin ?

— Terriblement. »

Avec un sourire engageant, il lui suggéra gentiment :

« Essaie de t'en passer.

— Je ne peux pas. Non, vraiment, je ne peux pas. J'en ai besoin pour me remonter. »

Il pencha la tête, l'examinant.

« Ça fait combien de jours que tu n'as pas dessoulé ?

— Je ne sais pas, dit-elle. Je ne compte jamais les jours.

— Les semaines, tu veux dire. »

Cassidy eut un soupir de lassitude.

« Vas-y, fais comme tu veux. Même si je t'attachais avec une corde, je ne pourrais pas t'empêcher de boire. »

Elle se recula un peu et le dévisagea avec un sérieux presque enfantin.

« Et pourquoi voudrais-tu m'en empêcher ? »

Il ouvrit la bouche pour répondre et s'aperçut qu'il n'avait pas d'explication satisfaisante à lui donner. Il regarda le plancher. Il entendit Doris quitter la table et passer dans la chambre. En pensant à ce qu'elle devait y faire, il l'imagina se dirigeant délibérément vers la bouteille d'alcool, étrangement calme, la portant à ses lèvres, tranquillement... Il comprit la terrible complicité qui unissait Doris et la bouteille. Il vit la bouteille s'élever à la rencontre des lèvres de Doris, pour s'unir à elles, comme si elle était vivante et qu'elle lui faisait l'amour.

Cassidy fut secoué d'un brusque frisson et, dans les profondeurs de son esprit, il vit la bouteille comme une créature grotesque et répugnante qui avait séduit Doris, l'avait fascinée, avait pris son plaisir avec elle, aspirant peu à peu tout ce que le corps de Doris contenait de vie et de sève, pour lui injecter le poison. Il vit la bouteille comme une entité malfaisante et profondément haïssable, qui tenait sous son emprise une Doris complètement désarmée.

Puis les idées se brouillèrent dans son cerveau et, le regard vide, il se leva de table, et resta un moment sans bouger, ne sachant trop ce qu'il allait faire. Mais lorsqu'il se dirigea vers la chambre, ce fut d'un pas décidé, et sa détermination s'affermit encore lorsqu'il approcha Doris qui se tenait debout devant la fenêtre, la tête rejetée en arrière, la bouteille aux lèvres.

Cassidy la lui arracha des mains, l'éleva au-dessus de sa tête et, de toutes ses forces, la lança par terre. Elle explosa en une gerbe or et argent de whisky et d'éclats de verre.

Le silence tomba. Cassidy regardait Doris qui contemplait le verre brisé éparpillé sur le sol. Il n'y eut pas un bruit pendant presque une minute.

Finalement, Doris leva les yeux vers Cassidy et lui dit :

« Je ne comprends pas pourquoi tu as fait ça.

– Pour t'aider.

– Et pourquoi veux-tu m'aider ? »

•

Cassidy s'approcha de la fenêtre et contempla la pluie qui tombait drue et serrée.

« Je n'en sais rien. J'essaie de comprendre. »

Il entendit Doris répondre.

« Tu ne peux pas m'aider. Il n'y a rien que tu puisses faire. »

La pluie déferlait contre la vitre. De l'autre côté de la ruelle, elle ruisselait le long de la façade d'un immeuble. Cassidy voulait parler, mais il n'avait rien de précis à exprimer. Il se demandait vaguement s'il allait pleuvoir toute la journée.

Il entendit Doris répéter :

« Tu ne peux rien faire. Rien du tout. »

Cassidy regardait toujours par la fenêtre. Entre les deux immeubles d'en face, s'ouvrait un étroit passage qui rejoignait Dock Street et le fleuve, et au-dessus du fleuve, il vit que le ciel chargé de pluie était d'un noir d'encre.

Et il entendait Doris raconter :

« Trois ans. Ça fait trois ans que je bois. J'habitais dans le Nebraska. J'étais mariée, j'avais des enfants. On possédait une petite ferme. Quelques hectares. Je n'aimais pas la ferme. J'aimais beaucoup mon mari, mais je détestais la ferme. La nuit, je n'arrivais pas à dormir, et je lisais beaucoup. Je fumais au lit. Il disait que c'était dangereux de fumer au lit. »

Cassidy se retourna très lentement. Il s'aperçut que Doris avait oublié sa présence et qu'elle continuait à parler pour elle seule. Elle poursuivait :

« Je l'ai peut-être fait exprès. Je n'en sais rien. Dieu seul le sait... Mais si seulement il pouvait me dire que je ne l'ai pas fait exprès... »

Elle porta les doigts à ses lèvres, comme pour les fermer, pour empêcher les mots de sortir de sa bouche. Mais ses lèvres s'ouvraient de nouveau.

« ... ne pas savoir si je l'ai fait exprès ou non.

Ne pas savoir. Tout ce que je sais, c'est à quel point je détestais cette ferme. Je n'avais jamais vécu dans une ferme. Je n'ai jamais pu m'y habituer. Et cette nuit-là, j'ai fumé au lit et je me suis endormie. Et quand je me suis réveillée, un homme me portait dans ses bras. J'ai vu des tas de gens, j'ai vu la maison qui brûlait. J'ai cherché mon mari et mes enfants, mais je ne les ai pas vus. Comment aurais-je pu les voir puisqu'ils étaient dans la maison ? La seule chose que je voyais, c'était la maison ravagée par les flammes. »

Puis elle ferma les yeux et Cassidy comprit qu'elle revivait la scène.

Et elle reprit :

« Ils ont été très gentils avec moi. Ma famille et tous mes amis. Mais ça ne m'a pas aidée à m'en sortir. Au contraire, c'était encore pire. Une nuit, je me suis ouvert les veines. Une autre fois, j'ai essayé de sauter par la fenêtre de l'hôpital. Ce jour-là, on m'a donné un verre d'alcool, pour me remettre... C'était la première fois que je goûtais à l'alcool. J'ai trouvé ça bon. C'était brûlant. Brûlant. »

Elle s'assit sur le bord du lit et fixa le plancher.

Cassidy se mit à arpenter la pièce, les mains derrière le dos, se tordant les doigts. Il pensait à tous ceux qui ne pouvaient pas se passer d'alcool. A leur degré d'alcoolisme, aux raisons pour lesquelles ils buvaient. Puis il regarda Doris. Et il cessa de penser aux autres. Il vit sa douceur délicate, sa gentillesse sans arrière-pensée, son innocence, et cette aura de bonté timide et discrète, et pourtant puissante, qu'elle irradiait. Il ressentit une douleur semblable à celle que l'on éprouve en voyant un enfant infirme. Et brusquement il eut un immense désir de venir en aide à Doris.

Et pourtant, il ne savait pas quoi faire. Non, il

ne savait pas quoi faire. Il ne savait pas par où commencer. Il la regardait, assise sur le bord de son lit, ses petites mains pâles reposant mollement sur ses cuisses, les épaules voûtées dans l'attitude de quelqu'un perdu dans un labyrinthe.

Il prononça son nom, elle leva la tête et le regarda. Il y avait une prière muette dans son regard. En une fraction de seconde, il comprit qu'elle le suppliait de lui donner une autre bouteille. Mais il ne voulait pas le savoir. Il ne voulait pas y penser.

Il prit seulement le temps de lui dire :

« Tu n'en as pas besoin. »

Et en disant cela, il sut ce qui manquait à Doris. Ce qui lui manquait à lui-même et qu'il venait de découvrir dans l'aura de pureté et de douceur qui émanait de Doris. Il avança vers elle. Il souriait tendrement. Il lui prit la main et il n'y avait rien de physique dans ce contact. Ce fut comme un doux murmure lorsqu'il porta la main de Doris à ses lèvres et embrassa le bout de ses doigts. Elle le regardait avec une sorte de patience résignée, mais ses yeux s'agrandirent d'étonnement lorsque Cassidy la prit dans ses bras.

« Tu es bonne, Doris, dit-il. Tu es si bonne. »

Elle ouvrait de grands yeux et au début elle ne ressentit rien d'autre que de la stupéfaction à se retrouver dans les bras de Cassidy. Puis, blottie contre sa poitrine large et confortable, elle fut sensible à sa chaleur, à son assurance, à la tendresse pure qu'elle lisait dans son regard et qu'elle éprouvait à son contact. Et elle eut le sentiment qu'elle pouvait enfin se reposer dans un abri douillet, qu'elle allait être cajolée, qu'elle était protégée. Sans dire un mot à Cassidy, en le regardant seulement, elle parvint à lui communiquer ce sentiment et il lui sourit et la serra un peu plus.

Puis il releva légèrement la tête de Doris, approcha la sienne de ses cheveux blond pâle, vit ses yeux gris se fermer lentement de bonheur, du bonheur serein que lui procuraient la tendresse et la sincérité de cet instant parfait. Cet instant dont elle comprenait toute la signification, alors que les lèvres de Cassidy s'approchaient des siennes. Les lèvres de Cassidy qui s'approchaient doucement et se posaient délicatement sur les siennes, pour y rester, alors qu'elle passait ses bras autour des larges épaules de Cassidy, posant ses mains sur ses muscles noueux et puissants.

Ils eurent l'impression de flotter, de basculer en arrière sans faire le moindre geste et ils se retrouvèrent sur le lit, les lèvres toujours soudées, se laissant gagner par la chaleur douce de leurs deux corps qui se rapprochaient l'un de l'autre sans qu'ils l'aient décidé, comme ça, tout simplement.

Ils étaient bien, ils avaient chaud. De plus en plus chaud. Et c'était une bonne chaleur, une chaleur irremplaçable, pensait Cassidy. Car c'était quelque chose de pur. Cela n'avait rien à voir avec le désir sensuel. C'était un désir, mais surtout de l'esprit, et ce que leur corps ressentait n'était que l'écho de ce qu'éprouvait leur esprit.

Ce n'était une sensation physique que parce qu'elle s'exprimait par un rapprochement physique. Mais la tendresse y était bien plus importante que la passion. Doris, gênée, se mordait les lèvres et, sans dire un mot, essayait de faire comprendre à Cassidy qu'elle avait honte de sa nudité. Alors il se pencha sur elle et l'embrassa pour lui faire oublier sa honte. Elle lui rendit son baiser, reconnaissante, comme pour lui dire, merci, merci, maintenant je n'ai plus honte, et je suis heureuse, tout simplement, heureuse de ce qui nous arrive.

Il releva la tête, regarda Doris, et vit ses seins minuscules, ses membres fragiles, sa peau aussi douce que celle d'un enfant. Tout en elle était doux, pâle et délicat, comme un mélange de pétales de fleurs pastel. Les courbes de son corps étaient à peine marquées, tout juste esquissées, et elle était si maigre, si terriblement maigre. Et pourtant, cela renforçait son désir de la caresser, de lui donner un peu de sa force.

Puis, quand il posa la main sur son sein, il comprit que le désir de Doris était très fort, et que c'était sa façon à elle de lui dire, je t'en prie, ne me fais plus attendre. Il savait qu'il était prêt pour ce qui allait se passer entre eux, et il était intensément heureux de ce qui allait arriver. Et quand il la prit, ce fut avec une infinie délicatesse, car elle était si frêle qu'il ne voulait pas la blesser. Il ne voulait lui faire aucun mal, ne pas lui faire subir la moindre agression qui pût ressembler à une domination. Parce que cela n'avait absolument rien à voir avec une quelconque domination. C'était un don de lui-même, un don merveilleux et sans équivoque, et elle l'accepta avec un soupir. Et elle soupira de nouveau. Et encore, et encore, et encore.

Il l'entendit soupirer. Il n'entendit rien d'autre. De l'autre côté du mur de la chambre, la tempête martelait les rues du quartier des docks, et son fracas vibrait aux oreilles de Cassidy. Mais il n'entendait rien d'autre que le doux soupir de Doris.

Vers la fin de l'après-midi, la pluie tomba avec tant de violence que le ciel en fut complètement obscurci et que la ville parut se recroqueviller sous ce déluge assourdissant. Le long des docks, les bateaux semblaient se presser contre les quais comme pour chercher refuge. A travers la fenêtre qui donnait sur la ruelle, Cassidy ne voyait que la masse luisante et sombre des immeubles voisins dont les contours paraissaient imprécis sous les torrents de pluie. Cassidy sourit à l'averse et lui demanda de ne surtout pas s'arrêter. Il était heureux de rester allongé sur le lit à contempler la pluie qui tombait, il aimait le fracas furieux de cette pluie qui ne pouvait pas l'atteindre.

Doris était dans la cuisine. Elle avait suggéré qu'ils mangent quelque chose, et elle avait insisté pour préparer le dîner elle-même. Elle avait promis à Cassidy que ce serait un très bon repas.

Cassidy roula sur lui-même, se leva et passa dans la salle de bain. Il s'examina dans la glace et décida de soigner son apparence pour dîner avec Doris. Dans l'armoire à pharmacie, il trouva un petit rasoir courbe, un rasoir de femme. Au début, il eut du mal à s'en servir, mais il finit par se racler suffisamment la peau pour qu'elle paraisse lisse. Puis il remplit la baignoire d'eau tiède et s'y plongea. Il resta quelque temps dans son bain. Il se dit qu'il y avait bien longtemps qu'il n'avait pas connu quelque chose qui ressemble autant à un logis où l'on se sent bien.

Cela lui sembla tout à fait normal de se servir du peigne de Doris et de son eau de toilette pour calmer le feu du rasoir sur son visage. Il n'arrivait pas à croire que la veille encore, il ignorait même qu'une femme comme Doris pût exister.

Puis, comme il revenait dans la chambre pour s'habiller, il comprit qu'il avait dû s'en douter. Inconsciemment, il devait savoir qu'elle existait, il devait attendre que Doris apparaisse dans sa vie. Il se dit qu'il l'avait attendue, qu'il avait espéré sa venue, et qu'il avait inconsciemment souffert de cet espoir toujours déçu. Et aujourd'hui, c'était chose faite. Il l'avait enfin trouvée. Elle était là, dans la cuisine, à lui préparer un repas.

Il entendit Doris annoncer que le dîner était prêt. En entrant dans la cuisine, il vit la table mise avec soin, il sentit le fumet agréable d'un vrai bon repas. Elle avait préparé une fricassée de poulet, fait cuire des petits gâteaux et ouvert un bocal d'olives. Elle était debout à côté de la cuisinière; elle lui sourit timidement en disant :

« J'espère que ça te plaira. »

Cassidy s'avança vers elle. Il la prit dans ses bras et lui dit :

« Tu savais que j'avais faim et tu m'as préparé à dîner. »

Elle ne savait pas comment réagir. Elle haussa les épaules, perplexe, et répondit :

« Bien sûr, Jim. C'est normal, non ?

– Tu sais ce que ça représente pour moi ? »

Doris baissa la tête, gênée.

Cassidy lui prit le menton et lui releva la tête, doucement. Il dit :

« Ça représente énormément de choses. Encore plus que je ne pourrais te dire. »

Elle toucha les épaules de Cassidy du bout des doigts. Elle leva les yeux vers lui et son regard était rempli d'étonnement. Ses lèvres remuèrent à peine lorsqu'elle dit :

« Ecoute la pluie qui tombe...

– Doris...

– Ecoute, dit-elle. Ecoute la pluie.

– Je te veux, Doris.

– Moi ? répéta-t-elle, machinalement.

– Je te veux. Je veux vivre avec toi. Ici. Je veux que cela continue comme ça, toi et moi.

– Jim, murmura-t-elle, regardant le plancher. Que veux-tu que je te dise ?

– Dis-moi que tu veux bien. »

Son regard restait fixé sur le plancher.

« Bien sûr que je veux bien. C'est... c'est formidable.

– Tu le dis mais tu ne le penses pas, hein ? Tu penses qu'on ne devrait pas ? »

Elle porta la main à sa tête, appuya ses doigts contre sa tempe.

« Je t'en prie, Jim. Comprends-moi. J'essaie de réfléchir.

– A quoi ? Qu'est-ce qui te tracasse ? »

Elle commença à lui tourner le dos. Il la retint par le bras, et elle répondit :

« Ce n'est pas bien. Tu as une femme. »

Il ne lâcha pas prise.

« Ecoute, Doris. Regarde-moi, écoute ce que je vais te dire. Celle avec qui je vivais, je ne peux pas dire que c'était ma femme. Nous sommes mariés, bien sûr, mais à la façon dont elle se comportait, elle était tout sauf ma femme. Je vais te dire ce qu'elle est. C'est une traînée. Une salope. Je ne veux plus la voir. Je ne retournerai jamais vivre avec elle. Je veux rester ici avec toi. »

Doris posa sa tête contre la poitrine de Cassidy. Elle ne dit rien.

« A partir de maintenant, dit Cassidy, tu es à moi.

– Oui, souffla-t-elle. Je suis à toi.

– C'est ça, lui dit-il. On est bien d'accord. Maintenant, asseyons-nous et dînons. »

5

Pendant la nuit, les vents changèrent brusquement de direction et chassèrent la tempête loin de la ville, et au matin les rues étaient sèches. Cassidy devait être au dépôt à neuf heures, et, tout en avalant rapidement un café et un morceau de pain, il se plaignit à Doris de la façon dont la compagnie traitait ses chauffeurs, les obligeant à venir deux heures avant le premier départ. La direction, lui expliqua-t-il, avait un sacré culot de demander aux chauffeurs d'effectuer des réparations mécaniques, de balayer le dépôt et de faire toutes sortes de corvées qui n'avaient rien à voir avec la conduite d'un autocar. Mais Cassidy ne se plaignait pas vraiment. Ce n'était qu'une simple manifestation de la mauvaise humeur caractéristique du lundi matin. Quand il eut vidé son sac, Doris hocha la tête en signe d'assentiment, et il oublia complètement ses griefs... Il était fin prêt à partir pour aller travailler.

A la porte, juste avant de sortir, il demanda à Doris ce qu'elle comptait faire pendant la journée. Elle chercha désespérément une réponse satisfaisante, mais Cassidy ajouta qu'il n'attachait aucune importance à ce qu'elle ferait tant qu'elle resterait à l'écart du bar de Lundy et qu'elle ne boirait pas une goutte d'alcool. Doris promit de lui obéir. Elle lui dit que cela vaudrait peut-être la peine d'aller faire un tour dans Market Street. Elle pourrait sans doute trouver un emploi de vendeuse dans un grand magasin. Cassidy lui répondit de ne pas se préoccuper de trouver du travail, et qu'à partir de maintenant, elle n'aurait plus aucun souci à se faire. Il l'embrassa, et, en s'éloignant, il lui envoya un dernier baiser.

Dans Arch Street, en allant vers l'arrêt du tram, il passa devant le magasin de fournitures maritimes où travaillait Shealy. Il aperçut sa chevelure blanche à travers la vitre, et décida d'entrer lui dire bonjour. Sans savoir pourquoi, il avait envie de bavarder avec Shealy, bien qu'il n'eût aucune idée de ce qu'il pourrait bien lui raconter.

Shealy était occupé à ranger un lot de pantalons et de chandails de marins. Il était monté sur une échelle, et il disposait la marchandise sur une étagère. Dès qu'il entendit la voix de Cassidy, il commença à descendre sans même le regarder. Il sortit de derrière son comptoir et, l'air inquiet, posa les mains sur les épaules de Cassidy.

« Bon Dieu, dit-il, où étais-tu passé? Je t'ai attendu toute la journée, hier, chez Lundy. Je me disais que tu viendrais bien faire un tour pour me raconter ce qui s'était passé. »

Cassidy haussa les épaules.

« Il ne s'est rien passé. »

Shealy se recula pour mieux regarder Cassidy.

« On sait que tu n'es pas rentré chez toi. On a demandé à Mildred et elle a dit que tu n'étais pas revenu. »

Cassidy se détourna, approcha de l'un des comptoirs vitrés et regarda les lunettes de soleil qui y étaient exposées. Il posa les mains sur l'arête du comptoir, se pencha en avant et dit :

« J'étais avec Doris. »

Puis il attendit, et quelques instants plus tard, il entendit Shealy répondre :

« Ça ne m'étonne pas. J'aurais dû m'en douter. »

Cassidy se retourna. Il regarda Shealy et il demanda calmement :

« Qu'est-ce qui te chagrine ? »

Shealy ne répondit rien. Il scrutait Cassidy du regard, essayant de deviner ses pensées.

« Allez, vas-y, dit Cassidy. Chante-moi ta petite sérénade. »

Le vieil homme aux cheveux blancs se croisa les bras, et, regardant par-dessus l'épaule de Cassidy, déclara :

« Laisse-la tranquille, Jim.

– Et pour quelle raison, dis-moi ?

– C'est une pauvre fille. Elle est très malade.

– Je le sais, dit Jim. Et c'est pour ça que je reste avec elle. »

Il n'avait pas prévu de dévoiler tous ses projets, mais maintenant que Shealy le mettait au pied du mur, il relevait le défi et déclarait abruptement :

« Je ne retournerai pas vivre avec Mildred. Je ne vivrai plus jamais avec elle. A partir d'aujourd'hui, dis-toi bien que je suis avec Doris. »

Shealy s'approcha de l'échelle et regarda l'étagère du haut où les chandails et les pantalons étaient empilés. Il semblait satisfait de son examen, mais il avait les yeux toujours fixés sur les piles de vêtements quand il lui demanda :

« Et pourquoi en rester là ? Si tu as décidé de venir en aide aux déshérités du monde entier, pourquoi ne fondes-tu pas une œuvre de charité ?

— Va te faire foutre, dit Cassidy en se dirigeant vers la porte.

— Attends, Jim.

— Non, je n'attends pas. J'entre pour te dire bonjour, et voilà que tu me fais la morale.

— Ce n'est pas simplement pour me dire bonjour que tu es entré. »

Shealy l'avait rejoint à la porte et l'empêchait de sortir.

« Tu es venu parce que tu as besoin qu'on te rassure. Tu voudrais que je te dise que tu as raison d'agir comme tu le fais.

— Moi ? Besoin de ton avis ? »

Cassidy tenta d'esquisser un sourire sarcastique, mais il ne réussit qu'à prendre un air renfrogné quand il demanda :

« Et qu'est-ce qui te fait croire que ton avis a tellement d'importance ?

— Le simple fait que cette histoire ne me concerne pas, répondit Shealy. Je suis complètement en dehors de l'affaire. Je ne suis qu'un simple spectateur. Je suis au balcon et je vois tout ce qui se passe. Ça me permet d'avoir plusieurs points de vue. »

Cassidy eut une grimace d'impatience.

« Arrête tes salades, tu veux ? Parle carrément.

— D'accord, Jim. Je vais être aussi clair que possible. Je sais bien que je ne suis qu'un vieillard alcoolique pourri jusqu'à la moelle, en train de crever doucement. Mais il y a quelque chose qui est toujours bien vivant en moi, qui fonctionne encore bien et qui me permet de garder le cap. C'est mon cerveau. Et c'est mon cerveau, et lui uniquement, qui te dit de ne pas t'approcher de Doris.

— Nous y voilà, dit Cassidy, tourné vers le mur. Maintenant, on va avoir droit au sermon.

– Quel sermon ? dit Shealy, éclatant de rire. Moi, te faire un sermon ? Sûrement pas, Jim. N'importe qui, mais pas moi. Il y a longtemps que j'ai perdu le sens des valeurs morales. La seule chose en laquelle je crois aujourd'hui, c'est une simple règle d'arithmétique, et rien de plus. C'est qu'on peut tous survivre et s'en tirer si on obtient deux quand on additionne un et un.

– Quel rapport avec Doris ?

– Si tu ne la laisses pas tranquille, elle y laissera sa peau. »

Cassidy recula d'un pas. Son regard s'étrécit.

« Allons, Shealy, descends sur terre. Sors de tes nuages. »

Shealy se recroisa les bras et s'adossa au comptoir.

« Jim, dit-il, je n'avais jamais vu cette fille avant hier soir. Mais j'étais assis à sa table et je l'ai regardée boire un verre. Et ça m'a suffi pour la juger. Cette fille n'a besoin que d'une seule chose, et c'est de whisky. »

Cassidy inspira profondément. Il donna un coup de pied dans le vide et dit :

« Tu devrais louer un bureau et y mettre une pancarte : « Pour cinq dollars la consultation, le « Docteur Shealy vous dira comment foutre sa « vie en l'air. »

– Je n'ai de leçon à donner à personne, dit Shealy. Tout ce que je peux faire pour toi, c'est te montrer ce qui t'attend. »

Prenant Cassidy par le bras, il l'amena jusqu'à la vitrine du magasin. De l'autre côté, la rue pavée, étroite et poussiéreuse, se faufilait entre les façades lépreuses des immeubles crasseux. L'air était opaque, chargé des miasmes du quartier des docks.

« Voilà, dit Shealy. C'est ça ta vie. Et la mienne

aussi. Personne ne nous a traînés jusqu'ici. On y est venus tout seuls. Parce qu'on le voulait bien. Parce qu'on savait que c'était exactement ce qu'il nous fallait et qu'on y serait bien. Comme des porcs, attirés par la boue, parce que c'est doux, c'est confortable...

– C'est un quartier pourri, dit Cassidy. Un endroit infect. J'en ai assez soupé. Je fous le camp. »

Shealy poussa un soupir.

« Tu rêves, toi aussi... »

Il secoua la tête, d'un air peiné.

« Ça fait dix-huit ans que je suis ici et j'en ai entendu des centaines qui rêvaient, comme toi. Ils disaient tous la même chose. Je fous le camp. Je vais sortir de ce trou. Je vais la prendre par la main, et ensemble on trouvera le chemin pour sortir d'ici. Le chemin qui monte vers la lumière. »

Cassidy eut un geste las et dit :

« A quoi bon ? Je n'arriverai jamais à rien en discutant avec toi. »

Tournant le dos à Shealy, il ouvrit la porte et sortit. Il s'en voulait de lui avoir rendu visite et de lui avoir laissé jouer son rôle de conseiller. Mais, en même temps, il était content d'avoir complètement rejeté le point de vue de Shealy. Il se dit qu'il allait continuer à réfuter ce genre de raisonnement, à le repousser et à s'en tenir à l'écart. Et, à ce propos, il serait sans doute souhaitable de ne plus voir Shealy. En tout cas, il allait soigneusement éviter le bar de Lundy.

C'était comme s'il avait sorti ses projets de leur cocon, leur avait donné un peu d'assurance, avant de les laisser voler de leurs propres ailes. Il avait pris la bonne décision, il le savait, et dans son esprit ses projets prenaient de plus en plus d'ampleur. Il se voyait faire ses bagages avec Doris et quitter à tout jamais le cloaque grisâtre du quartier des docks. S'installer quelque part à la sortie de la ville, dans un de ces quartiers neufs à loyer modéré où chaque petite maison avait un bout de pelouse devant la porte. Il allait demander une augmentation à la compagnie, et il était sûr qu'on ne la lui refuserait pas. Il la méritait largement et en ce moment même Cassidy savait qu'il était en position de force. Les uns après les autres, les chauffeurs finissaient par se fâcher et donnaient leur démission, et la compagnie avait perdu deux de ses meilleurs chauffeurs récemment. Cassidy restait le seul à qui on pouvait vraiment faire confiance. On lui donnerait peut-être jusqu'à soixante dollars par semaine, et c'était beaucoup, c'était bien suffisant.

Le seul problème, c'était que Mildred allait peut-être lui chercher des ennuis. Mais il était probable qu'il pourrait la faire tenir tranquille en lui donnant de l'argent, peut-être en lui versant une certaine somme tous les mois en attendant que le divorce soit prononcé. A ce propos, Cassidy pourrait peut-être se dispenser de verser le moindre sou si Haney Kenrick payait la note. Et il était sûrement tout disposé à le faire.

Cassidy atteignit l'extrémité de la ruelle qui débouchait dans Front Street, et il remonta en direction d'Arch Street. Quelques pâtés de maisons plus loin, la rue était déjà encombrée par la circulation intense du début de journée, mais là où il se trouvait, elle était déserte et le silence régnait encore sur ce décor délabré d'immeubles mal entretenus et de maisons condamnées. D'une barrière défoncée surgit un chat, lancé à la poursuite d'un rat, et Cassidy s'arrêta pour regarder la scène. Le rat était presque aussi gros que son poursuivant. Il faisait des efforts désespérés pour ne pas se faire prendre, mais, de l'autre côté de la rue, il hésita sur la direction à suivre et se retrouva coincé entre deux piles de briques. Le chat se précipita derrière lui, puis se ramassa sur lui-même, se préparant à bondir sur le rat.

Cassidy n'eut pas le temps d'en voir plus, car, à ce moment précis, il sentit qu'un objet fonçait vers lui, comme si l'air était soudain plus dense. Instinctivement, il baissa la tête de quelques centimètres, entendit l'air siffler à ses oreilles et vit une forme rectangulaire le frôler. La brique alla heurter le mur d'un entrepôt désaffecté; au même moment, Cassidy pivota sur lui-même pour voir qui l'avait lancée.

Il aperçut Haney Kenrick qui détalait dans une ruelle. Le premier mouvement de Cassidy fut de se lancer à ses trousses et de reprendre la bagarre. La séance du samedi soir aurait dû mettre un point final à la discussion, mais, apparemment, Kenrick n'avait pas l'intention d'en rester là. Cassidy fit quelques pas vers la ruelle, puis s'arrêta net et, haussant les épaules, se dit que ça n'en valait pas la peine. De toute façon, Haney devait savoir que Cassidy l'avait vu, et il n'y avait pas une chance sur cent pour qu'il recommence à jouer à ce petit jeu-là.

Cassidy poursuivit son chemin vers Arch Street et traversa la rue qui rejoignait Second Street, vers l'est. Au carrefour, quelques personnes attendaient le tramway. Le soleil, déjà haut, était brûlant, et Cassidy comprit qu'il allait faire une chaleur torride, ce jour-là. L'air était déjà lourd et les vitrines des magasins renvoyaient une lumière aveuglante. Cassidy pensa qu'il ferait sacrément bien de vérifier la pression des pneus arrière de son autocar. La semaine précédente, un autre chauffeur était parti, un jour de grosse chaleur, et l'asphalte surchauffé avait provoqué un éclatement. On avait frôlé la catastrophe, car si le car s'était retourné, l'accident aurait été très sérieux. Cassidy se répéta gravement qu'il était primordial de vérifier les pneus quand il faisait aussi chaud qu'aujourd'hui.

Il traversa First Street, toujours préoccupé par cette histoire de pneus, quand il entendit quelqu'un l'appeler.

C'était la voix de Mildred. Il l'aperçut de l'autre côté de la rue, les mains sur les hanches. Elle portait un chemisier, une jupe et des chaussures à talons. Des hommes passaient devant elle et certains d'entre eux se retournaient pour lui jeter un coup d'œil furtif. D'autres, plus audacieux, s'arrêtaient un instant pour la regarder franchement. Elle était plantée à l'angle de First et d'Arch Street comme une statue, superbe et imposante.

« Cassidy! lança-t-elle, et sa voix était riche et pleine et claquait comme un coup de fouet, déchirant le ronronnement nonchalant de l'activité matinale. Viens ici. Je veux te parler. »

Cassidy ne bougea pas. Il se dit qu'il ne parlerait à Mildred que lorsqu'il s'y sentirait prêt et serait sûr de lui.

« Tu m'entends? fit Mildred. Viens. »

Cassidy haussa les épaules et se dit qu'il ferait aussi bien d'en finir tout de suite et de régler la question une bonne fois. Il se dit qu'il devait rester très calme, quoi qu'elle dise, et, quelles que soient les injures dont elle l'accablerait, rester imperturbable. Garde ton sang-froid, pensa-t-il. Reste de glace.

Traversant la rue, il la rejoignit et demanda :

« Qu'est-ce que tu veux?

– Je t'attendais.

– Et alors ? »

Elle fit reposer tout son poids sur une jambe.

« Je veux savoir où tu étais passé.

– Téléphone aux renseignements. »

Sa lèvre inférieure saillit et elle lança :

« Ecoute-moi bien, espèce de salaud...

– On est en public.

– Le public, je l'emm...

– Comme tu voudras, fit Cassidy. Alors, disons qu'il est bien trop tôt pour ce genre d'explication.

– Pas pour moi, dit Mildred. Ce n'est jamais trop tôt, pour moi. »

Elle tourna la tête et regarda autour d'elle, et il comprit qu'elle cherchait des yeux une bouteille de lait ou d'autre chose, n'importe quel genre de projectile à condition qu'il soit lourd.

« C'est terminé, tout ça », dit Cassidy.

Mildred cligna des yeux, plusieurs fois.

« Qu'est-ce qui est terminé ?

– Les scènes, les bagarres, et tout le reste. »

Elle le regarda fixement. La détermination se lisait sur le visage de Cassidy, mais Mildred n'en croyait pas ses yeux. Ses lèvres se retroussèrent et elle dit :

« Regardez-moi ça, comme il est devenu bien tranquille et bien respectable. Qui est-ce qui t'a emmené à la messe ?

– Personne.

– Alors, qu'est-ce qui s'est passé ? »

Il ne répondit pas.

Mildred fit un pas vers lui.

« Tu te crois malin, n'est-ce pas ? Tu penses que tu vas m'avoir au baratin. Eh bien, j'ai une ou deux choses à te dire. Je ne me laisse pas rouler si facilement. Je n'ai pas les yeux dans ma poche et je sais ce qui se passe. »

Elle lui planta un doigt dans la poitrine, puis le repoussa des deux mains, voulut le repousser une seconde fois, mais Cassidy lui saisit les poignets et lui dit :

« Bas les pattes ! Je te préviens, ne me touche pas !

– Lâche-moi les mains !

– Pour que tu me tapes dessus ?

– J'ai dit de me lâcher. »

Mildred essaya de se dégager.

« Je vais t'arracher les yeux, je vais te lacérer le visage...

– Oh ! que non... »

Le calme de Cassidy était si impressionnant que Mildred cessa de se débattre, et, quand il la relâcha, elle ne bougea pas. Il déclara :

« Je vais le dire une seule fois, tu vas m'écouter, et on en restera là : entre nous, c'est fini.

– Ecoute, Cassidy...

– Non. C'est moi qui parle. Tu n'as pas bien compris ? J'ai dit que c'était fini.

– Tu veux dire que tu me quittes ?

– En gros, c'est ça. Quand je sortirai du travail ce soir, je passerai à l'appartement pour faire mes valises. »

Elle fit claquer ses doigts.

« Tu t'en vas comme ça, tout simplement ? »

Il hocha la tête.

« Tout simplement. »

Pendant un long moment, elle ne dit rien, se contentant de le regarder. Puis elle déclara d'une voix calme :

« Tu reviendras.

– Tu crois ? Tu peux attendre longtemps. »

Elle ne releva pas. Elle demanda :

« Qu'est-ce que tu cherches, Cassidy ? Tu veux que je fasse mon grand numéro ? Que j'éclate en sanglots ? Que je te supplie de rester ? Que je me mette à genoux ? Et quoi encore, espèce de... »

Elle leva le poing, le brandit sous le nez de Cassidy pendant un moment, puis son bras retomba.

Lui tournant le dos, Cassidy commença à s'éloigner d'elle. Mildred courut derrière lui, et, l'agrippant par le bras, elle l'obligea à se retourner.

« Laisse-moi, dit Cassidy. J'ai dit que c'était terminé. Tu n'as pas compris ?

– Salaud ! cracha-t-elle. Bien sûr que j'ai compris. Tout ce que je veux, c'est...

– Quoi, quoi ?

– Je veux que tu craches le morceau. Qui est-ce ?

– La question n'est pas là.

– Menteur ! »

Sa main jaillit et elle gifla Cassidy en plein visage.

« Espèce de sale menteur ! »

Elle le gifla de nouveau et, de sa main libre, l'agrippa par la manche pour le gifler une troisième fois.

« Espèce de fumier ! » glapit-elle.

Cassidy se frotta la joue.

« Les gens nous regardent, marmonna-t-il.

– Laisse-les regarder ! cria Mildred. Qu'ils regardent tant que ça les amuse. »

Elle lança un coup d'œil haineux aux badauds qui les entouraient.

« Allez vous faire voir ! leur dit-elle.

– C'est une honte, c'est inadmissible ! fit une grosse dame entre deux âges.

– Occupez-vous de vos oignons », lui lança Mildred.

Puis elle se tourna vers Cassidy et hurla :

« Oui, je le sais. Je ne suis qu'une alcoolique. Je

n'ai pas de manières, pas d'éducation. Je ne suis qu'une garce, une traînée. Mais j'ai quand même des droits. Je sais que j'ai certains droits. »

Elle bondit sur Cassidy, l'agrippa à pleines mains par les cheveux et lui secoua la tête en hurlant :

« J'ai le droit de savoir. Et tu vas me le dire. Qui est-ce ? »

Lui saisissant les bras, Cassidy se libéra. Il recula et répondit :

« D'accord. Elle s'appelle Doris.

— Doris ? »

Son regard se détacha de Cassidy.

« Doris ? »

Puis elle le fixa de nouveau.

« Cette moins que rien ? Cette petite maigrichonne alcoolique ? »

Elle parut stupéfiée et elle demanda :

« Bon Dieu, c'est vraiment elle ? C'est ça, ma rivale ? »

Cassidy se retint de toutes ses forces. Il savait que s'il la frappait maintenant, il la blesserait gravement. Se mordant fortement la lèvre, il dit :

« J'ai décidé d'épouser Doris. Est-ce que tu acceptes de divorcer ? »

Mildred le fixait toujours.

Cassidy répéta :

« Veux-tu divorcer ? Réponds-moi. »

Elle lui répondit à sa manière. Elle s'approcha de lui et lui cracha au visage. Cassidy sentit la salive dégouliner le long de sa joue, et il vit Mildred faire demi-tour et s'éloigner. Autour de lui, les gens murmuraient, quelques-uns riaient, et un homme dit :

« Eh ben, mon vieux ! »

6

DANS le tram aux rails surchauffés qui l'emmenait vers le dépôt des cars, Cassidy contemplait le plancher, ne sachant trop que penser. Il se demandait ce qui le rendait aussi perplexe. L'incident était clos, il avait revu Mildred, et la rencontre s'était déroulée exactement comme il aurait dû s'y attendre. Il aurait été naïf de croire qu'elle prendrait la chose avec le sourire et une tape amicale sur l'épaule, pour ensuite lui souhaiter bonne chance et lui dire qu'elle avait été heureuse de le connaître. La façon dont Mildred avait réagi était parfaitement conforme à son caractère. Sur le moment, Cassidy n'avait pas été surpris, et c'est pourquoi il ne comprenait pas ce qui le rendait perplexe maintenant.

Ce n'était peut-être pas de la perplexité. Alors, qu'est-ce que c'était ? Il se demanda si ce n'était pas un coup de cafard. Non, ça ne pouvait pas être ça, ça n'avait aucun sens. Il aurait dû se sentir heureux, au contraire. Il avait toutes les raisons d'être heureux. Sa situation était claire, maintenant, il avait découvert en lui-même quelque chose de sain et de propre, avait décidé de laisser s'épanouir cette meilleure part de lui-même, de s'y accrocher, de la cultiver et de construire ainsi une vie meilleure pour lui et pour Doris.

Lui et Doris : ce n'était pas tout à fait ce qu'il fallait dire. Voyons dans l'autre sens : Doris et lui. Voilà qui était mieux. Cela sonnait bien. Un joli mot, bien. Cassidy se le répétait dans sa tête pour en goûter toute la saveur. Bien, en majuscules, et souligné. C'était bien qu'il ait rencontré Doris, qu'il ait su voir, au-delà de son alcoolisme, sa profonde bonté. C'était bien qu'il ait été attiré vers elle, non pas fasciné, aguiché par elle, mais attiré lentement et sûrement comme les dévots sont attirés vers l'autel. Et c'était bien. Toutes ses pensées, tous ses projets concernant Doris et lui étaient bien. Le tram approchait du dépôt des cars et Cassidy avait effacé de son esprit l'incident de sa rencontre avec Mildred au coin de la rue. Il ne pensait plus qu'à Doris et à lui et il se disait que tout cela était bien et il se sentait heureux.

Sa sérénité s'accrut lorsqu'il entra dans le dépôt et qu'il vit son autocar. Il se rendit au vestiaire, enfila un chandail et passa près d'une heure à vérifier la pression des pneus, à régler le carburateur et l'allumage. Il mit le car sur le pont, graissa la transmission, et resserra l'embrayage. Puis, en examinant le pont arrière, il découvrit que le véhicule avait besoin d'amortisseurs neufs. Il en toucha deux mots au contrôleur, qui le félicita pour sa conscience professionnelle. Dans le magasin de pièces détachées, il trouva un jeu d'amortisseurs, les monta et ressortit de sous l'autocar le visage noir de graisse, mais son regard était calme et serein.

Il se lava le visage et passa un uniforme propre. Dans la salle d'attente, un employé annonçait aux voyageurs le départ du car pour Easton. Ils s'empressèrent de gagner le véhicule et Cassidy se tint près de la porte pour les aider à monter. Il leur souriait au passage, et ils lui rendaient son sourire. Il soulevait sa casquette lorsqu'il s'agissait d'une vieille dame et il entendit l'une d'elles dire à son compagnon : « Il est si poli. C'est tellement agréable d'avoir affaire à des gens courtois. »

Il offrit à ses passagers un voyage irréprochable jusqu'à Easton. Ni trop rapide, ni trop lent, un voyage parfaitement minuté pendant lequel il gagna du temps sur les portions de routes nationales où la circulation était clairsemée, pour redoubler de prudence sur la route étroite et sinueuse qui longe le Delaware en amont de Philadelphie. Par endroits, la route montait brusquement, les côtes étaient très raides et nécessitaient le savoir-faire d'un spécialiste. Cassidy montra à ses passagers ce dont un spécialiste comme lui était capable. Lorsqu'ils arrivèrent à Easton, un passager d'âge mûr lui sourit et lui déclara : « Vous, au moins, on peut dire que vous savez conduire un autocar. C'est la première fois que je me sens en sécurité pendant tout le trajet. »

C'était comme si le voyageur venait d'épingler un ruban rouge au revers de la veste de Cassidy, qui rougit de fierté. Il eut l'impression de se tenir plus droit, la poitrine gonflée et les épaules rejetées en arrière. C'était une sensation du même ordre que celle qu'il avait éprouvée, bien des années plus tôt, lorsque se tenant à côté du gros quadrimoteur qu'il avait piloté d'une main sûre au-dessus de l'Atlantique, et posé impeccablement, il regardait ses passagers descendre de l'avion. Le sentiment positif et réconfortant d'avoir bien fait son travail.

Il passa la porte du dépôt d'Easton et se retourna pour regarder son autocar, cette merveilleuse machine qu'il conduisait, cet assemblage compact d'engrenages, de paliers et de roues qui lui donnait un travail à accomplir, qui lui permettait de travailler tous les jours et d'avoir vraiment sa place dans la société. Il sourit en regardant le véhicule et son regard était rempli d'affection et de gratitude.

Dans l'après-midi, il fit terriblement chaud, trop chaud pour un mois d'avril, et l'air devint lourd, presque étouffant. Mais Cassidy ne souffrit pas de la chaleur. Il se dit qu'il faisait vraiment une belle journée. D'Easton, il revint à Philadelphie, bouclant la boucle; puis il repartit à Easton, et les heures passèrent rapidement, sans incidents. Il était bien installé derrière son volant, et, en lui-même, il tenait à sa machine des propos affectueux :

« Allez, on va grimper cette côte, maintenant... on va l'attaquer à 60... c'est ça, c'est juste ce qu'il faut... un virage, maintenant... doucement... c'est parfait... un autre virage... tu cliquettes, mon vieux... voilà, tu t'en sors très bien... t'es une sacrée bonne machine, le meilleur engin à quatre roues qui puisse exister... »

A travers le pare-brise, il découvrait le vert printanier des champs et des collines, un vert-jaune éclatant sous le soleil. Il était assailli par une succession de merveilleux parfums champêtres, et il sentait l'odeur du chèvrefeuille, de la violette, la senteur piquante des feuilles de menthe. Les délicieuses odeurs du printemps dans la vallée du Delaware. Il apercevait l'éclat argenté du fleuve qui brillait au soleil, les pentes d'un vert étincelant, en toile de fond, et la côte du New Jersey. C'était le genre de paysage que beaucoup de gens essayaient de fixer sur la toile ou de prendre en photo. Mais personne ne pouvait le voir avec les yeux de Cassidy. Il le percevait avec une telle intensité qu'il croyait avoir le goût du nectar à la bouche. Il éprouvait à ce spectacle le sentiment grisant, exaltant, de savoir qu'après tout, et en dépit de tout le reste, il y avait là une véritable raison de vivre.

Ce sentiment, c'était un peu la magnifique contradiction de tout ce qui, dans sa vie, était négatif, corrompu et sordide. C'était l'essence même de l'espoir, une force tranquille qui niait avec assurance la crasse et le délabrement des immeubles lépreux et des rues pavées du quartier des docks de Philadelphie. Ici, au milieu des collines et des vallées, ce sentiment prenait un sens évident, riche, clair, net et serein. Il proclamait calmement, mais sans appel, qu'il existait, en vérité, des trésors à découvrir en ce monde, des trésors qui ne coûtaient rien, si ce n'était la peine de les découvrir, de les contempler et de comprendre leur signification.

Cassidy regardait les champs, le fleuve. Le Delaware aux eaux tranquilles. Le même fleuve que celui qui coulait entre les quais de Philadelphie. Le long des jetées du port de commerce, c'était un fleuve répugnant qui dégageait une puanteur caractéristique. Il paraissait presque impossible qu'il s'agît du même Delaware. C'était comme si le fleuve qui coulait ici appartenait non seulement à un pays différent, mais à une époque différente. Comme si ce paysage traversé par le fleuve représentait l'avenir. Comme si le Delaware, entre Camden et Philadelphie, appartenait à un lointain passé mort depuis longtemps.

Cassidy se dit que ce passé-là était bel et bien mort. En ce qui le concernait, c'était de l'histoire ancienne, le genre d'histoire qui ne mérite pas qu'on se la rappelle. Les rues n'étaient plus qu'une vaste étendue où chaque pavé était une tombe, et là dormaient tous ses souvenirs, et le silence étouffait à jamais les cris, les injures, les bruits de lutte et le fracas du verre brisé. C'était fini, terminé, et il ne tarderait pas à l'oublier. Comme lorsqu'on découvre un chien mort dans la rue; on frissonne en voyant le cadavre, on ressent de la pitié pendant un instant, puis on poursuit son chemin et on l'oublie aussitôt.

Il ne faudrait guère de temps à Cassidy pour oublier le bar de Lundy. Et Pauline, et Spann. Et Shealy, et tous les autres. Il se dit qu'il devait ajouter Mildred à la liste. D'accord, c'était facile. Ajoutons Mildred. Evidemment, elle devait faire partie du lot. Pourquoi ne pas ajouter son nom? Pour quelle raison, bon Dieu? C'était avec grand plaisir qu'il y ajoutait Mildred. Chasser Mildred de sa mémoire, cela allait être un véritable soulagement, pareil à celui qu'éprouve un matelot qui échappe au vacarme et à la chaleur aveuglante de la salle des machines et qui monte sur le pont respirer l'air frais et pur et retrouver le silence.

Car Mildred n'était que l'un des éléments d'une certaine période de sa vie, et rien de plus. Une période de déchéance, où il s'était volontairement laissé aller, où il avait rejeté avec rage tout ce que son être pouvait avoir de noble. De la même façon qu'il s'était gorgé d'alcool pour se punir, il avait épousé Mildred avec le désir fou, impérieux, d'avilir son esprit en l'unissant à celui d'une traînée du quartier des docks, au langage vulgaire.

Le mariage lui-même avait été une farce, un épisode ridicule, digne d'une mascarade. En se rappelant le moment exact où il avait passé l'alliance au doigt de Mildred, il croyait revoir les couleurs criardes et les formes grotesques d'une illustration pour un récit d'horreur. Le ciel était de feu, le sol recouvert de braises. Les demoiselles d'honneur portaient des collants de satin rouge vif et leurs têtes étaient ornées de cornes. La jeune femme était donnée en mariage par un monstre visqueux et grimaçant qui n'arrêtait pas de harceler le futur époux avec un trident. Le futur souriait en disant à la créature visqueuse de continuer, parce que c'était bon.

Devant Cassidy, la route s'incurvait. Le flanc d'une colline apparut brusquement et lui cacha le fleuve. La colline était couverte de pâquerettes et de pissenlits. C'était un paysage agréable à l'œil, mais lorsque Cassidy le parcourut du regard, il vit, au sommet de la côte, un grand panneau publicitaire qui conseillait à tout le monde de se mettre à la page et de boire une certaine marque de whisky.

A huit heures quarante, comme Cassidy terminait son dernier voyage d'Easton à Philadelphie, le ciel commençait à s'assombrir et la pleine lune brillait. En descendant du tram au carrefour d'Arch et de First Street, il sentit la douceur de l'air nocturne, du vent léger qui semblait purifier la ville en la débarrassant de sa chaleur poisseuse. Il se dit que ce serait une bonne idée d'emmener Doris faire un tour dans le parc.

Il se dirigea vers l'appartement de Doris, et il se réjouissait à l'avance à l'idée du repas qu'ils allaient prendre ensemble. Il était probable qu'elle lui avait encore préparé un excellent dîner, mais, dans le cas contraire, il l'emmènerait dans un bon restaurant, et ensuite ils iraient se promener au Fairmont Park, près de la fontaine et du musée Parkway. Ils marcheraient un moment, et quand ils se sentiraient fatigués ils s'assiéraient sur un banc pour goûter la fraîcheur du soir.

Mais d'abord, avant de dîner, Cassidy allait remplir la baignoire et s'y plonger, et il ne lésinerait pas sur le savon. Il avait sacrément besoin d'un bon bain. Sous son uniforme de chauffeur, il sentait que son corps était couvert de sueur et de poussière. Il se réjouissait à l'avance à l'idée de prendre un bain, de se raser, de passer une chemise propre...

Il fit claquer ses doigts, se rappelant que tous ses vêtements et ses affaires se trouvaient dans l'appartement du second étage. Il se demanda si Mildred y était en ce moment. Puis il se dit que cela n'avait aucune importance qu'elle y soit ou non. Bon Dieu, il avait quand même le droit de venir chercher ses vêtements ! Mais elle allait peut-être recommencer à lui faire une scène et Cassidy n'était pas d'humeur à supporter ça. Il serra les dents. Si Mildred savait où était son intérêt, elle se garderait bien de lui chercher querelle. Elle avait même tout intérêt à le laisser tranquille. Il y avait des limites à ce que Cassidy pouvait supporter de la part d'une traînée comme elle. A vrai dire, elle avait déjà dépassé les bornes, le matin même, au carrefour. Si elle remettait ça ce soir, elle allait se retrouver à l'hôpital. Qu'elle essaie donc de lui dire quoi que ce soit ! Qu'elle soit là, à l'attendre ! Qu'elle essaie seulement d'ouvrir la bouche !

Cassidy pressa le pas, sans se rendre compte qu'en fait, il espérait que Mildred serait là et qu'il souhaitait qu'elle lui fasse des histoires. Il serrait les poings en entrant dans l'immeuble. Il monta rapidement l'escalier obscur, ouvrit la porte à la volée et se précipita dans l'appartement.

Le même désordre régnait toujours dans le salon. Ou bien Mildred avait encore invité des amis, ou alors elle n'avait pas levé le petit doigt pour nettoyer le fatras qui datait de trois jours. Ecartant une chaise d'un coup de pied, Cassidy entra dans la chambre et se dirigea vers la penderie. Brusquement, il s'arrêta pour examiner un cendrier.

Le cendrier était posé sur une table, près du lit. Cassidy regarda le mégot de cigare qui y était posé. Puis il vit que les draps du lit étaient froissés et que l'un des oreillers était tombé sur le sol.

Et alors ? se dit-il. Qu'est-ce que ça pouvait lui faire ? Cela ne valait même pas la peine d'y penser. Bien sûr que cela lui était complètement égal. Evidemment. Pourquoi est-ce que cela l'ennuierait ? La situation était telle, maintenant, que Mildred avait parfaitement le droit de faire tout ce qu'elle voulait. Si elle avait envie d'inviter Kenrick à venir ici et de coucher dans le même lit que ce gros porc suiffeux, à la bonne heure. Qu'elle fasse l'amour avec Haney tous les soirs de la semaine si c'était ce qu'elle voulait. Haney pouvait bien lui offrir des cadeaux, lui donner de l'argent et s'envoyer en l'air avec elle aussi souvent qu'il serait prêt à payer pour ça.

Cassidy s'éloigna du lit et s'approcha de la penderie. Il se dit qu'il devait se dépêcher de prendre ses affaires et de foutre le camp d'ici.

Il ouvrit la porte. La penderie était vide. Il en resta bouche bée, clignant des yeux. La penderie aurait dû contenir trois costumes, des pantalons et quelques paires de chaussures. Sur l'étagère, il aurait dû trouver au moins une douzaine de chemises, autant de sous-vêtements, des chaussettes et des mouchoirs.

Mais il n'y avait plus rien. La penderie était vide.

Puis il aperçut le morceau de papier accroché au cintre. Il l'arracha de son support et déchiffra l'écriture de Mildred. Il lut le message à voix haute : « Si tu veux tes vêtements, va les chercher au fond du Delaware. »

Cassidy froissa rageusement le billet dans sa main. Levant le bras, il lança la boule de papier sur le sol et donna un violent coup de pied dans la porte de la penderie. Sous le choc, le bois se fendit et quelques éclats sautèrent.

Il fit demi-tour et vit la porte de l'autre penderie, celle où Mildred rangeait ses vêtements. Hochant la tête, l'air menaçant, Cassidy traversa la pièce en se disant qu'il allait passer un bon moment à lacérer toutes les robes de Mildred, sans exception, de ses propres mains.

Il ouvrit la porte. Sa penderie était vide, comme pour le narguer. Puis il aperçut un deuxième morceau de papier, accroché lui aussi à un cintre. Il l'en arracha, et le lut en laissant fuser un sifflement de rage entre ses dents. Le message ne comptait que quatre mots, et le dernier était le verbe favori de Mildred.

Le bout de papier lui tomba des mains. Sans raison, inexplicablement, sa rage retomba, elle aussi, et il ne ressentit rien d'autre qu'une étrange tristesse, à laquelle se mêlait une bonne part d'apitoiement sur son propre sort. Cassidy pensa qu'il y avait peut-être des imbéciles qui trouvaient ça drôle. Mais quand un homme perdait tous les vêtements qu'il possédait, jusqu'à sa dernière chemise, cela n'avait rien de risible.

Il contempla le plancher, secouant la tête lentement. Quel sale tour !... C'était vraiment ignoble, répugnant, lamentable, de faire une chose pareille. Bon Dieu, si elle voulait se venger de lui, elle aurait pu trouver autre chose, non ? Ou, au moins, elle aurait pu lui laisser ne serait-ce qu'une chemise à se mettre sur le dos.

Puis la rage resurgit en lui, impétueuse. Il pencha la tête sur le côté et vit la coiffeuse de Mildred. Il pensa aussitôt à ses flacons d'eau de toilette, à ses pots de crème, sa lingerie, à tout le reste. A tout ce qu'il pourrait encore trouver.

La coiffeuse était vide. Lorsqu'il tira le dernier tiroir, vide comme tous les autres, c'en fut trop pour lui. Il arracha le tiroir hors du meuble et le lança à travers la pièce. L'objet atterrit dans le salon où il se fracassa contre une table.

Elle a fait ses valises, pensa Cassidy. Elle a jeté tous mes vêtements dans le Delaware, elle a ramassé toutes ses affaires, et elle a fichu le camp. Cassidy se dit qu'elle n'avait rien de mieux à faire, maintenant, que de prendre le premier train pour quitter la ville, car si jamais elle se trouvait encore dans les parages, s'il remettait la main sur elle...

Sa rage impuissante le faisait presque suffoquer lorsqu'il quitta l'appartement et descendit l'escalier. Il sortit de l'immeuble et retrouva l'air du soir, et ses poings le démangeaient, tellement il avait envie de frapper. Il tourna le coin de la rue et il se dit qu'il lui fallait trouver Shealy pour lui demander d'ouvrir son magasin et de lui vendre quelques vêtements. Il savait qu'il trouverait Shealy chez Lundy, car c'était toujours là qu'il allait après son travail.

Cassidy descendit Dock Street en direction du bar. Il savait que le temps pressait et il ne comprenait pas pourquoi il ne marchait pas plus vite. Il se rendait parfaitement compte qu'il avançait lentement, presque avec prudence. C'est alors qu'il prit pleinement conscience de l'obscurité qui régnait dans la rue. Et le silence était lourd, oppressant, au point qu'il le sentait presque lui peser sur les épaules. La sensation s'accrut et graduellement se mua en la certitude d'un danger immédiat.

Il n'avait aucune idée de ce qui le menaçait. Ni de la raison pour laquelle il était menacé. Mais, aussi vrai qu'il était planté sur ses deux jambes, il était sûr qu'on le suivait et qu'il allait être attaqué.

A peine venait-il d'acquérir cette certitude qu'il tourna la tête pour regarder derrière lui. C'est à ce moment précis qu'ils lui sautèrent dessus. Il sentit le choc fulgurant d'un objet très dur qui lui frappait l'épaule, et il comprit que l'arme n'avait manqué sa tête que de quelques centimètres. Il se baissa, pivota sur lui-même et aperçut les trois hommes.

C'étaient trois types massifs, des durs du quartier des docks, tout en muscles. Le plus grand était complètement chauve et ses mains étaient énormes. Le second semblait taillé dans un bloc de granit; il avait le nez écrasé et les oreilles décollées. Le troisième était très petit, mais aussi large que haut, et il tenait un tuyau de plomb. Cassidy ne les connaissait pas. Tout ce qu'il savait, c'est qu'ils étaient trois et qu'on les avait payés pour lui régler son compte.

Le tuyau de plomb décrivit un arc de cercle. Cassidy se pencha sur le côté et l'arme lui frôla la tête, en sifflant. Il ne pensait pas au tuyau de plomb. Il ne pensait qu'à ses vêtements au fond du Delaware, au tour de cochon qu'on lui avait joué, et il se souvint que cinq minutes plus tôt, il ne rêvait que de pouvoir se servir de ses poings. Il vit le tuyau de plomb foncer sur lui une troisième fois, mais au lieu d'essayer de l'éviter, il lança son bras en avant, saisit l'arme, et l'arracha de la main du petit homme trapu. Cassidy brandit le lourd tuyau au-dessus de sa tête.

Les deux autres types foncèrent sur lui, l'un à droite, l'autre à gauche, mais il ne s'occupa pas d'eux, avança sur le petit râblé et le frappa avec le tuyau de plomb, dans les côtes. L'homme poussa un cri aigu, se plia en deux et s'effondra. Les deux autres étaient sur Cassidy et le grand chauve lui décocha une droite fulgurante à la tempe. En tombant en arrière, Cassidy lâcha le tuyau de plomb, et la pleine lune, au-dessus de sa tête, devint une sarabande de lunes multicolores. Il se dit que ce ne pouvait être aussi grave que ça, qu'il n'allait quand même pas décrocher si vite. Et il parvint malgré tout à rester sur ses jambes.

Il sourit aux deux hommes qui avançaient de nouveau. Puis, comme ils revenaient à toute vitesse, il se précipita à leur rencontre, et son poing gauche jaillit comme un piston pour atteindre le chauve en plein dans l'œil. Une fois, deux fois de suite, pour essayer de se débarrasser du chauve le plus vite possible, car le vrai problème, c'était son acolyte, l'homme au nez écrasé et aux oreilles décollées. Lui, c'était un professionnel. Il était déjà monté sur le ring. Bien trop souvent, comme en témoignait son visage délabré. Mais il savait encore bouger et il connaissait son affaire. Et il savait encore frapper.

Le chauve tenta de se baisser pour échapper au pilonnage de Cassidy, alors que celui-ci tournait autour de lui pour fuir l'homme au nez cassé qui avançait lourdement vers lui. Cassidy feinta du droit, frappa sèchement du gauche une nouvelle fois, s'approcha le plus possible, puis, de toutes ses forces, lui expédia une droite terrifiante à l'angle de la mâchoire, juste sous l'oreille. Le chauve leva lentement les bras, doigts écartés, et tomba inanimé.

Au même moment, l'homme au nez cassé lança un crochet du gauche qui frappa Cassidy sous le cœur, et Cassidy s'effondra. L'homme lui sourit et lui fit gentiment signe de se relever. Cassidy recommença à se redresser et l'homme se baissa, le saisit sous les bras et l'aida à se remettre debout, puis l'envoya à terre une seconde fois d'un crochet du droit à la tête.

Le petit râblé s'était relevé et avait repris son tuyau de plomb. Tout en marchant, il se tenait les côtes de sa main libre, ses côtes fracturées, brûlantes, et il dit :

« Laisse-le-moi.

– Non, dit l'ancien boxeur, le sourire aux lèvres. Il est à moi.

– Tu t'amuses avec lui, mais tu ne lui fais pas de mal, dit le râblé.

– Je m'amuse... ? (le boxeur se baissa pour soulever Cassidy de terre)... Ce n'est pas mon avis... (il maintenait Cassidy debout, sans même le regarder)... Je crois plutôt que je fais du bon boulot... »

Mais le boxeur était trop sûr de lui. Il s'imaginait déjà que c'était arrivé. Cassidy lança une droite par en dessous, prenant bien soin de viser très bas. La brute ouvrit grand la bouche. Il poussa un cri.

« Oh ! non, hurla-t-il, en reculant, les mains pressées sur le bas-ventre. Non, pas ça, bon Dieu ! »

Puis le boxeur s'assit dans le caniveau, hurla et sanglota et dit qu'il allait mourir. Le petit râblé esquissa un pas en direction de Cassidy, vit que Cassidy était sur ses gardes et prêt à le recevoir, et décida que le jeu n'en valait pas la chandelle. Il laissa tomber son tuyau et s'éloigna à grands pas, puis se mit à courir.

Dans le caniveau, le boxeur avait cessé de hurler. Les sanglots s'espaçaient peu à peu. Cassidy se pencha sur lui et il demanda :

« Qui vous a payés ?

– Peux pas parler. Trop mal.

– Dis-moi seulement son nom.

– Peux pas parler.

– Ecoute, Max...

– Ah ! fous-moi la paix.

– Tu vas parler, Max. Tu vas me dire son nom ou je t'emmène chez les flics.

– Les flics ? » Le boxeur oublia de sangloter. « Ecoute, laisse-moi une chance.

– D'accord. Je veux seulement savoir son nom. »

Le boxeur ôta les mains de son bas-ventre. Inspirant profondément, la tête rejetée en arrière, il dit :

« Il s'appelle Haney. Haney Kenrick. »

Cassidy s'éloigna. Il descendit Dock Street d'un pas rapide, se dirigeant vers le bar de Lundy.

En entrant chez Lundy, il vit Pauline, Spann et Shealy, installés à leur table, à l'autre bout de la salle. Il se fraya un passage jusqu'à eux et il s'aperçut qu'ils le dévisageaient. Il essuya un peu de sang sur sa lèvre, et s'assit.

« Qui t'a attaqué ? demanda Spann.

– Ne t'occupe pas de ça », dit Cassidy.

Il regarda Shealy.

« Rends-moi un service. J'ai besoin de vêtements. Tu as quelque chose à ma taille, au magasin ? »

Shealy se leva.

« Tu veux que je te les apporte ici ? »

Cassidy hocha la tête.

« Si je ne suis plus là quand tu reviendras, laisse-les à Lundy. Apporte-moi quelques chemises, des pantalons, un assortiment complet. Je te paierai vendredi. »

Shealy mit ses mains derrière son dos et regarda la table.

« On gagnera du temps si je les apporte directement chez Doris.

– Ne t'approche pas de Doris », dit Cassidy.

Son regard se détacha de Shealy et engloba Pauline et Spann.

« C'est valable pour vous aussi, ne vous approchez pas de Doris.

– Qu'est-ce qui lui arrive? demanda Pauline.

– Il s'est acheté une conduite, murmura Shealy.

– Ecoute-moi, maintenant, dit Cassidy à Shealy. Je suis pressé et je n'ai pas envie de discuter. Tu vas me chercher des vêtements, oui ou non? »

Shealy hocha la tête. Il sourit tristement à Cassidy, quitta la table et sortit du bar.

Cassidy pencha la tête vers Spann.

« Dis-moi une chose. Une chose, seulement. Où habite Haney? »

Spann ouvrit la bouche. Mais Pauline posa la main sur son bras et dit :

« Ne lui réponds pas. Regarde ses yeux. Il va finir par s'attirer de gros ennuis. »

Spann regarda Pauline.

« Tire-toi, dit-il.

– Mais regarde ses yeux...

– J'ai dit : tire-toi. »

Spann eut un geste bref et rapide de l'index.

Pauline se leva. Elle recula de quelques pas et

heurta une autre table. Elle s'assit dessus et fixa Spann et Cassidy.

Spann dit :

« Elle a raison. Tu fais peur à voir.

– Où habite Haney ?

– Tu es vraiment effrayant, Jim. Je suis sûr que tu ne réfléchis même plus. Tu es devenu complètement dingue. »

Spann versa un verre de whisky et le poussa vers Cassidy. Cassidy regarda le verre et commença à l'écarter. Puis, très vite, comme pour se débarrasser d'une corvée, il leva le verre et le vida d'un trait. Il reposa le verre vide et le contempla. Il demanda :

« Tu vas me le dire ?

– Si j'étais sûr que tu n'allais pas te fourrer dans le pétrin. »

L'alcool faisait son effet. Cassidy se détendit un peu. Il dit :

« Tout ce que je veux, c'est avoir une petite conversation avec Haney. »

Spann alluma une cigarette. Il inspira une longue bouffée et quand il parla, la fumée sortit de sa bouche en petits nuages.

« Tu veux que Haney reçoive une leçon ? Tu veux qu'on s'arrange pour lui faire quitter la région ? Laisse-moi faire. Je peux m'en charger.

– Non, pas comme ça. Pas avec ce genre de méthode. »

Et pendant qu'il parlait, Spann examinait un cran d'arrêt à la lame longue et mince qui semblait être surgi de nulle part pour atterrir dans sa main.

« Je ne veux pas lui faire de mal, protesta Spann. Simplement le taillader un petit peu, pour lui faire comprendre ce qu'il risque.

– Non », dit Cassidy.

Spann, l'œil rêveur, contemplait la lame de son couteau.

« Ça ne te coûtera pas un sou. »

Il faisait aller son couteau d'avant en arrière, à quelques centimètres de la table.

« Je lui donnerai juste un avant-goût. Après ça, il ne te posera plus le moindre problème. Je te garantis qu'il laissera Mildred tranquille. »

Cassidy le coupa durement.

« Qui t'a dit que je voulais qu'il la laisse tranquille ?

– C'est pourtant de ça qu'il s'agit, non ?

– Pas du tout, répondit Cassidy. Il s'agit de moi. Aujourd'hui, Haney a essayé deux fois de m'envoyer à l'hôpital. Peut-être même à la morgue. La seule chose qui m'intéresse, c'est de savoir pourquoi. »

Spann haussa à peine les sourcils.

« Pourquoi ? C'est facile à comprendre. Il sait que tu lui en veux à mort depuis cette histoire avec Mildred. Il pense que tu veux sa peau, alors il espère avoir la tienne d'abord. »

Cassidy secoua la tête.

« Non, Spann. Tu n'y es pas du tout. Il sait que c'est terminé entre Mildred et moi. Je me fous complètement qu'elle soit avec lui, de jour comme de nuit. Ou avec n'importe qui d'autre, d'ailleurs.

– Tu parles sérieusement ?

– Tu veux que je l'écrive noir sur blanc ? Bien sûr que je parle sérieusement.

– Non ? Vraiment ?

– Mais, bon Dieu... »

Cassidy se versa un second verre et l'avala.

« Ecoute, Spann. Je vis avec une autre femme...

– Oui, dit Spann, je suis au courant. Shealy nous a tout raconté. »

Il sourit à Cassidy.

« Moi aussi, reprit-il, c'est comme ça que je les aime. Minces. Vraiment très minces. Comme un roseau. Comme celle-là, par exemple. »

Du pouce, il montrait Pauline, derrière lui. Il poursuivit :

« Je ne savais pas que tu les aimais comme ça. C'était bien ? »

Cassidy ne répondit pas. Il regardait la bouteille posée sur la table. Il estima qu'il devait rester la valeur de trois verres dans la bouteille. Il avait envie de la vider d'une seule lampée.

« Quand elles sont vraiment minces, poursuivait Spann, c'est comme si tu faisais l'amour avec un serpent. On dirait qu'elles s'enroulent autour de toi, avec leurs jambes. Quand elles sont minces, comme un serpent et qu'elles se tortillent, moi, ça me plaît. Quand elles se tortillent. Qu'elles s'enroulent autour de toi. »

Il se pencha un peu vers Cassidy.

« Et Doris, elle fait comme ça, elle aussi ? »

Cassidy regardait toujours la bouteille.

Spann reprit :

« Je vais te dire comment fait Pauline. Elle tend les bras en arrière et elle s'accroche aux barreaux du lit. Alors, elle...

— Ah ! ferme-la ! Je t'ai demandé où habitait Haney.

— Ah ! oui... dit Spann, et dans son esprit flottait l'image d'un serpent qui se tortillait, et le serpent avait la tête de Pauline.

— Oui, bien sûr. »

Il donna rapidement à Cassidy l'adresse de Haney Kenrick et il reprit :

« Alors, voilà comment elle fait. Elle... »

Cassidy avait déjà quitté la table. Il traversa la pièce à grands pas et franchit la porte.

Le garni où habitait Haney était un immeuble de quatre étages, dans Cherry Street. La logeuse posa un regard vide sur Cassidy lorsqu'il franchit le seuil. C'était une très vieille femme qui fumait l'opium, et pour elle, Cassidy n'était qu'une tache aux contours indistincts qui ne représentait pas grand-chose.

« Oui, dit-elle, M. Kenrick paie son loyer.

– Ce n'est pas ce que je vous ai demandé. Quel est le numéro de sa chambre ?

– Il paie son loyer et il ne dérange personne. Je sais qu'il paie son loyer parce que sa logeuse, c'est moi. Il paie son loyer et il a intérêt à le payer, ou alors il s'en va. Et tous les autres avec. Je les foutrai à la porte. »

Cassidy écarta la logeuse pour poursuivre son chemin et s'engager dans le couloir étroit qui menait au salon. Deux vieillards y étaient assis. Le premier lisait un journal grec et le second dormait profondément. Cassidy demanda au vieil homme plongé dans son journal :

« Dans quelle chambre est M. Kenrick ? »

Le vieillard lui répondit en grec. Mais, à ce moment précis, une jeune femme d'une vingtaine d'années descendit l'escalier, sourit à Cassidy et lui demanda :

« Vous cherchez quelqu'un ?

– Haney Kenrick. »

La fille se raidit. Son regard se fit hostile.

« Vous êtes un de ses amis ?

– Pas précisément.

– Je préfère ça, dit la fille. Du moment que vous n'êtes pas un de ses amis... Je le déteste. Je hais cet homme. Vous avez une cigarette ? »

Cassidy lui donna une cigarette, la lui alluma, et elle lui dit que Haney Kenrick habitait au troisième étage, dans la chambre du fond.

Cassidy monta au troisième et emprunta le couloir. Tout était calme, et en approchant de la porte de la dernière chambre, il se dit qu'il fallait être prudent. Il se demanda s'il était possible de prendre Haney par surprise, ce qui lui donnerait un avantage certain. Dans le cas contraire, il était très possible que Haney soit sur ses gardes, et c'était le genre de type qui n'hésiterait pas à se servir d'une arme.

Cassidy s'arrêta devant la porte. Il posa la main sur le bouton et le tourna très doucement, avec précaution. Il entendit le léger déclic qui signifiait que la porte n'était pas fermée à clef. Puis, tournant le bouton à fond, il ouvrit la porte et entra dans la chambre.

Il découvrit Haney Kenrick.

Haney était couché en travers de son lit, sur le ventre. Ses jambes reposaient sur le sol. Ses épaules étaient secouées de soubresauts, comme s'il était en proie à un fou rire. Puis il roula sur lui-même et regarda Cassidy. Son visage était trempé de larmes et ses lèvres tremblaient, laissant échapper des sanglots désespérés.

« Ah ! dit Haney, te voilà. Tu es venu pour me tuer. Eh bien, vas-y ! Tue-moi ! »

Cassidy referma la porte. Il traversa la chambre et s'assit dans un fauteuil, près de la fenêtre.

« Ça m'est égal, sanglota Haney. Je me fous de ce qui peut m'arriver. »

Cassidy se carra dans son fauteuil. Il regardait le corps de Haney qui tremblait sur son lit. Il dit :

« Tu parles comme une femme.

– Oh ! bon Dieu, si seulement je pouvais être une femme !

– Pourquoi, Haney ?

– Si j'étais une femme, je n'aurais pas de problèmes.

– Des problèmes? Quels problèmes peux-tu avoir?

– Oh! bon Dieu, hoqueta Haney. Ça m'est bien égal de mourir. J'ai envie de mourir. »

Cassidy porta une cigarette à sa bouche. Il l'alluma et fuma un moment en écoutant Haney sangloter. Puis il lui dit doucement :

« En tout cas, ça m'a l'air plutôt grave.

– Je n'en peux plus, dit Haney d'une voix étranglée.

– C'est possible, dit Cassidy, mais ce n'est pas une raison pour t'en prendre à moi.

– Je sais, je sais...

– J'aimerais être bien sûr de me faire comprendre. C'est pour ça que je suis venu. Ce matin, j'ai failli recevoir une brique en pleine tête. Et ce soir, dans Dock Street, je me suis fait attaquer par trois types. Et c'est toi qui les avais payés pour me régler mon compte. »

Haney s'assit sur son lit. Il sortit un mouchoir de sa poche, s'essuya les yeux, se moucha.

« Crois-moi, dit-il, je te jure que je n'ai rien contre toi. C'est seulement que... je ne sais pas comment dire, depuis deux jours, je vis un véritable enfer, c'est tout. »

Il se tourna pour poser les pieds par terre et fit un effort pour resserrer sa cravate. Ses doigts tremblaient tellement qu'il n'arrivait même pas à la saisir. Il laissa pendre mollement ses deux bras, soupira, et baissa la tête.

« Eh bien, mon vieux, dit Cassidy, tu as vraiment l'air mal en point.

– Je vais te dire quelque chose. »

Haney parlait d'une voix blanche, brisée par l'émotion.

« Depuis quarante-huit heures, je n'ai plus rien dans l'estomac. A chaque fois que j'essaie de manger, ça ne passe pas.

– Essaie de fumer une cigarette », dit Cassidy.

Il donna une cigarette à Haney. Elle tremblait violemment entre les lèvres de Haney, et il leur fallut trois allumettes pour arriver à l'allumer.

Haney tira convulsivement sur sa cigarette. Il dit :

« Ça me pendait au nez. J'ai tout fait pour que ça m'arrive, et maintenant, je suis servi. Et comment, que je suis servi. Je peux dire que je déguste. »

Il essaya d'afficher un sourire lugubre, mais sa bouche se tordit et il eut une grimace d'enfant sur le point de pleurer. Il parvint à se reprendre et demanda :

« Je peux te parler, Jim ? Je peux te dire ce qu'elle me fait ? »

Cassidy hocha la tête.

« Mais, après tout, dit Haney, je ferais peut-être mieux de me taire et de garder ça pour moi.

– Non, vas-y, dit Cassidy, ça ne me dérange pas que tu me racontes ça.

– Tu es sûr, Jim ? Après tout, c'est ta femme. Je n'avais pas le droit...

– Ecoute-moi, tu as entendu ce que je viens de dire ? J'ai dit que ça m'était égal. Je croyais t'avoir dit clairement que c'était terminé entre Mildred et moi. Je t'ai expliqué ça chez Lundy et je pensais que tu avais compris.

– Alors, tu ne veux vraiment plus la voir ?

– Non, dit Cassidy en haussant le ton. Non, non et non. C'est fini, terminé.

– Est-ce qu'elle le sait ?

– Si elle n'a pas encore compris, dit Cassidy, je vais finir par être violent. »

Haney ôta sa cigarette de sa bouche, l'examina, et fit la grimace. Il dit :

« Je ne sais plus où j'en suis. Je n'arrive pas à comprendre. C'est pour ça que je deviens dingue. C'est la première fois de ma vie que je souffre de cette façon. J'ai connu des femmes de toutes sortes et elles m'ont causé tous les problèmes possibles. Mais je n'ai jamais rien subi de tel. Et de très loin. »

Cassidy eut l'ombre d'un sourire. Il repensa au mégot de cigare dans le cendrier, aux draps froissés, à l'oreiller tombé par terre. Il dit :

« Je ne vois vraiment pas pourquoi tu te lamentes. Tu as eu ce que tu voulais, non ?

– Si j'ai eu ce que je voulais ? s'exclama Haney. Je vais te dire ce que j'ai eu. »

Il écarta les bras avec emphase.

« Tout ce que j'ai eu, c'est des brûlures d'estomac insupportables, et les nerfs qui craquent de partout. Je vais te dire, Jim : elle me fait marcher. Elle me fait marcher.

– Tu veux dire que tu n'y as pas encore eu droit ?

– Voilà ce à quoi j'ai eu droit », dit Haney, en déboutonnant sa chemise pour montrer son épaule. Trois griffures rouge vif descendaient de l'épaule presque jusqu'au centre de sa poitrine.

« Tu ferais mieux de soigner ça, murmura Cassidy. Les éraflures sont profondes.

– Ça ne me fait pas mal, dit Haney. C'est là que j'ai mal. Là-dedans. »

Et il essayait de faire comprendre à Cassidy qu'il parlait de son âme, ou de son orgueil, enfin d'une valeur à laquelle il attachait de l'importance et qui lui permettait d'avoir le respect de lui-même.

« Je te le dis, Jim, elle me démolit complètement. Elle fait de moi une ruine. Elle m'excite jusqu'à ce que je sois sur des charbons ardents. Et alors, elle me repousse. Et elle rit. C'est ça qui fait le plus mal. Quand elle me regarde et qu'elle rit. »

Cassidy tira sur sa cigarette. Il haussa les épaules.

« Jim, dis-moi ce que je dois faire. »

Cassidy haussa les épaules de nouveau.

« Cesse de la voir.

– Je ne peux pas. Je ne peux pas.

– Ça, c'est ton affaire. »

Cassidy se leva et se dirigea vers la porte.

« La seule chose que je puisse te dire, ajouta-t-il, c'est que tu ne résoudras pas ton problème en me fracassant le crâne à coups de briques.

– Très bien, n'en parlons plus. »

Cassidy ouvrit la porte et sortit. En suivant le couloir vers l'escalier, il se dit que la question était réglée. Mais dès qu'il commença à descendre les marches, il se sentit mal à l'aise. Pour quelque obscure raison, il se sentait très mal à l'aise. C'était une sensation pénible, inquiétante, comme s'il pressentait qu'une puissance informe et sinistre était sur le point de l'écraser.

Il essaya de se convaincre que cette sensation ne durerait pas. Dans un moment, il allait retrouver Doris, et il se sentirait mieux. Tout irait bien dès qu'il aurait rejoint Doris.

Il frappa discrètement à la porte et Doris lui ouvrit. Il entra et prit Doris dans ses bras. Il pencha la tête pour l'embrasser et aussitôt il sentit son haleine chargée d'alcool. L'instant d'après il découvrit un gros paquet enveloppé de papier brun, posé sur le sol. Son regard s'étrécit et il commença à respirer plus vite. Il avait lâché Doris et il fixait le paquet.

Doris suivit son regard.

« Qu'est-ce qui ne va pas, Jim ? demanda-t-elle. Que se passe-t-il ? »

Cassidy montra le paquet.

« C'est Shealy qui a apporté ça ? »

Doris acquiesça.

« Il a dit que tu avais besoin de vêtements.

– J'avais dit à Shealy de ne pas venir ici. »

Cassidy s'approcha du paquet, y donna un coup de pied. Le paquet roula sur lui-même. Cassidy lança un second coup de pied, se retourna vers Doris et lui jeta un regard noir.

Doris secouait lentement la tête.

« Qu'est-ce qu'il y a ? Qu'est-ce qui t'ennuie ?

– J'avais dit à ce vieil imbécile de ne pas mettre les pieds ici.

– Mais pourquoi ? Je ne comprends pas. »

Cassidy ne répondit pas. Il tourna la tête et regarda dans la cuisine. Puis il y entra. Sur la table, il y avait deux verres et une bouteille à moitié vide.

« Viens ici ! lança-t-il à Doris. Viens voir, tu vas comprendre. »

Elle le rejoignit dans la cuisine et elle le vit désigner du doigt la bouteille et les verres. Son index pointé décrivit un arc et se braqua sur elle, accusateur.

« Il ne t'a pas fallu longtemps », dit-il.

Elle ne comprit pas ce que Cassidy voulait dire. Ses yeux écarquillés étaient remplis d'une dénégation farouche lorsqu'elle répondit :

« Oh ! Jim, je t'en supplie, ne pense pas à mal.

Shealy et moi, nous n'avons rien fait d'autre que de boire quelques verres ensemble, c'est tout. »

Le regard de Cassidy était brûlant.

« Et qui a eu cette idée ?

– Quelle idée ?

– De boire. De boire de l'alcool. Qui a ouvert la bouteille ?

– C'est moi. »

Doris ouvrait toujours de grands yeux et elle n'avait pas encore compris pourquoi Cassidy était furieux.

« C'est toi, dit-il. Par pure politesse, sans doute ? »

Il saisit brusquement la bouteille et la lui montra.

« Elle n'était pas ici quand je suis parti, ce matin. C'est Shealy qui l'a apportée, n'est-ce pas ? »

Doris hocha la tête.

Cassidy reposa la bouteille sur la table. Il sortit de la cuisine, et l'instant d'après, il était à la porte d'entrée, la main sur la poignée. Il ouvrit la porte et il allait sortir quand il sentit les doigts de Doris qui l'agrippaient par la manche.

« Laisse-moi ! ordonna-t-il.

– Je t'en prie, Jim, ne pars pas. Il ne faut pas que tu te fâches. Shealy a fait ça par gentillesse. Il m'a apporté une bouteille parce qu'il sait que j'en ai besoin.

– Il ne sait rien du tout, dit Cassidy avec hargne. Il croit tout savoir. Il pense te rendre service en se mettant en travers de ta route, en t'obligeant à rester dans ton cloaque. En t'imbibant de whisky. Je vais aller le trouver, et je vais le prévenir que s'il remet les pieds ici... »

Doris s'agrippait toujours à sa manche. Avec une violence dont il n'était pas conscient, Cassidy la repoussa, elle recula en titubant et tomba sur le sol. Sa bouche tremblait et elle restait assise, là, à se masser l'épaule.

Cassidy se mordit fortement l'intérieur de la bouche. Il comprit que Doris ne pleurerait pas. Il aurait préféré qu'elle pleure, qu'elle l'injurie, qu'elle dise n'importe quoi. Ou qu'elle lui lance quelque chose à la tête. Le silence qui régnait dans la pièce était insupportable et semblait ajouter au dégoût que Cassidy éprouvait pour lui-même.

Il dit doucement :

« Je ne voulais pas faire ça.

– Je sais, dit Doris, avec un sourire. Ce n'est rien. »

Il se pencha vers elle et l'aida à se relever.

« Je te demande pardon. Comment ai-je pu faire une chose pareille ? »

Elle posa la tête contre la poitrine de Cassidy.

« Je crois que je n'ai eu que ce que je méritais.

– Non, ne dis pas ça.

– Mais, c'est vrai. Tu m'avais dit de ne pas boire.

– C'était seulement pour ton bien.

– Oui, je sais. Je sais. »

Et elle se mit à pleurer.

Elle pleurait doucement, presque sans bruit, mais Cassidy l'entendait quand même, et c'était comme si un couteau émoussé lui entaillait lentement les chairs. Il avait l'impression d'être suspendu au-dessus d'un gouffre d'impuissance, de découragement infini. Et s'il souffrait tant, c'était parce qu'il comprenait à quel point ses efforts étaient inutiles, absolument inutiles.

Mais Doris lui dit :

« Jim, je vais essayer. De toutes mes forces.

– Promets-le-moi.

— Oui, je te le promets. Je te le jure. »

Elle leva le visage vers lui et Cassidy vit dans son regard à quel point elle était sincère.

« Je te jure de ne pas te décevoir », ajouta-t-elle.

Cassidy décida de la croire. Et lorsqu'il l'embrassa, il la croyait déjà, il était heureux de la croire. Il avait oublié sa souffrance et plus rien ne comptait à part la douceur et la tendresse de Doris.

7

Le lendemain matin, quand Cassidy arriva au dépôt il trouva un mécanicien en train de réparer son autocar. C'était un ouvrier d'une station-service voisine qui était probablement payé à l'heure. Cassidy le regarda travailler un moment, puis lui dit de lui laisser la place.

Il s'agissait d'un ennui de carburateur. Le mécanicien n'avait fait que compliquer les choses et rendre la panne encore plus grave. Cassidy jura et transpira pendant près de quarante minutes. Il terminait à peine le réglage final lorsqu'il vit le contrôleur venir vers lui, en compagnie du mécanicien, et il se prépara à une explication orageuse.

Le contrôleur déclara que si la compagnie engageait un mécanicien pour réparer son car, Cassidy n'avait pas à s'en mêler. Cassidy répondit que le mécanicien devrait apprendre son métier avant de proposer ses services. Le contrôleur demanda à Cassidy quelle mouche le piquait.

Cassidy répondit que son métier consistait à conduire un autocar, mais que, pour qu'il puisse le faire correctement, il fallait d'abord que l'autocar soit en état de marche. Le mécanicien marmonna quelque chose et s'éloigna. Le contrôleur haussa les épaules et décida de ne pas insister. Se tournant vers les passagers qui attendaient le départ, il leur annonça que l'autocar était prêt.

Le car allait partir avec son plein de passagers et Cassidy en fut content, car la machine et lui étaient fin prêts pour emmener tous ces braves gens à Easton. Il s'agissait surtout de femmes âgées, qui avaient déjà commencé à bavarder entre elles; et l'autocar bourdonnait de ces conversations insignifiantes, mais plaisantes malgré tout, de vieilles dames qui s'apprêtaient à voyager ensemble. Toutes étaient ravies que la matinée fût si belle, certaines expliquaient qu'elles espéraient arriver à Easton à temps pour déjeuner à tel ou tel endroit... Et Easton était une si jolie ville... Et quel plaisir de s'échapper de Philadelphie, pour une fois...

Certaines d'entre elles ne semblaient pas avoir de raison particulière de faire le voyage. Quelques-unes étaient accompagnées de leurs petits-enfants, qui couraient dans tous les sens comme des petits diables. L'un des gosses se mit à réclamer des bonbons en hurlant et comme son grand-père ne voulait pas lui en donner, il se rebiffa et refusa de monter dans l'autocar. Une vieille dame dit au grand-père qu'il devrait avoir honte et que cela ne ferait certainement pas de mal au petit chéri de manger quelques bonbons. Le vieil homme la pria de s'occuper de ses affaires. Tout en se chamaillant pour cette histoire de sucreries, ils bloquaient l'entrée du car et Cassidy leur demanda de poursuivre leur discussion à l'intérieur.

La file des passagers s'écoulait lentement devant Cassidy à mesure qu'il ramassait leurs billets. Le car se remplissait peu à peu et bientôt il ne resta plus qu'une seule place libre. Cassidy resta un moment près de la porte et il vit le dernier passager franchir le portillon. C'était Haney Kenrick.

Haney portait un chapeau marron foncé à large bord, orné d'une plume orange vif. Son costume croisé, marron foncé lui aussi, semblait presque neuf. Son visage rose était luisant, et, apparemment, il sortait de chez le coiffeur. Arborant un large sourire Haney s'approcha de Cassidy pour lui tendre son billet.

Cassidy sonda ce sourire. Il trahissait la jovialité exagérée d'un homme qui avait passé les premières heures de la matinée à boire de l'alcool. Haney semblait en avoir absorbé juste assez pour se sentir gai.

Cassidy secoua la tête.

« Pas question, Haney.

– Mais, regarde, j'ai mon billet. Je vais à Easton.

– Tu n'as rien à faire à Easton.

– Oh! mais si, je vais travailler à Easton, aujourd'hui.

– Pour vendre à domicile, on a besoin d'une voiture, dit Cassidy. Où est ta voiture? Où est ta marchandise? »

Haney resta muet un moment. Puis il déclara :

« Eh bien, c'est comme ça. Aujourd'hui, je pars seulement en reconnaissance. Je vais prospecter la ville. »

Cassidy vit que le contrôleur les observait et s'apprêtait à les rejoindre pour voir ce qui se passait. Il savait qu'il ne pouvait pas refuser le billet de Haney. Décidant de prendre son parti de la situation, il dit :

« D'accord, tu peux monter. »

A son tour, il monta dans l'autocar, et se dit qu'il devait oublier Haney. Il essaya de se persuader que Haney n'était qu'un voyageur comme les autres. S'installant sur le siège du conducteur, il repoussa le levier qui fermait la porte. Puis il mit le contact et lança le moteur.

Derrière lui, il y eut un remue-ménage. Jetant un coup d'œil par-dessus son épaule, il vit Haney bousculer une vieille dame. Elle lui jeta un regard furieux, lui indiquant d'un geste énergique une place libre à l'arrière du car. Haney l'ignora, et se fraya un chemin, maladroitement, mais assez vite pour s'emparer du siège situé directement derrière le chauffeur. La dame hocha la tête avec indignation et se dirigea vers l'arrière du car.

Cassidy sortit l'autocar du dépôt, prit Arch Street en direction de l'ouest. Au carrefour de Broad Street, il tourna à droite et le car s'engagea dans le flot de la circulation. Un feu rouge arrêta le véhicule et Cassidy vit une volute de fumée passer devant ses yeux. Il tourna la tête et aperçut un long, gros cigare dans la bouche de Haney.

« Eteins ça, tu veux ? dit Cassidy.

– C'est interdit de fumer ? »

Cassidy désigna le panonceau au-dessus du pare-brise. Il regarda Haney écraser le bout de son cigare sur le plancher. Puis Haney fit tomber la cendre et glissa délicatement le cigare dans sa poche de poitrine.

« Pourquoi qu'on ne peut pas fumer ? demanda Haney.

– C'est le règlement de la compagnie, répondit Cassidy. Le règlement dit aussi qu'il est interdit de parler au chauffeur quand l'autocar roule.

– Mais Jim, écoute, il y a plusieurs choses qui me tracassent...

– Garde-les pour toi.

– Ça ne peut pas attendre.

– Il faudra bien, pourtant », dit Cassidy.

Le feu passa au vert. Une Austin surgit devant le car et Cassidy écrasa le frein.

« Jim...

– Ah! tais-toi, bon Dieu!

– Jim, qu'est-ce qui te chagrine? Je pensais qu'on avait mis les choses au point hier soir.

– Moi aussi, je le pensais. Et voilà que tu commences la journée avec une nouvelle discussion. Mais moi, je travaille, Haney. Et je ne veux pas qu'on me dérange pendant mon travail.

– Je voudrais simplement dire que...

– Ferme-la! dit Cassidy. Reste gentiment assis à ta place et ferme-la. »

L'autocar se faufilait dans l'immense procession de voitures et de camions qui remontait péniblement Broad Street vers le nord. C'était une tâche difficile, délicate, qui exigeait de Cassidy toute sa concentration, et un recours constant aux freins pneumatiques. Les voitures, et particulièrement les petites, avaient le don de surgir devant le car, de le doubler à droite, de s'arrêter brusquement devant lui, le harcelant continuellement, comme des requins assaillant une baleine énorme et maladroite. Cette partie du trajet était toujours un cauchemar pour le chauffeur qui allait à Easton, et c'était aussi éprouvant pour les nerfs que de faire passer un fil effiloché par le chas d'une aiguille.

Les voitures rendaient toujours la vie dure à Cassidy. Parfois il était tenté d'accrocher l'un de ces parasites et de démolir un ou deux parechocs. Le matin, Broad Street ne devenait agréable qu'après le carrefour de Roosevelt Boulevard qui marquait la fin des embouteillages.

Cassidy traversa le boulevard, franchit une série de feux verts, prit York Road et sortit de la ville. Il était plus facile de conduire, maintenant, et il pouvait rouler en douceur à soixante de moyenne, sur l'asphalte de la large nationale qui menait à Jenkintown. Malgré le grondement du moteur, il entendait les bavardages des vieilles dames, les rires, les cris, et parfois les geignements des enfants.

Derrière lui, un automobiliste actionna son avertisseur, et Cassidy serra légèrement à droite. L'avertisseur résonna une seconde fois et Cassidy jeta un coup d'œil dans son rétroviseur. En tendant le bras pour en modifier la position, il vit la voiture se déporter sur la gauche pour le doubler. La voiture le dépassa, mais Cassidy garda les yeux fixés sur le rétroviseur car cela lui permettait d'observer partiellement Haney, et il vit que Haney avait une flasque de whisky à la main.

Il le vit ôter la capsule, porter la flasque à ses lèvres et boire longuement.

Cassidy tourna légèrement la tête et dit :

« Range cette bouteille.

– Il est interdit de boire ? »

Cassidy attendit que Haney fasse disparaître la bouteille. Haney protesta :

« Ce n'est marqué nulle part.

– Range cette foutue bouteille ou j'arrête le car.

– D'accord, Jim. Ne te fâche pas. »

Haney glissa la flasque dans la poche intérieure de sa veste.

Le car atteignit le sommet d'une côte et commença à descendre l'autre versant. La route serpentait entre les champs verdoyants, éclaboussés de lumière dorée. La route était d'un blanc aveuglant sous le soleil. Le car glissait sans heurt sur l'asphalte lisse, entre les talus bien tracés, et après un dernier virage, la route redevint plane.

« Jim, on pourrait tout aussi bien discuter tout de suite.

– J'ai dit non. Pas maintenant. Pas ici.

– C'est important. Je n'ai pas dormi une minute, la nuit dernière, en repensant à tout ça.

– Mais qu'est-ce que tu veux, Haney ? Qu'est-ce que tu cherches, bon Dieu ?

– Je me suis dit qu'il y avait une façon de nous rendre service mutuellement.

– Ecoute, dit Cassidy. Tu n'as qu'une seule chose à faire pour me rendre service. C'est de la boucler. »

Dans le rétroviseur, Cassidy apercevait le visage de Haney, un visage gras et rose qui sortait des mains du masseur. Haney transpirait et le bord de son col de chemise était humide. Il avait remis son cigare éteint dans sa bouche et il en mâchonnait l'extrémité.

« Comme tu voudras, dit Haney. Mais il n'y a que toi qui puisses régler ça, d'une façon ou d'une autre.

– Régler quoi ?

– La situation.

– Il n'y a pas de situation, dit Cassidy. Il n'y a aucun problème. Du moins en ce qui me concerne.

– C'est là où tu te trompes. Tu n'imagines pas à quel point tu te trompes. Je peux te dire que tu es dans un sacré pétrin. »

Cassidy essaya de se persuader que ce n'étaient que des paroles en l'air, que cela ne voulait rien dire. Mais il ressentit une certaine appréhension, qui prit de telles proportions qu'il s'entendit demander :

« Quel genre de pétrin ?

– Le pire de tous, répondit Haney. Celui où l'on se trouve quand une femme commence à vous haïr. Quand elle vous prend vraiment dans son collimateur. L'autre jour, j'étais dans la chambre avec Mildred. Elle était assise sur le lit. Elle s'est mise à parler à voix haute, comme si je n'étais pas là et qu'elle parlait toute seule. Elle a commencé à te traiter de tous les noms...

– Ce n'est pas grave, coupa Cassidy, le sourire aux lèvres. Je l'ai déjà entendue me traiter de tous les noms possibles et inimaginables.

– Mais tu ne sais pas ce que j'ai entendu, moi, dit Haney d'un ton grave, presque solennel. Je te préviens, Jim, elle a décidé de t'en faire baver. Ce qui s'appelle vraiment baver. »

Cassidy souriait toujours, pour conjurer son appréhension. Le cœur un peu plus léger, il demanda négligemment :

« Et qu'est-ce qu'elle a l'intention de faire ?

– Je n'en sais rien. Elle ne m'a pas fait part de ses projets. Mais elle n'a pas arrêté de parler de toi et de cette petite maigrichonne, Doris. »

Le sourire de Cassidy s'effaça.

« Doris ? »

Ses mains se crispèrent sur son volant.

« Il y a une chose dont tu peux être sûr, c'est que Mildred ferait mieux d'y réfléchir à deux fois avant de s'en prendre à Doris.

– Ce n'est pas le genre de Mildred d'y réfléchir à deux fois. Elle est impulsive, hargneuse...

– Tu n'as pas besoin de me le dire. Je sais comment elle est.

– Vraiment ? Ce n'est pas si sûr. Je la connais peut-être mieux que toi. »

Haney ôta le cigare de sa bouche, le tint devant lui et le contempla.

« Mildred frappe fort. Elle sait cogner. Elle peut faire très mal.

– Ça aussi, je le sais déjà, dit Cassidy. Apprends-moi plutôt quelque chose de nouveau.

– Elle a décidé de t'écraser, de te faire ramper. C'est ça qu'elle veut. Te voir ramper. Elle va te pilonner jusqu'à ce qu'il ne reste plus rien de toi. Et je préfère ne pas penser à ce qu'elle va faire à Doris. »

Cassidy fixait le large ruban de béton blanc qui défilait sous les roues du car.

« Je ne comprends pas très bien, Haney. Si tu tentes un coup de poker, moi, en tout cas, je ne joue pas.

– Ce n'est pas un coup de poker. Je te montre toutes mes cartes. Tu sais que je veux Mildred. Je suis en train de crever à petit feu parce que je ne peux pas l'avoir. Je pense qu'il n'y a qu'un seul moyen, pour moi, d'obtenir d'elle ce que je veux.

– C'est ça que je ne comprends pas, dit Cassidy. Tu es complètement fou de cette femme, tu la désires plus que tout au monde, mais tu restes assis là, bien tranquillement, à m'expliquer que je ferais mieux de retourner vivre avec elle.

– Je n'ai pas dit ça.

– Bon sang, tu m'as pourtant fait comprendre qu'elle veut que je revienne.

– A plat ventre, dit Haney. J'ai dit qu'elle ne voulait pas autre chose. Ce n'est pas toi qui l'intéresse. Elle ne veut pas de toi. La seule chose dont elle ait envie, c'est de te voir à plat ventre, te voir revenir à elle en rampant. Pour qu'elle puisse te traiter de haut, te recevoir à coups de pieds dans la figure et t'envoyer bouler comme une larve. La seule chose qu'elle désire, c'est obtenir cette satisfaction-là.

– C'est parfait. Et tu sais quand ses vœux seront comblés? Quand les poules auront des dents. »

Mais dans le rétroviseur, Cassidy vit Haney secouer la tête.

« Elle y arrivera, Jim. Elle est comme ça. Elle trouvera un moyen d'obtenir exactement ce qu'elle désire.

– Et alors ? Qu'est-ce que je suis censé faire ?

– Lui faciliter la tâche... »

Haney se pencha en avant. Il susurra d'une voix épaisse, visqueuse :

« ... pour ton propre bien. Et si tu tiens vraiment à cette fille, à cette Doris, tu le feras pour elle, aussi.

– Vas-y, Haney. Crache le morceau.

– Très bien... »

Le chuchotement s'affermit, la voix se fit plus visqueuse encore.

« ... Je pense vraiment que tu devrais revenir vers Mildred. Mais pas comme un homme. Comme une larve. A genoux. A plat ventre. En rampant. Et quand elle te jettera dehors, ce sera terminé, elle aura eu ce qu'elle voulait, et on n'en parlera plus. »

A ce moment précis, un énorme camion orange et blanc fonça sur l'autocar. Le car grimpait une côte et le camion, qui venait de franchir le sommet, avait pris son virage trop large. Le car serra à droite et le camion se déporta vers l'autre côté de la route. Ils eurent l'impression que le camion n'aurait pas la place de passer.

Le car sembla frissonner, se recroqueviller, le camion le frôla avec un sifflement, et il n'y eut pas de casse.

« Pas passé loin, dit Cassidy.

– Jim ?

– Je suis toujours là. J'ai entendu.

– Qu'est-ce que tu vas faire ? »

Pour toute réponse, Cassidy se contenta de rire.

C'était un rire âpre, dur, et qui avait un goût amer.

« Ne ris pas, Jim. Je t'en prie, ne ris pas. »

Et Haney sortit sa bouteille de whisky, et il en but une rasade.

« Fais ce que je te demande, Jim. Il le faut. Tu ne peux pas faire autrement. Si tu refuses...

– Bon Dieu, Haney, tu vas la fermer, oui ? »

Haney but une seconde gorgée.

« Je t'assure que c'est la seule solution. C'est la seule chose à faire. »

Il reprit un peu d'alcool. Et encore une gorgée. Il avait absorbé assez d'alcool pour perdre tout sens de l'objectivité, et il dit :

« J'ai tellement envie de Mildred. Et pour moi, c'est la seule façon de l'avoir. En ce moment, elle n'a qu'une idée en tête. Elle veut te voir ramper à ses pieds. Alors, fais-le, Jim. Je t'en prie, fais-le. Reviens la voir et laisse-la te jeter dehors. Et après ça, je suis sûr qu'elle s'intéressera à moi. »

Cassidy rit de nouveau.

Haney but une autre rasade. Il reprit :

« J'ai de l'argent à la banque.

– Je t'ai demandé de la boucler.

– J'ai près de trois mille dollars.

– Ecoute-moi bien, Haney. Je veux que tu la fermes. Et que tu remettes cette saloperie de bouteille dans ta poche.

– Trois mille dollars, balbutia Haney, posant la main sur l'épaule de Cassidy. Le chiffre exact, c'est deux mille sept cents. Tout ce que je possède. Les économies de toute une vie.

– Ote ta main. »

Haney laissa sa main sur l'épaule de Cassidy. Il dit :

« Je te paierai, Jim. Je te paierai pour le faire. »

Cassidy saisit la main de Haney et la repoussa.

« Jim, tu as entendu ce que je t'ai dit ? J'ai dit que je te paierais.

– Laisse tomber. »

Haney but une autre gorgée.

« Tu pourrais faire pas mal de choses, avec ce fric. C'est bon à prendre.

– N'insiste pas, tu veux ? Laisse tomber.

– Cinq cents ? Qu'est-ce que tu dirais de cinq cents dollars ? »

Cassidy se mordit la lèvre inférieure, très fort. Le car grimpait de nouveau, et au sommet de la côte, le béton blanc était éblouissant sous le soleil. L'autocar peinait pour atteindre le sommet.

« J'irai jusqu'à six cents, dit Haney. Je suis prêt à te donner six cents dollars, en liquide. »

Cassidy ouvrit la bouche, inspira profondément, puis serra hermétiquement les lèvres.

« Sept cents », dit Haney.

Il porta la flasque à ses lèvres et jeta la tête en arrière. Il but longuement et il dut arracher le goulot de ses lèvres pour parler de nouveau. Il déclara d'une voix rauque et puissante :

« Je sais ce que tu es en train de faire. Tu te dis que tu es en position de force vis-à-vis de moi. D'accord, espèce de salaud. Je m'incline. Je reconnais que tu es le plus fort. Je te donnerai mille dollars. »

Cassidy tourna la tête, s'apprêtant à lui répondre, puis il se rendit compte qu'il n'en aurait pas le temps, car il ne pouvait pas quitter la route des yeux. En regardant la route de nouveau, il sentit que Haney s'appuyait sur lui de tout son poids, il sentit son haleine douceâtre qui empestait l'alcool. Le car venait de franchir le sommet de la côte et s'engageait dans la descente.

La route décrivait une large courbe dans la descente, et le Delaware s'incurvait en sens contraire pour rejoindre la route dans la vallée. Le long du fleuve s'étirait un mince ruban d'eau, le canal du Delaware, et au fond de la vallée, le canal était séparé de la route par une rangée d'énormes rochers. Sur l'autre versant, la route escaladait une autre côte, très raide et très longue. Pour parvenir à la franchir, le car devait prendre de la vitesse dans la descente. L'autocar commença à dévaler la pente. Cassidy sentit que le châssis se mettait à vibrer alors que le moteur rugissait.

Comme l'autocar prenait de la vitesse dans la descente, Cassidy entendit les enfants pousser des cris de ravissement, et dans le rétroviseur, il les vit se trémousser sur leurs sièges. Les adultes avaient l'air grave et s'agrippaient aux accoudoirs. Puis le rétroviseur ne montra plus qu'un seul visage, et c'était celui de Haney Kenrick, énorme, et tout proche dans le miroir. Haney se penchait par-dessus son épaule et Cassidy lui cria de s'asseoir.

Haney était trop ivre pour l'entendre, trop ivre pour comprendre ce qui se passait. Puis Haney voulut se pencher encore plus, et, perdant l'équilivre, lança ses deux bras devant lui. De sa main droite, il tenta d'agripper la barre verticale fixée près du siège du chauffeur. Sa main gauche tenait toujours la flasque à moitié pleine. Il ne se rendait pas compte qu'il tenait encore la bouteille, qu'il la tenait à l'envers, et que l'alcool se déversait sur la tête de Cassidy, sur son visage, sur ses épaules. La main droite de Haney manqua la barre verticale, et en pivotant sur lui-même pour la saisir de la main gauche, il abattit la flasque sur la tête de Cassidy.

Cassidy perdit immédiatement connaissance, et s'effondra en avant. Sa poitrine heurta le volant, l'un de ses bras pendit dans le vide, tandis que l'autre restait coincé dans le volant, qui se mit à tourner. Son pied écrasa l'accélérateur. Le car dévala la pente en rugissant.

Au bas de la côte, le car fit une embardée, roula en équilibre sur deux roues, et sortit de la route, emporté par son élan. Il continua de dévaler la pente, toujours sur deux roues, puis bascula, passa sur le toit, fit un tonneau, puis un autre, et un autre... Il descendit le flanc de la colline, roulant sur lui-même, jusqu'à ce qu'il s'écrase contre les énormes rochers qui bordent le canal du Delaware. Le carburant s'enflamma aussitôt et explosa.

L'épave de l'autocar en flammes formait une tache orange sur les rochers écrasés de soleil.

8

CASSIDY avait l'impression qu'on lui avait arraché la tête des épaules pour la remplacer par un bloc de béton. Il dut tourner la tête plusieurs fois pour voir où il se trouvait. La seule chose dont il se souvenait, c'était d'avoir été projeté parmi les rochers. Puis on avait inséré un objet métallique entre ses lèvres, et il avait découvert Haney Kenrick, et la flasque dans la main de Haney, et il avait entendu Haney, d'une voix tremblante, l'exhorter à boire au goulot de la flasque. Il se rappelait la brûlure de l'alcool coulant à flots dans sa gorge, en si grande quantité que cela l'avait fait suffoquer. Et juste avant de s'évanouir une seconde fois, il avait regardé Haney bien en face.

Un autre visage se penchait sur lui, maintenant. Mais ce n'était pas celui de Haney. C'était le long visage d'un homme âgé, aux lèvres minces et au menton pointu. Il y avait d'autres personnes derrière lui. Cassidy reconnut les uniformes de police de la route. Il fixa son attention sur les policiers pendant un moment, puis son regard revint au long visage du médecin septuagénaire qui se penchait sur lui.

Une voix demanda :

« Comment va-t-il ?

– Il n'a rien, répondit le docteur.
– Des fractures ?
– Non, il n'a rien. »
Puis le médecin s'adressa à Cassidy.
« Allez, debout. »
L'un des policiers dit :
« On dirait qu'il est blessé.
– Il n'a absolument rien. »

Le médecin ferma brusquement les yeux comme pour en chasser une image insupportable. Le bord de ses paupières était rouge. Il semblait avoir pleuré. Il fixa Cassidy d'un regard chargé d'une sorte de haine.

« Je suis sûr que vous n'avez rien. Allez, debout ! »

Cassidy se leva péniblement. La tête lui tournait et il se sentait terriblement engourdi. Il comprit qu'il avait bu une grosse quantité d'alcool de la flasque de Haney. Il se demanda pourquoi Haney lui avait donné autant de whisky, et où Haney était passé, et où se trouvait l'autocar. Il ressentait une douleur sourde dans la nuque.

Le soleil l'aveugla et il cligna des yeux plusieurs fois. Puis il découvrit l'épave de l'autocar, et il cligna des yeux de nouveau. Il vit les motos des policiers, les voitures d'allure officielle et les ambulances. Un groupe de fermiers et de paysans se tenait immobile le long du remblai rocheux et contemplait Cassidy. Il n'y avait plus aucun bruit, maintenant, et tout le monde le regardait.

Puis Cassidy découvrit Haney. Haney qui discutait calmement avec les policiers. Cassidy fit un pas et une main se posa contre sa poitrine. C'était celle du docteur, et le docteur lui disait :

« Restez où vous êtes.

– Que me voulez-vous ?

– Espèce d'ivrogne. Espèce de sale ivrogne. Vous êtes complètement soûl.

– Soûl ? »

Cassidy porta la main à ses yeux. Quand il l'ôta, il vit le docteur sortir une grosse seringue d'une sacoche en cuir.

Un policier qui portait les galons de sergent s'approcha du médecin et lui murmura :

« Ce n'est pas nécessaire de faire ça ici.

– Si, je vais le faire, répondit le médecin. Je vais faire la prise de sang ici même. »

Le docteur saisit le bras de Cassidy, remonta sa manche et enfonça rageusement l'aiguille de la seringue sous la peau. Cassidy regarda le corps de la seringue se remplir de son sang. Il vit le visage du docteur exprimer sa satisfaction. La foule s'était rapprochée, et quelques femmes pleuraient doucement. Parmi les enfants, certains écarquillaient les yeux comme s'ils n'avaient jamais rien vu de pareil.

Cassidy avait envie de boire. Il savait qu'il avait besoin d'alcool, en ce moment, comme jamais cela ne lui était arrivé auparavant. Il vit les ambulances s'éloigner. Elles roulaient doucement, comme si elles n'avaient aucune raison particulière de se presser. Cassidy les vit disparaître sur la route. Il y en avait beaucoup et aucune ne faisait fonctionner sa sirène. Cassidy se retenait de toutes ses forces de pleurer.

Le docteur observait le visage torturé de Cassidy et il lui dit :

« Ne vous retenez pas, laissez-vous aller. Vous allez craquer tôt ou tard, alors, autant le faire tout de suite. »

Tenant la seringue à bout de bras, comme pour la montrer à la foule, le docteur sortit de sa trousse un petit tube en verre, y versa le sang de Cassidy, le boucha et le tendit au sergent.

« Voilà, dit le docteur. Voilà une preuve. »

Le sergent mit le tube dans la poche de sa veste. S'avançant, il prit Cassidy par le bras.

« Allons-y. »

Un second policier s'approcha, le sergent fit un signe de la tête, et, tous les deux, ils escortèrent Cassidy jusqu'à une voiture de ronde garée sur le bord de la route, près des rochers. Le sergent s'installa au volant et fit signe à Cassidy de s'asseoir près de lui. La voiture démarra et prit la route. Cassidy s'apprêta à dire quelque chose, comprit qu'en fait il n'avait rien à dire, que cela ne servirait à rien de dire quoi que ce soit.

Ils emmenèrent Cassidy vingt kilomètres plus loin, jusqu'à un petit bâtiment en brique dont l'enseigne, imposante, annonçait qu'il s'agissait d'une sous-division de la police routière. Le sergent alla jusqu'à un comptoir où il se mit à discuter avec un homme qui portait un insigne de lieutenant, tandis que le second policier emmenait Cassidy dans une petite pièce et lui désignait une chaise.

Cassidy s'assit. Il contempla le plancher, se passa les doigts dans les cheveux. Il remarqua les bottes de cuir noir du policier. Elles étaient extrêmement brillantes. C'étaient sans doute des bottes très chères. Le policier devait aimer les bottes de qualité et préférer les payer de sa poche, plutôt que d'accepter les bottes de qualité inférieure que portaient les autres agents motocyclistes. Cassidy se dit qu'il devait se concentrer sur les bottes du policier, et ne penser à rien d'autre qu'à ces bottes. Il commençait à penser au car accidenté et il essaya de toutes ses forces de revenir aux bottes.

Mais le silence finit par lui devenir intolérable.

Levant la tête, il regarda le policier et lui demanda :

« Que s'est-il passé? Dites-moi seulement ce qui s'est passé. »

Le policier allumait une cigarette. Il était grand, jeune, et il avait retiré sa casquette, révélant des cheveux bruns, lisses et soigneusement peignés. Il tira une longue bouffée de sa cigarette. Puis il ôta la cigarette de sa bouche et en contempla l'extrémité incandescente.

« Vous êtes dans un sacré pétrin.

– Qu'est-ce que vous en savez? »

Cassidy ressentit le besoin impérieux de commencer à se défendre.

« Vous étiez ivre. La prise de sang le prouvera formellement. Dans le tube, il y a sûrement plus de whisky que de sang. »

Le policier se dirigea vers une chaise placée près de la fenêtre. Il s'assit et regarda dehors.

Cassidy répondit :

« Je n'étais pas ivre quand je conduisais.

– Vraiment? »

Le policier regardait toujours par la fenêtre.

« J'ai bu ce whisky après l'accident.

– Ah oui?

– Avant l'accident, je n'en ai pas bu une goutte. »

Cassidy se leva de sa chaise et s'approcha du policier.

« J'ai des témoins.

– Non? »

Le policier se retourna lentement et regarda Cassidy.

« Quels témoins? Ce gros type en costume marron? »

Cassidy hocha la tête.

« C'en est un.

– Il ne témoignera pas pour vous, dit le policier, mais contre vous. Il nous a déclaré que vous n'avez pas arrêté de boire depuis Philadelphie. Il a même dit que vous aviez réussi à le soûler.

– Oh!... »

La voix de Cassidy n'était plus qu'un murmure.

« Et que disent les autres?

– Quels autres? fit le policier, haussant les sourcils. Il n'y a personne d'autre. »

Cassidy leva lentement la main et l'appuya fortement contre sa poitrine.

Le policier le regardait, le scrutait. Cassidy oublia son désir de se défendre. Sa main restait pressée contre sa poitrine. Il demanda :

« Allez-y. Dites-moi tout.

– Ils sont tous morts. »

Cassidy fit demi-tour, revint vers sa chaise et s'y laissa tomber.

« Tous, dit le policier. Jusqu'au dernier. Hommes, femmes, enfants. Vingt-six personnes en tout. »

Cassidy baissa la tête, il se couvrit les yeux de ses mains.

« Ils n'ont pas pu sortir du car, poursuivit le policier. Ils sont tous morts brûlés vifs. »

Cassidy fermait les yeux très fort, mais ses paupières formaient comme un écran, et sur cet écran, il vit se dérouler toute la scène. Il vit l'autocar sortir de la route, faire un tonneau et dévaler la pente en roulant sur lui-même, jusqu'à la barrière de rochers. Il vit la porte s'ouvrir à la volée, et Haney Kenrick et lui-même, éjectés par l'ouverture, atterrir sur l'herbe sans dommage, loin du car. Il avait dû traverser les airs, rebondir et faire la culbute pour s'arrêter enfin dans les rochers, et Haney avait dû atterrir non loin de là. Le car s'était couché sur le flanc, bloquant toutes les issues, quelques secondes à peine avant l'explosion, et l'incendie avait fait rage à l'intérieur du véhicule, et personne n'avait pu sortir, pas un seul passager n'avait pu sortir.

Le policier lui dit à voix basse :

« Vous vous rendez compte de ce que vous avez fait ? Vous les avez assassinés.

– Est-ce que je peux m'allonger quelque part ?

– Restez où vous êtes. »

Cassidy fouilla dans la poche de sa veste et trouva ses cigarettes. Il en mit une à sa bouche. Puis il chercha ses allumettes mais ne les trouva pas, et il demanda :

« Vous avez du feu ?

– Bien sûr. »

Le policier s'approcha et gratta une allumette. Il la laissa brûler d'une belle flamme vive devant les yeux de Cassidy.

« Regardez-la. Regardez-la brûler. »

Cassidy approcha sa cigarette de la flamme. Il aspira la fumée dans ses poumons. Le policier restait planté devant lui et laissait l'allumette se consumer devant les yeux de Cassidy.

« J'appelle ça de l'injustice, dit l'homme. Pour eux, le feu, ça a été le point final de leur vie. Pour vous, ce n'est qu'un moyen d'allumer une cigarette.

– Epargnez-moi la leçon de morale.

– Ils ont eu une mort affreuse, monsieur.

– Fermez-la. »

Cassidy agrippa les bords de sa chaise.

« Si c'était de ma faute, je vous laisserais me réduire en bouillie sans lever le petit doigt. Mais ce n'est pas de ma faute. Je vous dis que ce n'est pas de ma faute.

– Ce n'est pas à moi qu'il faut dire ça. Mais à

vous-même. Si vous n'arrêtez pas de vous le répéter, vous finirez peut-être par le croire. »

La porte s'ouvrit, le sergent apparut et fit un signe. Le policier prit Cassidy par le bras, ils sortirent de la pièce et passèrent dans le bureau où le lieutenant discutait avec un groupe d'agents en uniforme, d'hommes en civil, et Haney Kenrick. Sur la joue de Haney était collé un morceau de sparadrap, et l'une des manches de son costume était déchirée. S'approchant de Haney, Cassidy le saisit à la gorge, d'une main, et commença à l'étrangler. Haney poussa un cri aigu et les policiers se ruèrent sur Cassidy. Ils durent lui desserrer les doigts de force pour qu'il lâche prise.

Le lieutenant ordonna :

« Tenez-le. S'il bouge encore une fois, assommez-le. »

Se levant, le lieutenant fit le tour de son bureau et vint vers Cassidy.

« Je devrais peut-être vous assommer moi-même. »

Cassidy ne regardait pas le lieutenant. Ses yeux étaient braqués sur le visage de Haney.

« Dis-leur la vérité, Haney. »

Le lieutenant planta son index dans la poitrine de Cassidy.

« Il nous a déjà dit la vérité.

– Qu'est-ce que vous en savez, bon Dieu ?

– Ne commence pas à faire le méchant.

– C'est vous qui avez commencé, dit Cassidy au lieutenant. Vous vous trompez de client. Vous feriez mieux de dire à vos hommes de me lâcher les bras. »

Le lieutenant hésita un moment, puis il dit aux policiers de lâcher Cassidy.

Cassidy demanda :

« De quoi m'accusez-vous ? »

Le lieutenant s'approcha encore plus.

« De conduite en état d'ivresse, pour commencer. Et surtout d'homicide. »

Cassidy désigna Haney du doigt.

« Que vous a dit cet homme ?

– Il faut vraiment que je vous répète ce qu'il nous a dit ?

– Oui, en détail.

– Eh bien, vous êtes vraiment un rude client, vous ! »

Le lieutenant eut un sourire crispé.

« Il nous a dit qu'il était assis juste derrière vous. Il a dit que vous aviez une bouteille d'alcool et que vous n'avez pas arrêté de boire en conduisant. Vous lui en avez offert et il en a bu un peu, mais c'est vous qui avez presque tout bu.

– C'est complètement faux ! »

Cassidy fixa Haney, et Haney lui rendit son regard sans exprimer de sentiment particulier. Cassidy montra les dents. Il dit à Haney :

« Parle-leur de la flasque. »

Haney haussa les sourcils en une expression de surprise parfaitement imitée.

« Quelle flasque ? »

Cassidy inspira profondément.

« Celle que tu avais sur toi. J'étais évanoui, dans les rochers, tu es venu jusqu'à moi, tu m'as fait reprendre connaissance, et tu m'as vidé dans la gorge la moitié de la flasque de whisky. »

Le lieutenant se tourna vers Haney et le regarda. Il y eut un court moment de silence. Puis Haney haussa les épaules.

« Ce type est dingue. Je reconnais qu'il m'arrive parfois d'avoir une flasque sur moi. Mais pas aujourd'hui. »

Les mâchoires de Cassidy se crispèrent.

Le regard du lieutenant se posa tour à tour sur Cassidy et sur Haney.

« Vous vous connaissez tous les deux ?

– Un peu, dit Haney.

– Plus qu'un peu. »

Cassidy se dirigea vers Haney, mais le lieutenant lui barra le chemin, tel un mur de granit.

Le regard de Cassidy lançait des flammes lorsqu'il se posa sur Haney. Cassidy jeta :

« C'est une idée lumineuse, mais ça ne marchera pas. Tôt ou tard, il faudra bien que tu craches le morceau. »

Haney ne répondit pas. Le lieutenant fronça les sourcils et regarda Haney, l'air perplexe.

« De quoi parle-t-il ?

– Je suppose, commença calmement Haney, qu'il essaie tout simplement de se tirer d'affaire. Il voudrait vous faire croire que c'est moi le responsable et que j'ai tout fait pour qu'il soit accusé à ma place. »

Haney eut un geste d'apaisement, magnanime.

« Vraiment, je ne peux pas lui en vouloir. Si j'étais à sa place, je n'en mènerais pas large, moi non plus. Et j'essaierais de vous faire croire n'importe quoi, tout comme lui. »

Le lieutenant hocha la tête, l'air grave. Il se retourna vers Cassidy et un rictus déforma sa bouche lorsqu'il déclara :

« Il se trouve que je suis extrêmement difficile à convaincre. »

Désignant Cassidy d'un geste du pouce, il ordonna :

« Bouclez-le ! »

Au plus profond de lui-même, Cassidy frémit. Il savait qu'il ne pouvait pas se laisser jeter en prison, car il se retrouverait inévitablement devant un tribunal, et il était parfaitement conscient de ce qui se passerait au cours du procès. Il savait qu'il n'avait pas le moindre argument pour appuyer un semblant de défense. On prouverait facilement qu'il était alcoolique, qu'il avait eu un passé trouble et que depuis des années il n'avait rien fait de reluisant. L'enquête prouverait qu'il n'y avait qu'une seule façon d'expliquer comment un autocar pouvait s'emballer et quitter la route pour dévaler la pente, et que, sans l'ombre d'un doute, la cause de l'accident devait être l'ivresse du chauffeur. La déposition du seul témoin de l'accident confirmerait les conclusions de l'enquête, et il n'y aurait rien à ajouter, l'affaire serait close.

Cassidy se dit qu'il ne pouvait se laisser enfermer, qu'il n'était pas question qu'il se retrouve en prison pour trois, cinq ou sept ans, ou peut-être plus. Brusquement pris d'une bouffée de rage et de fureur sauvage, comme un fauve, Cassidy passa à l'attaque.

D'un coup d'épaule, il repoussa le policier qui se trouvait le plus près de lui, le projetant contre le flanc du bureau du lieutenant. Le second policier s'élança, et Cassidy l'arrêta net d'un coup de poing au visage, et en stoppa un troisième d'une brutale poussée en pleine poitrine. Puis il bondit sur le bureau du lieutenant. Le lieutenant le regarda quelques secondes sans comprendre, puis saisit Cassidy par les jambes.

D'une ruade, Cassidy se débarrassa de lui. Il lança son pied dans la fenêtre située derrière le bureau, la vitre vola en éclats et Cassidy plongea par l'ouverture alors que des cris retentissaient derrière lui. Son épaule heurta le sol avec un bruit sourd.

Se levant d'un bond, Cassidy se mit à courir, traversa une cour recouverte de graviers, puis une pelouse, et jetant un coup d'œil circulaire, il découvrit les motos garées devant le bâtiment, et les voitures de patrouille. Mais il n'y avait pas un seul policier en vue, car ils se trouvaient tous encore à l'intérieur du bâtiment. Il fonça vers la route, vit l'herbe haute qui la bordait de l'autre côté, puis, plus loin, un épais rideau d'arbres. En se précipitant vers l'abri des arbres, il aperçut l'éclat métallique du Delaware, en contrebas, et la ligne pourpre de la rive opposée, celle du New Jersey, telle une frontière entre le ciel et l'eau.

Cassidy courait à toute vitesse, serpentant à travers les arbres, battant l'air de ses bras pour écarter les branches et les brindilles qui lui barraient le chemin. Il ne regardait pas derrière lui, mais il les entendait courir, il entendait les cris rauques du lieutenant, qui poussait des jurons tout en essayant de lancer des ordres en même temps. Cassidy tenta de toutes ses forces de courir plus vite, mais il se rendit compte qu'il en était incapable. Il se dit que les policiers allaient le rattraper, que c'était inévitable et qu'il était stupide d'espérer leur échapper. Il se répétait sans cesse que les policiers allaient le rattraper, et il courait de toutes ses forces à travers le bois touffu et bientôt il sentit que le sol s'inclinait sous ses pas et il aperçut le Delaware qui semblait de plus en plus proche.

Puis il sortit du couvert des arbres, le sol devint plus mou, la pente était couverte de sable, maintenant, parsemée de quelques grosses pierres, et plus loin, en contrebas, il n'y avait plus que des rochers. D'un côté, la pente s'arrêtait brusquement, et Cassidy découvrit une corniche de rocs déchiquetés. Il s'y précipita, escalada la corniche, et la suivit en espérant qu'elle surplomberait suffisamment le Delaware pour lui permettre d'y plonger. Franchissant le rebord de la corniche, il rampa aussi loin que possible et regarda le fleuve, en contrebas.

Cassidy se trouvait très haut au-dessus de l'eau, mais il se dit qu'il n'avait guère le temps d'examiner la situation. Le surplomb rocheux était à une vingtaine de mètres au-dessus du fleuve dont les vaguelettes léchaient le pied de la falaise. Juste au-dessous de lui, l'eau paraissait relativement profonde, en comparaison des deux zones voisines où la rive était constituée de sable au lieu de rochers. Cassidy pensa qu'il se trouvait au-dessus d'une sorte de crique et qu'il avait une chance de s'en tirer sans mal. Mais le temps pressait et il valait mieux qu'il saute au lieu de réfléchir.

Il regarda sous lui et s'élança, les pieds en avant, par-dessus la corniche. L'eau surgit à sa rencontre alors que l'air sifflait à ses oreilles. Il toucha l'eau, de l'eau profonde et sûre. Il remonta à la surface, parcourut du regard toute la largeur du fleuve, vit que la rive du New Jersey était à environ un mile, et se demanda s'il pourrait l'atteindre avant que les policiers lancent des bateaux à sa recherche, ou qu'ils préviennent leurs collègues du New Jersey de le cueillir dès qu'il toucherait la rive opposée. Il comprit qu'il n'y parviendrait jamais. Tournant la tête, il se rendit compte qu'il n'était qu'à une dizaine de mètres du pied de la falaise. Il découvrit des orifices dans la paroi de la falaise, un grand nombre d'orifices dont certains étaient assez importants. Ils ressemblaient à des entrées de grottes.

Pour Cassidy, c'était la seule chance possible. Il nagea jusqu'à la falaise, s'accrocha à la paroi, se hissa hors de l'eau, trouva une autre prise et commença à escalader la paroi, mètre par mètre, et finit par atteindre l'une des ouvertures. Elle n'était pas assez large. Levant la tête, il découvrit, environ trois mètres plus haut, à mi-chemin entre le fleuve et le sommet de la falaise, un orifice qui paraissait plus grand.

Cassidy poursuivit son ascension, en diagonale, pour atteindre l'ouverture, mais il entendait maintenant quelques cris étouffés, loin au-dessus de lui. Les appels étaient encore faibles, mais il pouvait en distinguer chaque mot. Les policiers se trouvaient au sommet de la falaise, à gauche de Cassidy, et ils n'arrêtaient pas de répéter que le type ne pouvait pas se trouver loin, qu'il fallait bien qu'il soit dans les parages, qu'il n'était sûrement pas dans le fleuve puisqu'on ne le voyait nulle part à la surface de l'eau. La voix du lieutenant frisait l'hystérie, alors qu'il ordonnait à ses hommes de ne pas rester plantés là, de commencer à descendre la pente, de fouiller cette foutue falaise pouce par pouce.

Cassidy continuait de grimper. Regardant l'orifice dans la paroi, il lança le bras pour l'atteindre, le manqua, essaya de nouveau pour échouer une seconde fois. Il plaqua sa jambe droite contre une fissure du rocher, progressa lentement, sur les genoux, étendit la main vers l'ouverture et cette fois-ci, il agrippa le rebord du trou. Assurant sa prise, il se hissa peu à peu, son corps bascula dans l'ouverture et il y pénétra en rampant.

Il continua sa progression. Le souffle court, il respirait avec peine et soudain, se rendant compte de la somme d'efforts qu'il venait de fournir, il comprit à quel point il était fatigué. Il s'allongea sur le sol de la grotte et ferma les yeux. Quelque part, au loin, retentissaient les cris du lieutenant.

Plus tard, il découvrit un gros bloc de pierre dans la grotte, et il le repoussa vers l'ouverture pour l'obstruer du mieux possible. Vu du fleuve, l'orifice devait maintenant paraître très réduit, trop petit, en tout cas, pour qu'un homme puisse y pénétrer. Recroquevillé derrière son rocher, Cassidy entendait des voix qui provenaient des deux côtés de la falaise. Les appels durèrent peut-être une heure. Il comprit que les policiers allaient bientôt cesser leurs recherches au sommet de la falaise et commencer à examiner la paroi rocheuse. Cassidy se demanda si leur examen allait ou non être très poussé. A ce moment même, il entendit des bruits de moteur en provenance du fleuve, et à l'abri derrière son rocher, il jeta un coup d'œil à l'extérieur.

Les bateaux de police descendaient et remontaient le fleuve devant la falaise. Des policiers, debout dans les bateaux, examinaient la paroi. Quand Cassidy s'aperçut qu'ils n'utilisaient pas de jumelles, il commença à se sentir plus optimiste. Il y avait un grand nombre de bateaux, sur le fleuve, qui faisaient des allées et venues et décrivaient des cercles, et au bout d'un moment, Cassidy trouva que la flottille paraissait un peu ridicule. Les bateaux réussissaient surtout à se gêner les uns les autres. Cassidy comprit qu'il était en train de gagner la partie.

De nouveaux bateaux arrivèrent en pétaradant depuis la rive du New Jersey. Le soleil brûlant écrasait le fleuve d'une lumière dure, et les boutons métalliques des uniformes lançaient des éclairs. Cassidy distinguait clairement les visages rouges et luisants des policiers en sueur, debout dans leurs bateaux. De nombreux appels furent lancés, une fois de plus, puis il s'ensuivit un grand remue-ménage, et, prenant la même direction, tous les bateaux s'éloignèrent de la falaise. Cassidy passa la tête par-dessus le rocher et vit les canots accoster sur l'étroite plage de sable qui se trouvait sur la droite. Il reconnut le lieutenant, qui sautait à terre, il le vit faire de grands gestes en direction de la pente et du bouquet d'arbres plantés au sommet, et tous les policiers se mirent à escalader la pente à toute vitesse. Certains dégaïnaient déjà leurs armes. Ils étaient à la poursuite d'un homme qu'ils avaient dû apercevoir sur la pente ou sous les arbres, et, de toute évidence, ils étaient persuadés d'avoir retrouvé leur fugitif. Les uns après les autres, les canots touchaient terre et les policiers s'élançaient au pas de charge à l'assaut de la pente. Au bout d'un moment, les policiers redescendirent et ils tinrent une conférence sur la plage.

La discussion paraissait plutôt animée, et Cassidy entendit le lieutenant se défendre avec fougue contre les accusations d'un gros homme qui portait un chapeau de paille et un costume marron. Le gros homme semblait être le responsable des opérations et, sans cesse, il levait les bras au ciel, s'éloignait de quelques pas, revenait pour lancer quelques mots d'une voix forte et s'éloigner de nouveau. Cette scène se répéta pendant un bon moment et Cassidy constata que les ombres s'allongeaient, commençant à envahir le fleuve, et il comprit que le soleil baissait.

Quelques minutes plus tard, il vit les policiers partir dans leurs canots. Certains regagnèrent le New Jersey. Les autres descendirent le fleuve en un triste cortège, pour rejoindre leur point d'attache. Dans la demi-obscurité du jour finissant, les bateaux s'effacèrent peu à peu, et bientôt, tout le paysage fut noyé dans l'ombre, et Cassidy regarda le fleuve s'assombrir. Puis il se terra dans les profondeurs de la grotte.

Ses vêtements étaient encore humides. Mais

cette humidité n'avait rien d'inconfortable, et Cassidy était baigné par l'air tiède et sec qui venait du dehors, qui le réchauffait et l'engourdissait. Il s'étendit sur le sol, reposant son visage sur son bras replié et se laissa gagner par le sommeil. Il était presque endormi lorsqu'une pensée soudaine l'arracha aux brumes de l'inconscience. Levant la tête, il jeta un coup d'œil à sa montre-bracelet. Malgré son séjour dans le Delaware, la montre fonctionnait toujours. Les aiguilles lumineuses indiquaient huit heures dix.

Il était minuit vingt lorsque Cassidy rouvrit les yeux. Il leva la tête, consulta sa montre, puis se retourna et regarda par l'ouverture de la grotte. Il n'y avait rien à voir, au-dehors, il faisait nuit noire. Cassidy rampa jusqu'à l'orifice, aperçut quelques reflets à la surface du fleuve sombre, leva la tête et découvrit la lune. Il se dit qu'il était temps de partir.

Il se demanda où aller. La logique aurait voulu qu'il s'en aille le plus loin possible. Il devait envisager un moyen de parcourir des distances considérables. Automatiquement, il pensa à rejoindre un port quelconque et monter à bord d'un bateau en partance pour un pays étranger. Mais cette idée avait un côté déplaisant, et il souffrait de se trouver dans une situation qui l'obligeait à envisager pareille solution. Il n'avait aucune envie de quitter le pays. Ici, il avait commencé une nouvelle existence, et il voulait continuer à l'édifier, il voulait assurer et renforcer ce qu'il avait commencé à construire avec Doris. Il fallait qu'il retourne voir Doris. Il fallait qu'il lui explique comment l'accident était arrivé, qu'elle apprenne la vérité de la bouche même de Cassidy.

En se penchant à l'extérieur de l'orifice, il vit que la lune éclairait la paroi de la falaise, mettant en relief les arêtes vives de la roche. Sur sa gauche, Cassidy découvrit une série de rebords en escalier qui semblait se prolonger jusqu'au sommet. Il se déplaça latéralement, en tâtant prudemment la paroi pour y trouver des prises. Il gagna la saillie rocheuse la plus proche, se hissa sur le rebord supérieur, et découvrit que l'ascension était relativement facile. Cette sorte d'échelle de pierre lui permit d'atteindre le sommet de la falaise. Puis il gravit la pente herbeuse, s'enfonça sous les arbres, et en ressortit à proximité de la route nationale.

Ses vêtements étaient encore humides et la brise nocturne était glaciale, maintenant. Debout, au bord de la chaussée, Cassidy se mit à frissonner. Des phares de voitures trouèrent l'obscurité, au loin, sur la route, et Cassidy se cacha à l'abri des arbres, comprenant qu'il ne pouvait pas se permettre d'être vu à cet endroit revêtu de son uniforme de chauffeur. Il resta dissimulé dans le bois et regarda la voiture passer. Il demeura quelques minutes au même endroit et plusieurs voitures passèrent sur la route, ainsi que quelques camions. Cassidy finit par comprendre qu'il ne pouvait pas rester trop longtemps dans les parages. Il se mit en route, marchant sous le couvert des arbres, parallèlement à la nationale, en direction de Philadelphie. Il connaissait suffisamment bien la route pour savoir qu'il se trouvait à une cinquantaine de kilomètres de la ville.

Il marcha pendant une heure, se reposa, repartit, et une seconde heure s'écoula. A présent, les voitures avaient pratiquement disparu de la nationale, laissant la place aux poids lourds qui roulaient toute la nuit entre Easton et Philadelphie. Les gros camions passaient en trombe, et seuls leurs phares étaient visibles dans l'obscurité. Cassidy regarda l'un d'eux le dépasser, le suivant d'un regard envieux alors qu'il s'éloignait rapidement, le laissant poursuivre sa marche avec une lenteur désespérante. Puis le camion prit un virage, et son moteur changea de régime. Le véhicule semblait ralentir. Cassidy aperçut une lueur à l'endroit où le camion avait tourné et il se souvint avec précision d'un café ouvert toute la nuit où les routiers s'arrêtaient pour manger un morceau et boire un café.

En approchant du café illuminé, Cassidy entendit des bouffées de musique échappées d'un juke-box, et il traversa la nationale et s'enfonça dans les hautes herbes, de l'autre côté de la route. Une minute plus tard, il découvrit le café et les gros camions garés sur l'esplanade de graviers, au bord de la route. Cassidy se fraya un chemin dans les hautes herbes, examinant les camions tout en s'en approchant, et il finit par choisir un semi-remorque appartenant à une compagnie de transport installée près des docks de Philadelphie. La remorque était ouverte, à l'arrière. Cassidy traversa avec précaution la zone couverte de graviers et grimpa dans la remorque.

Le camion transportait des tomates, des laitues et des poivrons. Cassidy savait que cela ferait un maigre repas, mais il avait besoin de combler le terrible vide qu'il ressentait à l'estomac. Il s'installa dans la remorque et commença à se servir dans les cageots de légumes. Quelques minutes plus tard, il entendit le chauffeur monter dans sa cabine. Le semi-remorque s'engagea sur la nationale.

A Philadelphie, le camion quitta Broad Street, se dirigea vers l'est jusqu'au niveau de la 5ᵉ Rue, la descendit jusqu'à Arch Street, puis suivit Arch Street jusqu'à la 3ᵉ Rue. Dans la 3ᵉ Rue, le camion dut s'arrêter à un feu rouge, et Cassidy enjamba le hayon et se laissa glisser à terre, puis il traversa la rue. Il se sentait reposé et plutôt confiant. Il pensait à Doris qui était tout près, maintenant, de plus en plus proche à mesure que les minutes s'écoulaient.

Cassidy descendit rapidement Dock Street, puis emprunta la ruelle et il aperçut la lumière qui brillait à la fenêtre de Doris. S'approchant, il frappa doucement au carreau. Le salon était vide et Doris se trouvait sans doute dans la cuisine. Cassidy frappa de nouveau. Il n'y eut pas de réponse.

Cette absence de réponse était bien plus qu'un simple silence. C'était comme un symbole, un message qui lui parvenait d'une région inconnue qui existait en dehors du temps. Elle exprimait quelque chose de complètement négatif, une sorte de pessimisme désespéré, et cela signifiait que quoi qu'il fasse, quoi qu'il tente de faire, il n'arriverait jamais à rien. La douleur lancinante que provoquait en lui ce sentiment de vide et d'inutilité était presque tangible, comme une blessure intérieure. Il savait qu'en ce moment même, Doris était chez Lundy et qu'elle était en tête-à-tête avec une vieille connaissance, sa bouteille de whisky.

9

CASSIDY resta un moment près de la fenêtre, secouant lentement la tête. Accablé par la certitude désespérante que le mal de Doris était irréversible, il n'éprouvait plus, maintenant, qu'une profonde tristesse. Doris avait trahi sa confiance, cela avait été plus fort qu'elle, c'était malheureux, mais lui, Cassidy, n'y pouvait rien. C'était la seule façon de considérer le problème. En tout cas, il avait fait tout ce qu'il avait pu. Quoi qu'il arrive, maintenant, il aurait au moins la consolation de se dire qu'il avait fait tout son possible. Il n'avait agi que pour le bien de Doris. Mais ses efforts s'étaient soldés par un échec, et c'était vraiment malheureux, c'était infiniment triste.

Au-delà des immeubles, de l'autre côté de la ruelle, retentit la corne d'un navire ancré sur le fleuve. Dans le silence de la nuit, ce son puissant prenait une importance considérable. Pour Cassidy, cela ressemblait à un appel. Il se mit à penser au fleuve, aux navires amarrés le long des quais, et à la possibilité d'embarquer clandestinement sur un cargo. Il commença à s'éloigner de la fenêtre de Doris.

Mais prenant conscience de son état d'épuisement, il se dit qu'un bain chaud et quelques heures de sommeil lui feraient du bien avant de tenter sa chance du côté des docks. Il fit demi-tour et se dirigea vers la porte d'entrée.

Comme il s'y attendait, elle n'était pas verrouillée. A peine entré, il se demanda vaguement pourquoi il n'avait pas essayé d'ouvrir la porte en premier lieu, plutôt que de frapper au carreau. C'était peut-être parce qu'au fond de lui-même, il avait espéré qu'il n'y aurait pas de réponse. C'était complètement stupide, mais tellement typique du comportement qui était le sien depuis cette matinée hallucinante où un quadrimoteur s'était écrasé au sol avant de prendre feu.

C'était étrange, c'était vraiment étrange qu'en ce moment même, il repense à ce jour précis. Il ne comprenait pas pourquoi. Mais tout à coup, foudroyé par l'évidence, il vacilla : la catastrophe s'était répétée. Ce jour-là, l'avion. Et aujourd'hui, l'autocar. Des dizaines de vies annihilées dans la fournaise d'un avion en flammes, d'un autocar qui brûle. Cassidy commença à dénombrer les victimes qui avaient connu cette mort horrible et il en eut le vertige. Pour le moment, il ne se rendait pas compte qu'aucun des deux accidents n'était de sa faute. Tout ce qu'il voyait, c'était Cassidy aux commandes, Cassidy au volant, Cassidy responsable. Il ferma les yeux, essayant de toutes ses forces de penser à autre chose.

Mais la vision était toujours là : l'avion en flammes, le car accidenté, et Cassidy aux commandes. Un sacré type, ce Cassidy. Tout à fait l'homme qu'il vous faut si vous avez besoin d'un porte-poisse, Cassidy, la malchance personnifiée.

En tout cas, c'était terminé. Cela ne se reproduirait jamais plus. Il allait essayer de s'enfuir cette nuit et s'il parvenait à monter à bord d'un bateau, il partirait le plus loin possible pour finir sa vie dans un coin perdu où personne ne le retrouverait jamais. Et les coins perdus, ce n'était pas ce qui manquait. Le choix n'avait aucune importance. L'essentiel, c'était d'y arriver. Et de pouvoir s'y cacher. Mais cela lui donnait un but, c'était une perspective réconfortante. Un avenir très agréable pour Cassidy. Une question bizarre, absurde, lui vint à l'esprit : est-ce qu'il pourrait trouver des somnifères dans ces îles du bout du monde ?

Dans la salle de bain, il se rasa, puis il remplit la baignoire d'eau chaude. Il y monta et il resta assis un moment, laissant l'eau chaude dilater les pores de sa peau. En ressortant de la salle de bain, il passa des vêtements propres et il commença à se sentir un peu mieux. Mais il pensa de nouveau à Doris, au bar de Lundy, à l'arrière-salle réservée aux clients qui voulaient continuer à boire après la fermeture, à deux heures du matin. Il songea à partir tout de suite, et à la laisser là-bas.

N'y pense plus, se dit-il. Ça ne sert à rien, oublie tout ça. Mais il en était incapable. Et pourtant, que pouvait-il faire ? Il était hors de question qu'il aille chez Lundy. Il était sûr et certain de se faire cueillir, là-bas. Il n'y avait qu'une seule chose à faire, et c'était de ne plus y penser.

Il alluma une cigarette, s'allongea sur le lit, et il essaya de toutes ses forces de ne plus penser à Doris. Mais une autre image s'insinua dans son esprit et avant qu'elle ne prenne forme, il essaya de la chasser. C'était la fusion de deux visages, qui semblaient suspendus dans le vide, au-dessus de lui. Le visage de Haney Kenrick, et celui de Mildred, qui le narguaient. Le visage de Haney disparut, laissant la place à celui de Mildred qui se moquait de lui. Il l'entendait presque dire : « Je suis si contente, je suis si contente, il faut fêter ça, j'offre une tournée générale. Donnez un double whisky à Doris. Et toi, Haney, où vas-tu? Reviens, Haney, tout va bien, maintenant, tu peux t'asseoir à côté de moi. On est ensemble, maintenant, Haney. Bien sûr que je parle sérieusement. Tu entends comme je ris? C'est parce que je suis si contente. Parce que notre copain, le chauffeur de car, est en train de déguster. Ce salaud en prend pour son grade, en ce moment, c'est vraiment sa fête. Et tu sais ce que j'en pense? Je suis folle de joie. Tu as fait du bon boulot, Haney, tu l'as vraiment bien soigné, et tu mérites une récompense. Et c'est cette nuit que je te donnerai ta récompense. Et je te garantis que tu ne seras pas déçu, Haney. Il n'y a que Mildred pour te récompenser de cette façon-là. Et je suis sûre que tu n'auras jamais rien connu de semblable. »

Puis l'image fondit sur lui et sembla se disloquer à deux doigts de son visage, et Cassidy sentit exploser sa rage. Il bondit du lit, se retourna vers la porte, décidé à se rendre tout droit chez Lundy. Il se voyait déjà foncer vers la table où Mildred était assise avec Haney Kenrick, et, en imaginant la scène, il se força à baisser les bras et à desserrer les poings. Il s'éloigna de la porte, se disant qu'il devait cesser de penser à tout ça. C'était le passé, le passé sordide et lamentable de sa vie avec une traînée nommée Mildred. Il valait mieux qu'il commence à songer à l'avenir, à l'avenir incertain d'un fugitif nommé Cassidy.

Bon Dieu, il avait vraiment besoin de boire un verre. Il regarda autour de lui et ne vit pas de bouteille, et il se demanda s'il en trouverait une dans la cuisine. Il se dirigea vers la cuisine, avec un sourire de mépris. Un sourire de mépris qui ne s'adressait qu'à lui-même. Cassidy, le noble redresseur de torts qui avait fait une scène épouvantable à Doris parce qu'elle avait laissé Shealy lui apporter une bouteille d'alcool... Et c'était lui, maintenant, qui partait à la recherche de cette même bouteille.

Il entrait dans la cuisine quand il entendit un bruit. La porte s'ouvrait. Cassidy se retourna et aperçut Shealy.

Ils échangèrent un regard dans un silence soudain tendu. Puis Shealy referma la porte derrière lui et s'appuya négligemment contre le panneau de bois. Il se croisa les bras, détaillant Cassidy de la tête aux pieds.

« Je savais que je te trouverais ici », dit Shealy.

Cassidy répondit d'une voix glaciale.

« Qu'est-ce que tu veux ? »

Shealy haussa les épaules.

« Je suis ton ami.

– Je n'ai pas d'amis. Je n'en veux pas. Sors d'ici. »

Shealy ne réagit pas.

« Ce dont tu as besoin, c'est de réfléchir. De faire des projets. Tu as prévu quelque chose ? »

Cassidy passa dans le salon, et commença à faire les cent pas. Puis il s'arrêta, les yeux fixés sur le sol et répondit :

« Rien de précis. »

Il y eut un nouveau silence. Soudain Cassidy fronça les sourcils, regarda le vieil homme aux cheveux blancs et demanda :

« Comment se fait-il que tu sois au courant ? Qui t'en a parlé ?

– Le journal de ce soir, dit Shealy. Ton histoire fait la première page. »

Le regard de Cassidy quitta Shealy et se perdit dans le vide.

« La première page. Oui, c'est normal. C'est la

moindre des choses. Un autocar accidenté et vingt-six personnes brûlées vives. Oui, ça ne peut pas être ailleurs qu'en première page.

– Calme-toi, dit Shealy.

– Bien sûr, fit Cassidy, le regard toujours dans le vide. Je suis très calme. Je me sens parfaitement bien. Mes passagers ne sont plus qu'un tas de cendres, et je suis là, très calme, très décontracté.

– Tu ferais mieux de t'asseoir, dit Shealy. On dirait que tu vas tourner de l'œil. »

Cassidy le regarda.

« Qu'est-ce qu'ils ont dit d'autre, dans le journal ?

– Que les flics te cherchent. Ils mettent le paquet pour te retrouver.

– Oui, bien sûr, c'est normal. Mais ce n'est pas à ça que je pensais. »

Il inspira lentement, ouvrit la bouche pour préciser ce qu'il voulait dire, puis eut un geste las de la main comme si cela n'avait pas d'importance.

Shealy le regarda dans les yeux et dit :

« Je sais à quoi tu penses. Et la réponse, c'est non : il n'y a aucune chance pour qu'ils croient à ton histoire. Ce qu'ils croient, c'est ce que leur a raconté Haney Kenrick. »

Les yeux de Cassidy s'agrandirent.

« Comment sais-tu que Haney a menti ?

– Je connais Haney. »

L'homme aux cheveux blancs alla à la fenêtre, regarda la rue, puis le ciel, puis la rue de nouveau. Il descendit lentement le store et dit :

« J'aimerais entendre ta version. »

Cassidy lui raconta l'accident. Cela ne prit pas beaucoup de temps. Il suffisait simplement d'expliquer comment cela s'était produit et quel stratagème Haney Kenrick avait employé.

A la fin de son récit, Sheasly hocha lentement la tête.

« Oui, dit-il, je me doutais bien de quelque chose dans ce genre-là. »

Il se passa la main dans ses cheveux blancs et soyeux.

« Que vas-tu faire, maintenant ?

— Partir. »

Shealy pencha la tête. Son regard s'étrécit à peine.

« Tu n'as pas l'air pressé. »

Cassidy se raidit.

« Je suis venu ici pour prendre un bain et me reposer un peu.

— C'est tout ?

— Ecoute, dit Cassidy, il vaut mieux que tu n'insistes pas.

— Jim...

— Je t'ai dit de ne pas insister. »

Cassidy traversa la pièce, alluma une cigarette et en tira quelques bouffées. Pour briser le silence, il demanda :

« Je te dois combien pour les vêtements que tu m'as apportés ?

— Je t'en prie.

— Non, insista Cassidy. C'était combien ?

— Dans les quarante dollars. »

Cassidy ouvrit un placard, décrocha un cintre où pendait un pantalon fripé, fouilla dans la poche et en sortit un rouleau de billets. Il compta huit billets de cinq dollars et les tendit à Shealy.

Shealy empocha l'argent et regarda le rouleau que tenait Cassidy.

« Combien as-tu, là ? »

Cassidy compta les billets du pouce.

« Quatre-vingt-cinq.

— Ce n'est pas beaucoup.

– Cela suffira. De la façon dont je voyagerai, je n'aurai pas besoin de billets.

– Et l'alcool ? demanda Shealy.

– Je ne boirai pas.

– Ça m'étonnerait, dit Shealy. Je crois au contraire que tu boiras beaucoup. Au moins une bouteille par jour, à mon avis. C'est la bonne moyenne pour un type en cavale. »

Cassidy tourna le dos à Shealy. Il faisait face au mur quand il dit :

« Espèce de salaud !

– J'ai de l'argent dans ma chambre, reprit Shealy. Environ deux cents dollars.

– Garde-les.

– Si tu m'attends ici, j'irai les chercher.

– Je t'ai dit de les garder. »

Rageusement, Cassidy ferma la penderie à la volée.

« Je n'ai pas demandé qu'on m'aide. Je suis seul et je veux le rester. Je veux qu'on me laisse tranquille.

– Tu es vraiment mal parti.

– Tant mieux. J'aime ça, moi, être dans le pétrin. Ça me plaît.

– Tu n'es pas le seul, dit Shealy. On aime tous ça, nous, les paumés, les épaves. On en arrive tous à prendre du plaisir quand on descend la pente, pour arriver en bas, au fond, là où c'est doux, dans la boue. »

Cassidy ne s'était pas retourné. Il faisait toujours face au mur.

« C'est ce que tu m'as dit, l'autre jour. Je ne t'ai pas cru.

– Et maintenant, tu me crois ? »

Il n'y avait pas d'autre bruit, dans la pièce, que le sifflement qui s'échappait des lèvres de Cassidy. Les dents serrées, il respirait avec peine. Au plus profond de lui-même, il sanglotait. Il se retourna très lentement et il vit Shealy, debout près de la fenêtre, qui lui souriait. C'était un sourire de connivence, un sourire doux et triste.

Le regard de Cassidy se perdit, au-delà de Shealy et du store baissé, dans la contemplation des murs des immeubles délabrés et de la crasse grisâtre du quartier des docks.

« Je ne sais pas ce que je dois croire. Au fond de moi, quelque chose me dit que je ne devrais croire en rien.

– C'est ce qu'il y a de plus sage, acquiesça Shealy. Se contenter de se réveiller chaque matin et, quoi qu'il arrive, prendre les choses comme elles sont. Parce que, quoi que tu fasses, tu ne changeras rien à ce qui doit arriver. Alors, mieux vaut ne pas lutter. Et se laisser entraîner par les événements.

– Vers le fond, murmura Cassidy.

– Oui, vers le fond. C'est pour ça que c'est facile. Ça ne demande aucun effort. Pas besoin de se battre pour remonter la pente. Il n'y a qu'à se laisser glisser, sans bouder son plaisir.

– Bien sûr, dit Cassidy avec un sourire forcé. Pourquoi ne pas y prendre plaisir ? »

Mais c'était une pensée qui n'avait rien de réjouissant. Elle allait même à l'encontre de ce à quoi il rêvait. Un tourbillon de souvenirs lui traversa soudain la mémoire, et il revit le campus de l'université, il revit un bombardier, et l'aéroport de La Guardia. Et une image de lui-même, dans l'un des meilleurs restaurants de New York. Il était installé à une table, bien coiffé, vêtu d'une chemise propre, les mains soignées. La jeune fille assise en face de lui était mince, douce; c'était une diplômée de Wellesley, et elle lui disait qu'elle le trouvait vraiment très gentil. Elle regardait ses mains immaculées...

Cassidy regarda Shealy.

« Non, dit-il. Non, je ne te crois pas. »

Shealy eut un mouvement de recul.

« Jim, ne dis pas ça. Ecoute-moi...

– Tais-toi. Je ne t'écouterai pas. Cherche un autre client. »

Cassidy passa devant Shealy, se dirigea vers la porte. Shealy se précipita pour lui barrer la route.

« Bon Dieu, dit Cassidy, mais laisse-moi passer !

– Je ne te laisserai pas aller là-bas.

– Je vais là-bas pour lui parler. Je vais la ramener ici et la dessoûler. Ensuite, je l'emmènerai avec moi.

– Espèce d'idiot. Ils vont te coincer.

– C'est un risque à courir. Maintenant, écarte-toi de cette porte. »

Shealy ne bougea pas.

« Si tu emmènes Doris, tu vas la tuer. »

Cassidy recula.

« Qu'est-ce que tu racontes ?

– Je ne te l'ai pas dit ? J'ai pourtant essayé de te le faire comprendre. Tu ne peux rien apporter à Doris. Tout ce que tu réussirais à faire, c'est la priver de la seule chose qui la maintienne encore en vie : le whisky.

– Tu mens. Et j'ai horreur de ce genre de salades. »

Cassidy fit un pas vers Shealy.

Et Shealy resta figé, sans bouger. Il dit :

« Tout ce que je peux faire, c'est te prévenir. Mais je ne peux pas me battre avec toi pour te convaincre. »

Cassidy attendait que Shealy s'écarte. Il se répétait qu'il ne devait pas frapper Shealy. Le visage grinçant, il grogna :

« Espèce de vieil ivrogne. Tu es une calamité ambulante. Je devrais te fracasser le crâne. »

Shealy soupira, baissa lentement la tête et dit :

« Comme tu voudras, Jim.

– Tu vas me laisser faire ? »

Shealy hocha la tête. Il répondit d'une voix blanche, épuisée :

« C'est vraiment dommage que je ne sois pas arrivé à te convaincre. Mais ce n'est pas faute d'avoir essayé. Oh ! que non. Tout ce que je peux faire maintenant, c'est te faciliter la tâche.

– De quelle façon ?

– En te faisant embarquer sur un bateau. Et ensuite, j'amènerai Doris. »

Cassidy jeta un regard oblique à Shealy et dit :

« C'est un piège ? Tu n'as pas intérêt. »

Shealy ouvrait déjà la porte.

« Allez, viens, dit-il. Il y a un cargo au quai neuf. Il part à cinq heures du matin. Je connais le capitaine. »

Ils sortirent et descendirent rapidement la ruelle vers Dock Street.

10

Il était presque quatre heures quand ils atteignirent les docks. Il faisait nuit noire, les réverbères étaient éteints et les seules lumières visibles étaient celles des quelques ampoules qui brillaient çà et là aux flancs des navires. En approchant du quai neuf, ils entendirent les échos étouffés de l'activité qui régnait sur le pont du cargo. C'était un navire orange et blanc, un ancien Liberty-ship transformé. La peinture était neuve et le navire luisait dans l'obscurité.

Un veilleur de nuit s'avança vers eux. Cassidy jura entre ses dents. Il avait déjà rencontré l'homme à plusieurs reprises, chez Lundy, et il était sûr d'être reconnu. Il se raidit, s'apprêtant à faire demi-tour. Shealy lui saisit le poignet et lui dit :

« Doucement, doucement. »

Le veilleur demanda :

« Qu'est-ce que vous faites là ? »

Cassidy avait remonté le col de sa veste et il tournait la tête, dissimulant son visage. Il entendit Shealy répondre :

« Nous venons voir le capitaine Adams.

– Ah oui ? Et à quel sujet ?

– Vous êtes aveugle? C'est moi, Shealy. Du magasin de fournitures maritimes.

– Oh! fit le veilleur. Oui, bien sûr. Allez-y, montez! »

L'homme leur tourna le dos et regagna sa guérite.

Ils grimpèrent l'échelle menant au pont et enjambèrent le bastingage. Shealy demanda à Cassidy de l'attendre. Cassidy s'appuya contre la rambarde et regarda Shealy s'éloigner sur le pont et disparaître. Il alluma une cigarette en se répétant qu'il était très calme. Il resta là, accoudé au bastingage, tirant nerveusement sur sa cigarette.

Quelques marins passèrent devant lui sans s'inquiéter de sa présence. Cassidy commençait à apprécier le fait d'être sur un bateau. Pour lui, c'était le meilleur refuge possible. Bientôt le cargo allait quitter le port et partir très loin, et Cassidy serait à son bord. Avec Doris. Il allait partir sur ce bateau avec Doris. Voilà ce qu'il voulait et il était persuadé que Doris le désirait aussi, et bientôt ce souhait allait se réaliser, comme ça, tout simplement.

Puis Shealy revint, accompagné d'un homme d'âge mûr, de haute taille, coiffé d'une casquette de capitaine, et qui avait une pipe d'écume à la bouche. L'homme regarda Cassidy de la tête aux pieds, puis il se tourna vers Shealy en secouant la tête.

Cassidy s'approcha d'eux et il entendit Shealy dire :

« Puisque je te répète que c'est un type bien. C'est un ami à moi.

– J'ai dit non. »

Le capitaine contemplait paisiblement le fleuve.

« Je suis désolé, mais c'est comme ça. »

Il tourna la tête pour regarder Cassidy.

« J'aimerais vous aider, monsieur, mais je ne peux pas me permettre de courir un tel risque.

– Quel risque? » murmura Cassidy. Il lança un regard noir à Shealy, comprenant qu'il avait joué cartes sur table.

Shealy répondit :

« Jim, voici le capitaine Adams. Je le connais depuis des années, et c'est un homme de confiance. Je lui ai dit la vérité. »

Adams eut un sourire pincé.

« C'est parce que tu sais très bien que je repère toujours un mensonge à un kilomètre.

– Le capitaine est un homme remarquable, dit Shealy à Cassidy. Il a fait des études très poussées et ce qu'il comprend encore le mieux, ce sont les gens. »

Cassidy sentit le regard du capitaine le transpercer, le sonder intimement. C'était comme si on l'avait saisi avec une paire de pinces pour le placer sous un microscope, et c'était très désagréable. L'air renfrogné, il regarda le capitaine et dit :

« Je n'ai pas beaucoup de temps. Si nous ne pouvons pas nous entendre, je vais tenter ma chance sur un autre bateau.

– Je ne vous le conseille pas, dit Adams. A mon avis, ce que vous devriez faire...

– Gardez vos conseils. »

Cassidy fit demi-tour et se dirigea vers le bastingage. Il l'enjambait déjà pour descendre l'échelle quand il sentit une main se poser sur son épaule. Pensant que c'était Shealy, Cassidy se dégagea et dit :

« Si tu veux venir, dépêche-toi. Je n'ai pas de temps à perdre. »

Puis il leva la tête et découvrit le capitaine. Adams souriait. C'était un sourire plein d'intelligence, celui d'un homme impartial.

« Vous êtes un cas intéressant, dit Adams. Je pense que je vais peut-être prendre le risque. »

Cassidy était à cheval sur le bastingage. Il vit Shealy se précipiter vers eux. Shealy dit :

« C'est un risque qui en vaut la peine, Adams. Tu en as ma parole.

– Je n'ai pas besoin de ta parole, dit le capitaine. Je veux simplement rester quelques minutes en tête-à-tête avec cet homme. »

A reculons, il s'éloigna du bastingage et fit signe à Cassidy de le rejoindre. Ils se retrouvèrent face à face, à côté d'une écoutille.

Adams dit :

« Vous ne pouvez pas m'en vouloir de prendre des précautions. »

Cassidy ne répondit pas.

« Après tout, poursuivit Adams, je suis le capitaine de ce bateau. C'est moi qui en suis responsable. »

Cassidy mit ses mains derrière son dos. Il fixait le pont sombre et luisant.

« J'ai perdu un bateau, une fois, murmura Adams. Dans la baie de Chesapeake. Il y avait du brouillard, et on a heurté un paquebot. On m'a accusé de ne pas avoir respecté les signaux.

– C'était vrai ?

– Non. Il n'y avait pas eu de signaux. Mais ils ont arrangé ça au moment de l'enquête. Le paquebot appartenait à une grosse compagnie. J'ai entendu mes propres hommes d'équipage témoigner contre moi. Je savais qu'on les avait payés. »

Pendant un moment, Cassidy eut l'impression d'être seul. Il dit à voix haute, comme pour lui-même :

« Aucun moyen de prouver le contraire. Dans ces cas-là, il n'y a vraiment rien à faire...

– Moi, j'ai fait quelque chose, dit Adams. Je

me suis enfui. Je suis allé le plus loin possible, et puis, petit à petit, je suis revenu. »

Il s'approcha de Cassidy.

« C'est vous qui avez provoqué cet accident, aujourd'hui ? C'était votre faute ?

– Non.

– Très bien, la question est réglée. Je vous crois. Mais il y a autre chose qui m'inquiète. Cette fille.

– Je ne partirai pas sans elle.

– Shealy m'a dit que vous aviez une femme légitime. »

Cassidy tourna le dos au capitaine, traversa le pont et rejoignit Shealy. Il lui dit :

« Tu as manigancé tout ça à ta façon, n'est-ce pas ? Autrement dit, il veut bien m'emmener, mais il ne veut pas de Doris.

– Il t'offre une chance de t'en tirer, dit Shealy. Ne la laisse pas s'échapper.

– Tu parles ! »

Cassidy écarta Shealy. Il enjamba le bastingage pour la seconde fois. Et de nouveau, il sentit une main se poser sur son épaule. Il savait que c'était celle d'Adams. Il l'entendit lui dire :

« Vous êtes complètement fou. Et je suis aussi inconscient que vous.

– Qu'est-ce que ça veut dire ? demanda Shealy.

– Je sais que c'est une erreur, dit le capitaine à Shealy. Je sais que c'est une erreur, et je crois que ce Cassidy le sait aussi. Mais j'accepte malgré tout. »

Sa main décrivit un geste las en direction du quai.

« Allez chercher cette fille. »

Shealy haussa les épaules, posa les mains sur le bastingage et commença à l'enjamber. Mais Cassidy lui saisit les poignets pour le retenir et lui dit :

« Je veux que tu me donnes ta parole.

– Tu vois bien que je vais la chercher, non ?

– Ça ne me suffit pas. Je veux être sûr que tu la ramèneras.

– Je ferai de mon mieux.

– Ecoute, Shealy. Je suis mal placé pour avoir des exigences. Tu t'es mis en quatre, ce soir, pour me tirer d'affaire, et je tiens à te remercier. Mais une faveur n'en est pas une quand on ne fait les choses qu'à moitié. Si tu n'amènes pas Doris, ça va tout gâcher pour moi. Promets-moi de la ramener.

– Jim, je ne peux pas te promettre une chose pareille. Je ne peux pas prendre de décision à la place de Doris.

– Dans son état, il n'est pas question qu'elle prenne une décision. Tu sais aussi bien que moi qu'en ce moment même, elle est chez Lundy, ivre morte. Raccompagne-la seulement chez elle, mets ses vêtements dans un sac, et amène-la ici.

– Ivre ?

– Ivre ou pas, je veux qu'elle vienne. »

Shealy serra les dents et déglutit avec peine. Il répondit :

« D'accord, Jim. Je te le promets. »

Cassidy, debout près du bastingage, regarda Shealy descendre l'échelle.

Quelques minutes plus tard, Adams l'emmena, ouvrit une porte et lui dit :

« Voici votre cabine. »

La pièce était petite, mais Cassidy vit qu'il y avait un lit double, un tapis sur le sol et une chaise près du hublot. Il y avait aussi une commode et un lavabo. Il se dit que Doris serait bien installée, ici.

Adams allumait sa pipe d'écume. Il tint l'allumette enflammée à l'écart du fourneau, examina le tabac rougeoyant, tira pensivement une bouffée et souffla l'allumette. Il demanda :

« Lorsque la jeune femme montera à bord, est-ce qu'il faudra que je l'amène ici ? »

Cassidy sourit.

« Où voulez-vous qu'elle aille ? »

Le capitaine ne souriait pas.

« Je ne voulais préjuger de rien. Si vous aviez préféré des cabines séparées...

– Elle reste avec moi, dit Cassidy. On est ensemble. »

Adams haussa les épaules. Il se tourna vers la porte, commença à l'ouvrir, puis changea d'avis et revint vers Cassidy. Il avait un regard grave.

« Le voyage sera long.

– Où allons-nous ?

– En Afrique du Sud. »

Le sourire de Cassidy s'épanouit.

« C'est très bien. Ça me plaît. »

Puis, brusquement, il se rappela quelque chose et demanda :

« Combien cela va-t-il coûter ? »

D'un geste, Adams écarta la question.

« Tout est réglé.

– Shealy ? »

Le capitaine hocha la tête.

« Vous le rembourserez quand vous pourrez. Il n'est pas pressé. »

Cassidy s'assit sur le lit.

« Quand je pourrai », répéta-t-il à voix haute.

Il regarda le capitaine, le sourire un peu crispé.

« Comment cela se passe-t-il en Afrique du Sud ?

– Pas trop mal. »

Le capitaine comprit que la conversation allait durer un moment; il passa derrière Cassidy et prit la chaise, près du hublot. Il jeta un coup d'œil à sa montre de gousset et murmura :

« Quarante minutes. Nous avons tout le temps. »

Puis il posa son regard sur Cassidy, le regard avisé d'un vieil homme, avant de déclarer :

« Où que l'on aille, que ce soit en Afrique du Sud ou ailleurs, ce n'est jamais facile quand on a une femme sur les bras. »

Cassidy ne répondit pas.

« Si vous partiez seul, reprit le capitaine, vous ne vous feriez pas autant de soucis pour ces questions d'argent. »

Cassidy regarda le capitaine et décida de ne rien dire.

« Elle est en bonne santé ? demanda le capitaine. Vous êtes sûr qu'elle supportera le voyage ? »

Cassidy se dit qu'il devait laisser le capitaine parler.

Adams tira longuement sur sa pipe.

« C'est un voyage pénible. On n'est pas sur un bateau de croisière. Mes hommes d'équipage ont un travail à faire, mais vous savez ce que c'est. Il leur arrive de s'ennuyer, de temps à autre. Quand ils s'agitent, ils peuvent même devenir méchants. Et lorsqu'il y a une femme à bord...

– C'est un problème qui ne regarde que moi.

– C'est surtout moi que cela regarde, dit Adams. Je suis responsable de mes passagers. »

Cassidy fixait le plancher.

« Contentez-vous de piloter votre bateau, Adams. Et de lui faire traverser l'océan.

– Oui, dit Adams. C'est ça le principal. Traverser l'océan et mener le bateau à bon port. Mais il y a tout le reste. Et le reste, ça fait aussi partie du travail du capitaine. Le capitaine est responsable de l'équipage, des passagers. S'il arrive quoi que ce soit...

– Il n'arrivera rien. »

Adams tirait lentement sur sa pipe.

« J'aimerais pouvoir en être sûr.

– Je vous le garantis », dit Cassidy.

Il se leva. Il se sentait soudain irrité, anxieux, mal à l'aise. Il se dit qu'il était normal d'être en colère, mais qu'il ferait mieux de se débarrasser de son angoisse et de son inquiétude. Ce n'était pas la meilleure façon de commencer ce voyage. Car c'était un voyage très important, qui représentait beaucoup de choses pour lui, et il ne devait pas penser aux risques qu'il courait.

Le capitaine Adams disait :

« Après tout, quand il y a une femme à bord...

– Ça suffit.

– Je disais seulement...

– Vous parlez trop. »

Cassidy lança un regard dur au capitaine.

« Vous avez accepté un marché, non ? Est-ce que vous essayez de vous défiler, maintenant ? »

Adams était confortablement assis, les jambes croisées, les épaules calées contre la paroi de la cabine.

« J'ai accepté un marché, et vous pouvez compter sur moi pour tenir mes engagements. A moins, bien sûr, que vous changiez d'avis. »

Cassidy se mit à respirer plus vite.

« Vous voulez que je change d'avis ? Et pourquoi donc ? »

Il écarta soudain les bras en un geste qui trahissait son désarroi et son agacement.

« Mais, bon Dieu, vous ne me connaissez même pas ! A quoi rime cet intérêt fraternel ?

– Paternel, plutôt.

– Ah ! foutez-moi la paix ! »

Cassidy lui tourna le dos. Il respirait avec peine, et les pensées se bousculaient dans son esprit et il essayait de les saisir au vol pour savoir ce qu'elles signifiaient. Mais elles allaient trop vite.

Il entendit Adams lui dire :

« J'essaie de vous aider à y voir plus clair.

– Cela ne sert à rien. Je ne vous écoute même pas.

– Mais vous m'entendez quand même et vous savez que ce que je dis tient parfaitement debout. Cela vous irrite parce que vous n'avez aucun moyen de me répondre. Vous n'avez aucun argument à m'opposer. C'est exactement ce que Shealy m'a dit. C'est ce qu'il m'a raconté. Il m'a dit que cette Doris buvait, que c'était une alcoolique invétérée, qu'elle était très atteinte. Il m'a dit...

– Je me fous de ce qu'il vous a dit.

– Ne pouvons-nous pas en discuter ?

– Non. »

D'un geste, Cassidy désigna la porte.

« C'est mon problème. »

Adams se leva et se dirigea vers la porte.

« Oui, dit-il, la main sur la poignée. Je crois que vous avez raison. »

Il tourna la poignée et ouvrit la porte.

« C'est votre problème. Et je peux vous dire que c'est vraiment très, très triste, c'est une histoire pitoyable. Mais si vous y tenez tant que ça, vous aurez ce que vous désirez, ce n'est pas moi qui vous en empêcherai. »

Cassidy se tourna pour dire quelque chose, mais Adams était sorti et la porte était refermée. C'était une porte en bois, très banale, mais Cassidy se dit que c'était la porte de la cabine d'un bateau en partance pour l'Afrique du Sud. C'était une porte très importante, parce qu'elle allait bientôt s'ouvrir de nouveau pour laisser entrer Doris et ils allaient se retrouver ensemble dans la cabine de ce bateau qui traverserait bientôt l'Atlantique, vers le sud-est, et qui irait, très loin, là-bas, jusqu'en Afrique du Sud. Avec Cassidy à son bord. Et Doris. Ensemble.

C'était vrai. C'était ce qui allait bientôt arriver. Et il fallait que ça arrive, car c'était bien. Et Shealy avait tort, le capitaine avait tort. Tous les deux avaient tort, parce qu'ils étaient faibles. C'étaient deux vieillards usés, finis, qui avaient depuis longtemps perdu toute audace et tout courage.

Mais lui, Cassidy, n'avait rien perdu de sa fougue. Il sentait le feu qui brûlait en lui, il sentait sa présence et sa chaleur – il était là. Il brûlait dans son esprit et dans son cœur, et Cassidy savait qu'il ne l'avait jamais perdu, qu'il ne le perdrait jamais. C'était la merveilleuse substance qui l'habitait, qui le poussait en avant et tant qu'il serait là, tant qu'il brûlerait en lui, il y aurait toujours un espoir.

Traversant la cabine, Cassidy s'approcha du hublot pour contempler l'étendue sombre du Delaware. Le fleuve attirait son regard, l'entraînait au loin, comme pour lui montrer l'immense étendue de l'océan dans lequel il allait se jeter. Et Cassidy savait que, bientôt, l'eau qu'il contemplerait à travers ce hublot serait celle de l'océan, et que Doris serait avec lui dans cette cabine, et qu'elle regarderait l'océan avec lui.

Et cet océan, il allait le traverser. Avec sa femme, Doris. En route vers l'Afrique du Sud. Huit ou neuf jours en mer à bord de ce bateau, puis ils arriveraient en Afrique du Sud. Au Cap, probablement, et, là-bas, il trouverait un travail quelconque, peut-être même sur le port. Il n'aurait aucune difficulté à trouver un emploi au port. Dès que l'on verrait sa stature et ses muscles, on lui donnerait du travail. Cela ne lui rapporterait pas grand-chose, mais cela suffirait à payer le loyer et de quoi manger. Plus tard, il chercherait un emploi plus intéressant. Après tout, l'Afrique du Sud était un grand pays et les gens voyageaient de ville en ville. Ils avaient des autocars...

Cassidy secoua la tête, se disant qu'il ne devait pas y repenser. Mais les images étaient là, il revoyait la scène, il revoyait l'autocar sortir de la route, rouler sur deux roues, passer sur le toit, s'écraser contre les rochers et prendre feu. Sur l'écran de sa mémoire les flammes étaient d'un vert éclatant, et peu à peu le vert prit une teinte argentée, et cette couleur argentée n'était plus celle d'un autocar, c'était celle d'un fuselage. Le fuselage du gros quadrimoteur qui s'était écrasé en bout de piste à La Guardia, près de la petite baie, et qui avait brûlé dans les marais.

Et pourtant, alors même qu'il gémissait intérieurement au souvenir de cette fournaise aux éclats aveuglants, il se disait qu'il devait rejeter ces images, les laisser derrière lui, les fuir le plus vite possible et penser à l'Afrique du Sud.

Et de nouveau, il songea à Doris et à lui-même, ensemble, en Afrique du Sud. Maintenant, il parvenait à considérer calmement le fait qu'il y avait des lignes d'autocar, là-bas, et qu'un jour il aurait un bon emploi comme chauffeur. Mais, au fait, attends un peu... Envisageons calmement la question... Supposons un instant qu'en Afrique du Sud il y ait des aéroports, des lignes aériennes...

Bien sûr.

Le poing de Cassidy se ferma lentement, et, comme au ralenti, il frappa la paume de sa main ouverte.

Bien sûr. Bien sûr. C'était possible, c'était certainement possible. Il s'éloigna du hublot, les yeux fermés, et il voyait un gros avion de ligne traverser le ciel d'Afrique du Sud. Il voyait les passagers installés dans l'avion, la pimpante hôtesse de l'air qui parlait avec un accent britannique. Bien sûr, tout le monde, là-bas, parlait avec l'accent britannique, et tout le monde était poli et possédait cette qualité très appréciable qui consiste à ne pas se mêler des affaires des autres. En tout cas, Cassidy était sûr qu'ils seraient assez discrets pour ne pas lui poser trop de questions. Et si tout se passait comme il le prévoyait, s'il avait juste un ou deux coups de chance au bon moment, le commandant de cet avion de ligne s'appellerait Cassidy.

Il fallait que ce soit Cassidy. Et cela serait Cassidy. Le pilote aux commandes, le maître à bord, le commandant J. Cassidy. Ses cheveux seraient impeccablement coupés, il serait rasé de près, propre, ses mains sentiraient le savon, ses ongles seraient irréprochables. Le gros appareil se poserait et il entendrait le bruit sourd, le bruit rassurant, le bruit merveilleux des énormes pneus en caoutchouc qui roulent sur la piste. L'avion se poserait à l'heure prévue et les passagers descendraient de la passerelle pendant que le commandant J. Cassidy mettrait la touche finale à son rapport de vol.

Et puis, comme il se dirigerait vers le bâtiment de l'aérogare, il apercevrait Doris. Elle lui ferait signe de la main. Il la verrait radieuse, et douce, et chaque nouveau pas le rapprochant d'elle rendrait cette vision encore plus merveilleuse. Ce soir-là, ils iraient dîner en ville, et ce serait une soirée tout à fait exceptionnelle pour fêter le premier anniversaire de son engagement sur les lignes aériennes sud-africaines.

Ils étaient dans un grand restaurant du Cap et le serveur leur tendait les menus. Cassidy retournait le sien pour consulter la carte des vins. Puis il regardait Doris et il lui demandait si elle désirait un cocktail. Elle souriait et elle lui répondait qu'elle aimerait bien boire un sherry sec. Cassidy demandait au serveur d'apporter deux sherries secs. Il entendait Doris lui dire qu'elle aimait beaucoup sortir avec lui, qu'il était vraiment prévenant et plein d'égards. Ils étaient installés à leur table et le dîner était absolument merveilleux. Ils avaient commandé un homard, et tout en cassant une pince, Cassidy demandait négligemment à Doris si elle aimerait boire du vin blanc avec le homard et elle lui répondait qu'elle n'y tenait pas spécialement, mais que plus tard, après le café, cela serait peut-être agréable de boire un verre de muscat.

Bien sûr. C'est de cette façon que les choses se passeraient. Elle ne boirait pas plus que cela quand ils seraient ensemble en Afrique du Sud. Un sherry de temps en temps. Un petit verre de muscat. Et, pour Cassidy, ce serait la même chose. Ils n'éprouveraient plus ni l'un ni l'autre le besoin de boire davantage. En Afrique du Sud leur vie serait faite de joies paisibles, de plaisirs calmes qui auraient un sens parce qu'ils seraient ensemble, qu'ils vivraient ensemble, et que tout serait pur et radieux. Cela serait bien.

Bien sûr. Et Cassidy regarda la porte de la cabine. Et il eut un sourire, se réjouissant à l'avance, car il entendait un bruit de pas, dans le couloir. C'était un pas de femme, et Cassidy se tint près de la porte, prêt à prendre Doris dans ses bras dès qu'elle entrerait.

La porte s'ouvrit. Cassidy s'élança, puis il recula brusquement et resta figé. Il se retrouvait face à face avec Mildred.

11

IL se dit que ce n'était pas Mildred. Ce ne pouvait pas être Mildred. Il traversa la cabine à reculons jusqu'à ce que ses épaules heurtent l'épais rebord métallique du hublot, et il vit Mildred refermer lentement la porte derrière elle. Puis il observa la façon dont elle posait ses mains sur ses hanches rondes et pleines qui tendaient l'étoffe de sa jupe, l'air hautain, insolemment campée sur une jambe, tandis qu'elle le détaillait de la tête aux pieds.

Cassidy, anéanti, essayait de s'arracher à la stupeur et à la consternation où l'avait plongé ce long face à face silencieux. Il cligna des yeux plusieurs fois, ouvrit la bouche, la referma, et resta figé, à contempler Mildred.

Du regard, elle inspectait la cabine. Il y avait un petit bibelot accroché au mur, une ancre de marine en cuivre et Mildred s'en approcha, la fit osciller plusieurs fois avant de demander d'une voix calme :

« Et où crois-tu donc aller comme ça ? »

Elle tournait le dos à Cassidy. Il voyait son épaisse chevelure noire et lustrée qui couvrait ses épaules. Il répondit :

« Je pars en croisière. »

Mildred se retourna pour lui faire face. Elle prit une profonde aspiration qui gonfla ses seins énormes au point que le tissu de son corsage sembla prêt à se déchirer.

Elle dit :

« Tu crois ça ?

– J'en suis sûr.

– Eh bien, tu te trompes, dit Mildred. Ça ne se passera pas comme ça. Ça ne se passera pas du tout comme ça. »

Cassidy la foudroya du regard.

« Et pourquoi pas ?

– Ça serait trop simple. »

Puis Mildred se retourna et regarda le dessus de lit impeccable qui recouvrait le lit double. Elle se baissa et le tapota, comme pour éprouver la souplesse du matelas.

Cassidy demanda :

« Comment as-tu su où j'étais ? »

Elle continuait à tâter le matelas.

« Shealy. »

Cassidy s'approcha d'elle et dit :

« Tu mens. Tu m'as fait suivre.

– C'est vraiment ce que tu penses ? »

Elle s'installa confortablement sur le lit, en appui sur les coudes. Elle reprit :

« Crois-le si ça t'amuse. »

Cassidy avait envie de faire les cent pas, mais la cabine était trop étroite. A voix haute, comme s'il se parlait à lui-même, il demanda :

« Où est Shealy ? »

Mildred avait sorti un paquet de cigarettes de la poche de sa jupe. Elle en alluma une et répondit :

« Ton ami Shealy est chez Lundy.

– Qu'est-ce qu'il fait là-bas ?

– Ce qu'il fait toujours. Il boit. »

Cassidy s'approcha d'elle et la saisit brutalement par le bras.

« Je sais que tu mens. »

Ses doigts resserrèrent leur étreinte.

« Tu vas me dire la vérité... »

Mildred eut un sourire terriblement dangereux et répondit :

« Lâche-moi le bras ou tu vas prendre cette cigarette allumée sur l'œil. »

Cassidy lui lâcha le bras. Il traversa la cabine et la regarda savourer le plaisir de fumer sa cigarette. Il y avait un lourd cendrier en verre taillé sur une table, près du lit. Mildred tendit le bras, le saisit, et le posa sur le lit, à côté d'elle.

« Je finis ma cigarette, dit-elle, puis on s'en va.

– On fait quoi ?

– J'ai dit : on s'en va. »

Cassidy eut un sourire franchement narquois.

« Pour aller où ?

– Tu verras bien. »

Le sarcasme devint un rire.

« Inutile de me l'apprendre. Je le sais déjà.

– Tu crois le savoir. C'est là que tu te trompes. »

Soudain, Cassidy se sentit troublé et il eut l'impression d'être vulnérable, et il ne comprenait pas pourquoi. Il lança un regard noir et lui demanda :

« Je veux savoir ce que tu fais ici. A quoi joues-tu ?

– Je ne joue pas, dit-elle en haussant les épaules. Je suis là parce que c'est ma place. Tu m'appartiens, un point c'est tout.

– Ecoute, dit Cassidy, on a déjà parlé de ça, et c'est terminé. Maintenant, la meilleure chose que tu puisses faire, c'est d'oublier ça.

– Tu as entendu ce que je t'ai dit. J'ai dit que tu m'appartenais. »

Soudain, il se révolta contre son sentiment d'impuissance, et il sentit la rage surgir en lui, bouillonnante, et il lança :

« Je te conseille de sortir d'ici avant que cela tourne mal pour toi. »

Mildred tira longuement sur sa cigarette. Lorsque la fumée s'échappa de ses lèvres, elle déclara :

« Si je sors d'ici, ce sera avec toi. »

Cassidy contint sa colère, essayant de se montrer patient, et il dit :

« Il y a plusieurs choses que j'aimerais que tu comprennes. Premièrement, je ne veux pas aller avec toi. Deuxièmement, je ne peux absolument pas me permettre d'aller où que ce soit, je suis obligé de rester sur ce bateau. Tu ne sais peut-être pas ce qui s'est passé aujourd'hui...

– Si, je sais. Je connais toute l'histoire. C'est pour ça que je suis venue... »

Elle fixait le gros cendrier de verre tout en secouant les cendres de sa cigarette.

« ... tu es dans un sacré pétrin, mais je suis sûre que je pourrai t'en faire sortir. Si tu m'écoutes, si tu fais ce que je te dis...

– Si je t'écoutais, je serais le dernier des imbéciles. Et si je fais ce que tu me dis, je ne m'en relèverai pas, et je l'aurai bien cherché. »

Mildred fronça les sourcils et sourit en même temps.

« Tu ne penses pas vraiment ce que tu dis.

– Oh ! que si.

– Alors, ça... »

Mildred se leva.

« Tu sais ce que je pense ? Je crois que tu es

soûl, ou que tu es devenu dingue, ou quelque chose. Qu'est-ce qui t'arrive ?

– Rien du tout, dit Cassidy. J'ai simplement les yeux grands ouverts. Je sais ce que tu veux. Tu veux me voir ramper. Tu ferais n'importe quoi juste pour me voir ramper. »

Mildred posa une main sur sa hanche et porta son autre main à sa tête. Elle passa ses doigts dans son épaisse chevelure noire. Elle restait là, immobile, à regarder Cassidy sans rien dire.

– Oh ! oui, poursuivit-il. Tu sais bien que je suis tombé juste. Tu ne veux pas de moi, tu n'as jamais voulu de moi. Tu voulais te payer du bon temps, c'est tout. Et rien ne te faisait plus plaisir que de me rendre fou de rage. Ou, quelquefois, quand je rentrais du boulot complètement crevé, tu t'amusais à m'exciter, tu venais me mettre tes gros seins sous le nez. On peut dire que tu ne t'es pas ennuyée...

– Et toi alors ? Je ne t'ai jamais entendu te plaindre.

– Et maintenant, tu m'entends ? »

Cassidy fit un pas vers elle.

« Tu ne m'intéresses plus, tu comprends ? Tu peux te tortiller tant que tu veux, ça me laisse complètement froid. Tout ce que je vois, c'est un gros tas qui se trémousse. »

Mildred pencha la tête, pensive.

« Un gros tas ? Tu dis que je suis grosse, roulée comme je suis ? »

Cassidy commença à lui tourner le dos, mais elle lui agrippa le bras et lui fit faire volte-face.

« Tu ne me traiteras pas de gros tas, dit-elle. Tu vas retirer ça. »

Il était évident que Mildred se moquait bien

qu'il revienne sur ses paroles, mais qu'elle cherchait la bagarre. Et Cassidy comprit que si cela dégénérait en bagarre, l'issue pourrait bien être désastreuse pour lui. La nature exacte du désastre restait obscure, pour le moment, mais il savait qu'il ne pouvait se permettre de se battre avec Mildred une fois de plus. Il la regarda et il comprit autre chose. Elle était tout, sauf un gros tas. Elle méritait toutes les autres injures qu'il avait pu lui lancer par le passé, mais pas celle-là.

« Très bien, dit-il. Je retire ce que j'ai dit. »

Il avait parlé d'une voix calme, presque douce. Il vit Mildred se mordre la lèvre de déception et de consternation.

« Tu vois comment ça se passe? demanda-t-il, d'une voix toujours aussi calme et détendue. Le courant ne passe plus. Le fil est grillé. Tu ne peux plus me faire marcher à volonté.

– Vraiment? »

Mildred baissait légèrement la tête, et son regard brûlant fixait Cassidy à travers ses longs cils noirs.

« Non. Ça ne marche plus, dit Cassidy.

– Et ça te fait plaisir?

– Bien sûr. C'est un sacré soulagement. C'est comme si on m'avait ôté un boulet.

– Je ne te crois pas, dit Mildred. Je ne crois pas que ce soit si simple. »

Elle se mordit fortement la lèvre. Elle tourna la tête, les sourcils froncés. Comme si Cassidy n'était pas là, comme si elle ne parlait pas à voix haute, elle déclara :

« Tu es un drôle de type, Cassidy. Et ce n'est vraiment pas facile de te comprendre.

– C'est possible, dit Cassidy, lui tournant le

dos pour regarder le hublot. Mais je n'y peux rien. Je suis comme ça.

– Très bien, dit Mildred. Tu es comme tu es et je suis comme je suis. Et maintenant, qu'est-ce qui se passe ? »

Cassidy aperçut quelques vagues traînées blanchâtres dans le ciel noir et il comprit que l'heure du départ approchait.

« Tu peux me rendre un dernier service, dit-il.

– Quoi, par exemple ? »

Il se dit qu'il devrait se retourner pour la regarder bien en face. Mais, sans savoir pourquoi, il n'arrivait pas à détacher son regard du fleuve et du ciel.

Il répondit :

« Descends de ce bateau.

– C'est tout ? »

Cassidy décela quelque chose d'étrange, une sorte de menace dans la voix de Mildred et il fronça les sourcils, les yeux toujours fixés sur le fleuve, de l'autre côté du hublot. Il murmura :

« Je ne peux rien demander de plus.

– Mais si, tu peux demander plus. Allez, essaie. Je comprendrai peut-être.

– Ecoute, Mildred.

– Ne tourne pas autour du pot, demande seulement ce que tu veux. »

Cassidy inspira profondément, il retint son souffle. Puis il dit :

« Amène Doris. »

Au moment même où il disait ces mots, il comprit que Mildred l'avait amené à commettre une grave erreur. Au-delà de toute considération, il comprit confusément qu'il était aux prises avec une femme impitoyable, et instinctivement, il se retourna et lança son bras en l'air pour se protéger la tête. C'est alors qu'il aperçut l'éclat du gros cendrier de verre qui décrivait un arc. Mildred le tenait fermement serré, elle en frappa Cassidy au bras, et comme il baissait le bras sous le choc, Mildred brandit de nouveau le lourd bloc de verre qui percuta le crâne de Cassidy. Il vit des triangles vert vif, des cercles d'un jaune aveuglant, puis quelques vagues d'un orange très brillant, et il ressentit une intense chaleur. Après cela, ce fut le trou noir.

12

Le tangage était considérable et Cassidy pensa que le cargo devait traverser une mer houleuse. Il eut l'impression que le bateau dévalait la pente d'une vague gigantesque, puis il ressentit un choc brutal qui l'ébranla tout entier, comme si une seconde vague venait s'écraser contre la coque avant de soulever le bateau à son tour. Il comprit que la tempête devait être vraiment très violente, que l'océan était déchaîné et que si la situation empirait le bateau allait verser et sombrer. Peut-être faudrait-il qu'il réveille Doris pour l'avertir du danger. Il l'appela mais il n'entendit même pas le son de sa propre voix, il n'entendait que le rugissement de la tempête qui assaillait le navire.

Puis ce fut comme s'il n'y avait plus de tempête, comme si elle avait cessé brusquement et que le bateau avait sombré. Cassidy avait dû être sauvé et, en ce moment, on le transportait quelque part. Il se demanda ce qu'était devenue Doris. Il entendait des voix, il essayait de distinguer les gens qui le portaient, de leur parler, mais l'obscurité était totale, et quand il tenta d'émettre un son, il fit un tel effort qu'il ne parvint qu'à s'étouffer.

En tout cas, quel que soit l'endroit où on l'emmenait, ceux qui le transportaient étaient terriblement pressés. Peut-être était-il assez mal en point pour avoir besoin d'être soigné d'urgence. Il se demanda s'il avait des fractures, ou des brûlures graves. Ou c'étaient peut-être ses poumons qui étaient remplis d'eau. Il souffrait tellement qu'il s'agissait peut-être des trois à la fois. Il se sentait broyé, brûlé, déchiré, asphyxié. Il percevait les gargouillis qui sortaient de sa gorge, le sifflement oppressé de sa respiration. Il se sentait comme lentement écrasé entre deux énormes rouleaux de caoutchouc. La douleur montait et refluait en lui, des pieds à la tête et de la tête aux pieds, en vagues successives.

La dernière vague reflua et mourut dans un choc sourd. Puis il n'y eut plus que le silence, un silence qui dura très longtemps.

Ce ne fut que beaucoup plus tard que Cassidy eut enfin la force d'ouvrir les yeux.

Il découvrit au-dessus de lui un plafond au plâtre fissuré, dont çà et là quelques crevasses plus larges que les autres laissaient apparaître des poutres fendues. Les murs étaient recouverts d'un papier peint en lambeaux, et le sol constitué de larges planches rugueuses, très vieilles et très sales. La pièce n'était éclairée que par une seule ampoule, nue, suspendue juste au-dessus de sa tête. Cassidy ne comprenait pas pourquoi la lumière ne le gênait pas. A ce moment précis, l'ampoule lui parut aveuglante, il tressaillit et il lança son bras pour se protéger les yeux.

Il se demandait où il pouvait bien être. Une douleur lancinante lui martelait la nuque et il gémit.

Une voix dit :

« Tu n'as rien.

– Vraiment ? demanda-t-il. C'est très intéressant.

– Tu as seulement une légère bosse à la tête. »

Il reconnut la voix. C'était Spann. Mais il n'eut pas la force de s'asseoir et de le regarder. Il laissa son bras droit sur son visage pour se protéger les yeux, et de la main gauche, il tâta le rebord du lit sur lequel il était allongé.

« Tu veux quelque chose ? demanda Spann.

– Dis-moi seulement ce qui s'est passé.

– C'est Mildred qui t'a fait ça. Elle t'a frappé avec quelque chose.

– Tu sais ce que je pense ? demanda Cassidy. Je crois qu'elle m'a fracturé le crâne.

– Non, murmura Spann. Ce n'est pas si grave que ça. Ce n'est rien du tout. »

Cassidy se redressa pour s'asseoir sur son lit. Il découvrit Spann installé sur un meuble informe et délabré, à l'autre bout de la pièce.

« Où sommes-nous ? demanda Cassidy.

– Au premier.

– Où ça, au premier ?

– Chez Lundy. »

Cassidy se frotta vigoureusement les yeux.

« Qui m'a amené ici ?

– Shealy et moi. Le capitaine nous a aidés à te descendre du bateau. On t'a porté jusqu'ici, en passant par Dock Street, puis par la ruelle, pour entrer par-derrière. Comment on a réussi à ne pas se faire repérer, je n'en sais rien. Mais on y est arrivés.

– Qu'est-ce que tu veux ? Une récompense ?

– Allonge-toi, Jim. Ne t'énerve pas.

– Il y a seulement une chose que je voudrais savoir. Qui vous a demandé, espèces de salauds, de vous mêler de cette histoire ?

– Allons, voyons, si on n'avait pas été là...

– Si vous n'aviez pas été là, je serais sur le bateau. Avec Doris. Tu m'entends ? On serait en route pour l'Afrique du Sud, en ce moment, Doris et moi.

– Dors, Jim. On en reparlera plus tard. »

Cassidy posa sa tête sur l'oreiller. L'instant d'après, il se redressait et jetait un regard noir à Spann en lui demandant :

« Quelle heure est-il ?

– Deux heures de l'après-midi.

– De l'après-midi ? »

Cassidy regarda l'ampoule électrique. Puis il tourna brusquement la tête vers la fenêtre, derrière le lit, et il vit qu'il faisait très sombre au-dehors. Il n'y avait qu'un espace étroit entre la fenêtre et le mur de l'immeuble voisin, mais cet espace était noyé dans une pénombre étrange et lugubre.

« Encore une sale journée, dit Spann. Il va pleuvoir d'une minute à l'autre, maintenant. »

Cassidy regardait toujours par la fenêtre.

« Si le temps reste aussi couvert, je ferai une seconde tentative. J'essaierai de trouver un autre bateau.

– Non, tu ne le feras pas.

– Vraiment ? »

Cassidy se retourna et fixa Spann d'un air menaçant.

« Explique-moi donc pourquoi. »

Spann se leva et s'approcha lentement du lit. Sur son visage se dessinait un léger sourire. Ses longs doigts jouaient avec un étui à cigarettes long et plat. Il répondit :

« Tu es devenu un type très important. Tu fais les gros titres des journaux et on a même parlé de toi à la radio. Les quais sont noirs de flics. On ne peut pas tourner la tête sans voir une voiture de police. Si tu sortais d'ici maintenant, je parierais à cent contre un qu'ils te coinceraient en moins d'une minute. »

Cassidy se rongea l'ongle du pouce.

« Ça fait toujours plaisir.

– Si tu restes ici, poursuivit Spann, et si les autres la bouclent, tu as peut-être une chance.

– Qui sait que je suis ici ?

– Shealy et moi. Et Mildred, et Pauline. Et Lundy.

– Et Doris ? »

Spann haussa les épaules.

« Si tu veux que je lui dise, je lui dirai. Mais je pense que ce serait une erreur. Je crois que ce que tu aurais de mieux à faire, ce serait...

– Donne-moi une cigarette. »

Spann ouvrit l'étui plat. Ils allumèrent chacun une cigarette. Spann s'approcha de la fenêtre et regarda dehors, puis se baissa pour apercevoir le ciel, par-dessus le mur de l'immeuble.

« Bon Dieu, dit-il. Ça va être quelque chose de sérieux. C'est sûrement un cyclone.

– Parfait, dit Cassidy. Et j'espère même que ce sera pire que ça. J'espère que ce sera un tremblement de terre. »

Spann le regarda.

« Ce n'est pas une chose à dire.

– C'est pourtant ce que je pense. »

Spann s'éloigna de la fenêtre et souffla une mince volute de fumée vers le plancher. De son index long et fin, il coupa et recoupa le ruban de fumée en plusieurs segments. Il dit :

« Tu as bien dormi neuf heures. Tu dois avoir faim.

– Tu veux m'apporter quelque chose ?

– Bien sûr, dit Spann. Qu'est-ce que tu dirais d'un bon ragoût ? »

Cassidy secoua la tête.

« Non. Je ne veux rien manger. Apporte-moi seulement une bouteille de whisky. »

Il laissa sa tête retomber en arrière et il entendit Spann quitter la pièce et refermer la porte.

Quand il rouvrit les yeux, une heure s'était écoulée, et il remarqua d'abord qu'on avait apporté des meubles dans la pièce. Il y avait maintenant une table et quelques chaises. Puis, il les vit tous les trois assis autour de la table : Spann, Pauline, et Shealy. Ils étaient là, à boire tranquillement, et Cassidy remarqua qu'il ne restait pas grand-chose dans la bouteille.

Sans savoir pourquoi, il n'avait pas envie de leur faire savoir qu'il était réveillé. Il essaya de comprendre pourquoi il réagissait ainsi, mais ses raisons lui échappaient, sans cesse, comme pour le narguer. Cassidy gardait les yeux fermés et pourtant, toute son attention était concentrée sur la table.

Il entendit Shealy dire :

« Je ne sais pas. J'ai peut-être eu tort.

– C'est ce que je pense », dit Pauline.

Spann dit à Pauline de se taire.

« Non, répondit-elle. Je ne me tairai pas. Je dis que c'était vraiment une belle saloperie de lui jouer un tour pareil.

– Tu vas la fermer, lui dit Spann, ou je t'arrache la langue. »

Pauline poursuivit :

« Ce qui va se passer, maintenant, c'est facile à deviner. On sait tous ce qui va se passer. On sait bien qu'on ne peut pas faire confiance à Mildred, c'est une salope, elle l'a toujours été...

– Ce n'est pas ça qui me tracasse, dit Shealy.

– Ça devrait te tracasser, pourtant », dit Pauline.

Il y eut un bruit de chaise raclant le plancher. Cassidy ouvrit les yeux et vit Spann se lever, imité par Pauline. Du plat de la main, Spann la frappa au visage, et Pauline, pour éviter le coup, se jeta en arrière, puis bondit sur Spann pour lui agripper une poignée de cheveux. Elle tira violemment, et Spann ouvrit grand la bouche, comme pour crier, mais aucun son ne sortit de sa gorge.

« Oh ! arrêtez ! dit Shealy d'un ton las. Arrêtez ça, vous voulez bien ? »

Pauline lâcha prise et retourna s'asseoir. Spann se prit la tête à deux mains et il resta quelques instants sans bouger. Puis il sortit un peigne de sa poche de pantalon et se peigna soigneusement jusqu'à ce que ses cheveux soient de nouveau bien plats sur son crâne, bien lisses et lustrés comme du satin. Il sourit presque affectueusement à Pauline.

« La prochaine fois que tu fais ça, prévint-il, je te tue. Je te sauterai à la gorge et je ne te lâcherai pas avant que tu sois morte. »

Pauline regardait Shealy et lui disait :

« Bien sûr que c'était une erreur. Je n'arrive pas à comprendre pourquoi tu n'as pas fait ce qu'il t'a demandé. »

Shealy versa du whisky dans un verre. Il l'avala d'un seul trait avant de répondre :

« J'avais mes raisons. Je commence à croire que mes raisons n'étaient pas suffisamment valables.

– En tout cas, dit Pauline, cela partait d'une bonne intention.

– Mais j'ai tout gâché, hein ? »

Shealy parlait d'une voix traînante, rauque et fatiguée.

« J'ai tout gâché pour lui. »

Spann déclara :

« Je crois que je vais descendre chercher une autre bouteille.

– On en aurait bien besoin », dit Shealy.

Spann était déjà à la porte quand Pauline lança :

« Apporte du spécial.

– Non, ce n'est pas pour tout de suite, dit Spann, ouvrant la porte. Gardons-le pour plus tard, quand on pourra vraiment l'apprécier.

– J'en veux tout de suite, insista Pauline. Je suis sur les nerfs et j'en ai besoin tout de suite. Oh ! mon Dieu, regardez Cassidy, là. Regardez ce pauvre Cassidy. Regardez-le qui dort à poings fermés. Les flics vont le trouver, ils vont l'arrêter, j'en suis sûre. Regardez-le, il a renversé son autocar et il a tué vingt-six personnes. »

Spann s'approcha d'elle et Pauline saisit la bouteille vide pour la brandir au-dessus de sa tête.

« Repose-la », ordonna Spann.

Pauline reposa la bouteille sur la table. Elle s'assit et se mit à pleurer.

« Ecoute, dit Spann, doucement, tu ne devrais pas dire une chose pareille. Tu sais très bien que ce n'était pas de sa faute.

– Qu'est-ce que ça change ? s'écria Pauline. De toute façon, c'est lui qu'on accusera. Les flics le recherchent. Et ils le trouveront. Et je préfère ne pas penser à ce qu'il va écoper. »

La voix de Shealy n'était plus qu'un chuchotement brisé :

« Qu'en penses-tu, Spann ? A ton avis, qu'est-ce qu'il risque ?

– C'est difficile à dire. Ils ne vont sûrement pas lui faire de cadeaux. Après tout, il s'est échappé, il est en fuite. Et il y a autre chose. Comme ils disaient dans le journal, il a des antécédents. Son accident d'avion.

– Quel accident d'avion ? demanda Pauline.

– Tu ne savais pas ? Il pilotait un avion. »

Spann parlait d'un ton parfaitement neutre, comme s'il se contentait d'énoncer un fait qui n'avait rien à voir avec la tragédie qui les touchait tous.

Pauline était incrédule.

« C'est bien de Cassidy que tu parles ?

– Bien sûr, dit Spann. Il pilotait un avion. Un de ces gros avions de ligne qu'on voit tous les jours passer au-dessus de nos têtes. Un de ces gros appareils brillants, argentés. C'était lui le pilote. Dans le journal, ils expliquent qu'un jour, il était soûl au moment où l'avion décollait, et au lieu de décoller, l'avion a piqué du nez, il s'est écrasé et il a brûlé. Il y a eu beaucoup de morts. Ils ont cuisiné Cassidy pendant un bon bout de temps, puis ils ont fini par le relâcher, mais c'est inscrit dans son dossier. Vous voyez ce que je veux dire ? C'est inscrit dans son dossier.

– Qu'est-ce qu'il y a d'autre ? demanda Pauline.

– Dans son dossier ?

– Non, dit Pauline. Sur Cassidy. Qu'est-ce qu'ils disent d'autre, sur Cassidy ?

– Elle veut parler de ses bons côtés, expliqua Shealy. De tout ce que Cassidy a fait de bien, ce qu'on ne trouve pas dans son dossier. L'aspect positif du personnage, sa famille, son école, l'université où il a fait ses études.

– L'université ? demanda Spann. Il t'a dit qu'il était allé à l'université ?

– Non, répondit Shealy. Il ne m'en a jamais

parlé. Mais je ne crois pas me tromper. Il a dû y aller.

– En tout cas, à l'entendre parler, on ne s'en douterait jamais, murmura Spann.

– Je vais t'expliquer pourquoi, dit Shealy. Il a subi une sorte de transformation. C'est un peu comme une oxydation. D'abord, le brillant disparaît et pendant quelque temps il n'y a plus qu'une surface ternie, et puis, lentement, la rouille arrive. Une rouille d'un genre spécial. Elle ronge la surface, et puis elle s'incruste en profondeur.

– Si ce n'est pas trop te demander, dit Pauline à Shealy, tu pourrais peut-être m'expliquer de quoi vous parlez ?

– On parle de Cassidy, répondit Spann.

– Je ne t'ai rien demandé, espèce de larve. Tout ce que je t'ai demandé, c'est d'aller chercher une bouteille. »

Sur son lit, Cassidy était allongé sur le dos, et il ressentait, comme autant de coups de poignard, les élancements de la douleur brûlante qui lui martelait le crâne. Il avait légèrement tourné la tête si bien qu'il voyait parfaitement la table où ses amis étaient assis. Il vit Spann se diriger vers la porte et sortir. Alors, Pauline se leva et s'approcha du lit. Cassidy ferma les yeux de nouveau.

« Regarde-le, dit Pauline. Regarde ce pauvre vieux Jim. »

Cassidy sentait le regard de Pauline peser sur lui, un regard chargé de compassion pure et sans arrière-pensées.

« Ils vont t'arrêter, gémit Pauline. Je suis sûre qu'ils vont t'arrêter. Oh ! mon Dieu, ils vont te jeter en prison pour cent ans.

– Pas tant que ça, dit Shealy.

– Pour combien de temps ? demanda-t-elle, se

retournant vers lui. Dis-le-moi, Shealy. Qu'est-ce qu'il risque pour une affaire pareille ?

– Spann en connaît plus long que moi sur la question.

– Mais Spann n'a jamais eu ce genre d'histoire, Spann a été condamné pour faux, pour détournement de fonds, pour émission de chèques sans provision. Pour... enfin, pour un tas de choses. Mais il n'a jamais rien commis de pareil. Cette affaire-là, c'est quelque chose de complètement différent. Bon Dieu, tu te rends compte de ce qui va lui arriver, à ce pauvre type ? Il va être inculpé d'homicide.

– J'aimerais que tu t'assoies et que tu te calmes un peu, dit Shealy, de la voix d'un homme qui souffre. Tu ne m'aides pas du tout.

– T'aider ? lança Pauline d'un ton cassant. Qu'est-ce que tu veux dire ?

– Mon Dieu, gémit Shealy. Qu'est-ce que j'ai fait ? Mais qu'est-ce que j'ai fait ?

– Je vais te dire ce que tu as fait... »

Pauline avait haussé le ton, et maintenant sa voix était dure, implacable.

« ... Tu as pris ton petit copain Cassidy par la main et tu l'as mis carrément dans la mélasse. D'ailleurs, tu le reconnais toi-même. Tu dis que tu lui as fait une promesse. Tu lui as promis d'amener Doris sur ce bateau...

– Mais je savais...

– Tu savais ! Tu en sais toujours trop. Tu n'arrêtes pas de raconter à tout le monde ce que tu sais. Mais je vais te dire ce que je pense, Shealy. Je crois que tu es complètement abruti par l'alcool. Qu'est-ce que tu en dis ?

– Ce n'est pas agréable à entendre, mais j'ai bien peur que ce soit vrai.

– Et comment ! Tu n'es qu'un vieil imbécile

imbibé de whisky. C'en est à un tel point que quand tu veux savoir combien tu pèses, tu ne comptes plus en kilos, mais en litres. Et en plus...

– Arrête, je t'en prie. Pauline, s'il te plaît...

– Rien du tout. Je dis ce que je pense, je ne suis pas une hypocrite. Regarde ce type allongé sur le lit. Regarde-le. Je peux te dire que ça me déchire le cœur de penser à ce qui va lui arriver. Je l'imagine en taule, pour vingt ans, trente ans...

– On pourrait peut-être...

– On ne peut rien faire et tu le sais bien. Tu as eu une bonne occasion de l'aider, Shealy. Tu avais une occasion merveilleuse de faire vraiment quelque chose pour lui. Et pour Doris. Oui, pour lui et pour Doris. Pour eux deux. »

Shealy baissa la tête.

« Mais non, dit Pauline. Au lieu de les aider, qu'est-ce que tu as fait ? Au lieu d'aller dire à Doris où il était, à qui l'as-tu dit ? Tu l'as dit à cette salope, à cette grande gueule de traînée de bas étage, cette grosse vache qui a le culot incroyable de dire qu'elle est mariée avec lui.

– Mais ils sont vraiment mariés, gémit Shealy. Ils sont mari et femme.

– A quel titre ? demanda-t-elle. Parce que quelqu'un a été payé pour lire devant eux un baratin réglementaire ? Parce que Cassidy est allé lui acheter une alliance ? Et c'est toi qui me dis que ça suffit à rendre leur union sacrée ? C'est ça qui leur a servi de bénédiction ? Moi, je ne vois pas du tout les choses de la même façon. Je dis que c'est tout à fait le contraire. Je dis que pour Cassidy, ce mariage a été une véritable malédiction. Parfaitement, je dis que Mildred lui a jeté un sort. »

Shealy releva légèrement la tête.

« Tu dis ça parce que tu hais Mildred. Tu es jalouse d'elle. Parce qu'elle a de l'allure.

– De l'allure? grinça Pauline. Si c'est ça, avoir de l'allure, je préfère rester maigre comme un clou, et je vais même maigrir davantage. Je me nourrirai de figues sèches et d'eau claire. Tu vois mes seins? Ils sont petits, hein? On les remarque à peine. Mais je vais te dire ce qu'ils sont capables de faire. Quand Spann les regarde, c'est comme s'il était foudroyé. Il en titube, il a la gorge sèche, on dirait qu'il a du mal à respirer, qu'il étouffe presque. Mais quand je me donne à Spann, c'est presque une question de vie ou de mort, pour lui, comme s'il était mon enfant et que moi seule puisse le nourrir. Et parfois, je pleure, je pleure tout doucement, mais ce sont de vraies larmes. Et je lui chuchote à l'oreille, je lui dis, Spann, tu es un salaud, tu es une larve, mais tu es mon petit.

– Si c'est comme ça, dit Shealy, si tu possèdes une chose pareille, alors, tu n'as rien à envier à personne. »

Pauline ne l'entendit pas.

« Oui, poursuivit-elle, avec force. Bien sûr que je suis maigre. Après tout, c'est la mode. D'être mince comme un fil, comme les filles qu'on voit dans les magazines de mode. D'être comme ça. D'être faite comme ça. Et pas comme une espèce de cuirassé.

– Alors, j'avais raison, murmura Shealy. Tu es vraiment jalouse d'elle. »

Il y eut un silence et Pauline s'assit à la table. Au bout d'un moment, elle reprit :

« Je suis malade. C'est pour ça que je suis maigre. Je suis maigre et malade. Mais Mildred... Elle est en parfaite santé. Comment se fait-il que ce soient toujours les plus salopes qui se portent le mieux ? »

Shealy posa son menton sur ses deux bras croisés sur la table. Il leva les yeux vers Pauline, mais ne dit rien.

Ce fut Pauline qui répondit elle-même à sa propre question.

« Je vais te dire pourquoi. Parce qu'elles vivent sur le dos des autres. Comme des parasites.

– Non, protesta Shealy, pas Mildred. »

Pauline bondit sur ses pieds et frappa la table de son poing osseux.

« Et moi, je dis que si, cria-t-elle. Je dis que Mildred n'est qu'une saleté de parasite.

– Tu ne sais pas de quoi tu parles.

– Je le sais mieux que toi, Shealy. Bien mieux que toi. »

Elle abattit son poing sur la table et se mit à pleurer.

Cassidy avait les yeux entrouverts. Il remarqua que la lumière de l'ampoule électrique paraissait plus vive, ce qui voulait dire qu'il faisait plus sombre au-dehors. Il allait y avoir une violente tempête. Un temps délicieux pour un mois d'avril, pensa-t-il. Une nouvelle vague de douleur se mit à battre sous son crâne, et il se dit que sa blessure devait être grave. Si ce n'était pas une fracture, c'était sûrement un mauvais traumatisme. Ou peut-être s'agissait-il d'une sorte d'hémorragie interne ? Il se dit que cela n'avait vraiment pas grande importance. Mais ce serait bien si Doris était là. Non, ce n'était pas ce qu'il voulait dire. Il voulait dire que cela serait bien s'il n'était pas ici, s'il était ailleurs, très loin, avec Doris. Et cela aurait pu se réaliser. Ils auraient pu partir ensemble sur le bateau. Oui, c'était vraiment dommage.

Mais tout à coup il cessa de penser à tout cela. Il écoutait Pauline.

Et Pauline disait :

« Je sais de quoi je parle. Elle m'a soufflé la place que je lorgnais... »

Elle inspira profondément et elle eut comme un sanglot étouffé :

« ... Je me rappelle comment ça s'est passé, il y a quatre ans, le jour où Cassidy est entré chez Lundy. Il y avait pas mal de filles, dans la salle, et aussitôt on l'a toutes regardé. Moi tout particulièrement parce que Spann était en taule et cela faisait des mois et des mois que je n'avais pas fait l'amour. Et j'étais assise là et je regardais ce beau type, ses cheveux blonds bouclés, sa poitrine large et tous ses muscles bien solides...

– Oh ! arrête, dit Shealy. Tu n'as pas cessé de boire depuis hier soir et maintenant, tu te fais du cinéma.

– Oh ! non, ce n'est pas du cinéma. Ça s'est vraiment passé comme ça. Je restais assise, j'espérais qu'il me verrait. Je n'arrêtais pas de croiser et de décroiser les jambes et d'allumer des cigarettes, dans l'espoir qu'il allait me remarquer. Mais non. Au lieu de ça, c'est autre chose qu'il a remarqué, à une table à côté. Il a vu une grosse paire de pastèques qui pointaient sous un chemisier.

– Oublie tout ça.

– J'étais assise là, à allumer des cigarettes. Je pesais quarante-deux kilos.

– C'était il y a longtemps, dit Shealy.

– C'était il y a quatre ans, et j'étais assise là, et je les ai vus sortir ensemble. Je suis allée dans ma chambre et j'ai écrit une longue lettre à Spann. Puis je l'ai relue et je l'ai déchirée.

– Ça va, dit Shealy, ça va.

— Mais laisse-moi te raconter. Tu veux bien me laisser finir ? C'était après que Mildred soit arrivée à se faire épouser. C'est à ce moment-là que j'ai commencé à ressentir autre chose. J'avais... comment dire, j'avais de la peine pour lui. J'aurais bien aimé simplement effleurer son poignet avec ses poils blonds en broussaille, ou peut-être poser un petit baiser sur sa tempe. Ou bien lui tricoter une paire de chaussettes, ou quelque chose comme ça. Par exemple, aller dans sa chambre pour voir si son lit était fait, s'il avait des draps propres. Ou lui préparer un bon repas, parce que je suis prête à jurer que Mildred n'a jamais fait ça pour lui. Je me souviens qu'une fois, en hiver, il avait eu un gros rhume et qu'il était venu ici, chez Lundy, pour se soigner. Il avait tellement mal à la gorge qu'il pouvait à peine parler, et il était au bar et il buvait verre de whisky sur verre de whisky, avec de la glace, jusqu'à ce qu'il se rende vraiment malade à vomir. Et où était sa femme pendant ce temps-là ? Je vais te dire où elle était. Elle était partie faire une virée à Chinatown. Dans une de ces gargotes où on joue au fan-tan en buvant de l'alcool de riz.

— Du saké ? C'est bon. J'y ai goûté.

— Sa femme ! Comment peux-tu oser dire que c'est sa femme ? Comment peux-tu dire qu'elle l'a jamais été. Qu'est-ce qu'elle a fait pour lui ? Qu'est-ce qu'elle lui a donné ? Une vie d'enfer. »

La porte s'ouvrit et Spann entra, portant une bouteille d'alcool blanc. Il la déboucha, Pauline tendit son verre et il le lui remplit. Puis il remplit celui de Shealy. Dans son propre verre, il versa deux doigts d'eau-de-vie.

Pauline leva son verre et but plusieurs longues

gorgées. Elle reposa violemment le verre à moitié vide, se tourna vers Shealy et reprit :

« Voilà ce que tu as fait. Au lieu de dire à Doris où il était, tu l'as dit à sa femme. »

Spann fit le tour de la table, s'approcha de Pauline et demanda :

« Tu n'as pas encore fini ?

– Je veux qu'il comprenne bien ce qu'il a fait... »

Elle leva son verre et avala une autre gorgée.

« ... Shealy, c'est bien parce que c'est toi. Si je ne te connaissais pas depuis si longtemps, si je ne t'aimais pas autant, je prendrais cette bouteille et je te la briserais sur la tête. »

Shealy quitta la table, traversa la pièce, ouvrit la porte et sortit.

« Cette fois, la coupe est pleine », dit Spann d'un ton calme.

Il baissa la tête, comme s'il saluait Pauline, et il lui prit le poignet, comme pour lui baiser la main. Il y planta ses dents, et Pauline glapit et dégagea sa main d'un geste brusque.

« Regarde ce que tu as fait, dit-elle, montrant les traces de morsure sur sa main. Regarde, regarde !

– Je t'avais dit de laisser Shealy tranquille. Pourquoi est-ce que tu harcèles les gens sans arrêt ?

– Regarde ce que tu m'as fait à la main !

– Ce n'est qu'un échantillon. Si tu remets ça, avec Shealy, je te ferai goûter le reste.

– Tu peux commencer tout de suite », dit Pauline.

Elle se recula pour mettre la table entre elle et Spann.

Spann lui tourna le dos alors qu'elle saisissait la bouteille vide pour la lancer dans sa direction.

Le projectile le manqua de peu et Spann, figé, le vit s'écraser contre le mur.

« Approche, dit Pauline. Viens donc, espèce de larve. »

Bien que petit et mince, Spann contourna la table en un éclair, puis, comme un animal qui passe à l'attaque, il bondit sur Pauline, lui saisit le bras et y planta ses dents. Pauline hurla de nouveau et se débattit pour lui échapper.

« Oh ! maman ! glapit-elle. Oh ! mon Dieu ! »

Elle tremblait, elle hurlait de toutes ses forces, elle secouait la tête, mais elle ne faisait rien pour empêcher Spann de lui mordre le bras.

« Il me mord, hurla-t-elle d'une voix suraiguë. Regardez ce qu'il fait. Il me mord jusqu'au sang. Mais regardez donc ! Il va m'arracher le bras. »

Puis, pendant un moment, elle regarda Spann, intéressée, comme si elle n'était que spectatrice et que Spann mordait le bras de quelqu'un d'autre.

Ses yeux s'agrandirent légèrement, puis elle les ferma soudain, très fort, et de son poing libre, elle martela le front de Spann. Spann lâcha prise et partit en arrière, heurta une chaise et tomba sur le flanc. Pauline saisit une autre chaise et la leva au-dessus de sa tête. Spann, recroquevillé sur le sol, se protégeait le visage de ses bras, et, du regard, il suppliait Pauline de ne pas le frapper. Pauline brandit la chaise encore plus haut et la lança de toutes ses forces. Spann fit un bond de côté, et il eut un cri semblable au hurlement d'un chien. Il hurla de nouveau quand Pauline bondit sur lui, il continua de hurler en roulant sur lui-même pour échapper aux griffes de Pauline.

Pauline le tint entre ses mains pendant un instant, mais il lui échappa, fonça vers la porte et détala.

Pauline tomba à genoux. Elle secoua son poing en direction de la porte. Elle avait la bouche grande ouverte, et sa respiration sifflante était entrecoupée de sanglots. Elle s'étendit de tout son long sur le sol, à plat ventre, et elle martela de ses poings le plancher fendu. Elle continua son manège jusqu'à ce qu'un bruit venu de l'autre bout de la pièce lui fasse relever la tête.

Le bruit provenait des ressorts du lit sur lequel Cassidy se redressait lentement.

Pauline le fixa un moment en gémissant.

« Oh ! maman.

– Donne-moi à boire », dit Cassidy.

Il lança à Pauline un regard maussade alors qu'elle se relevait.

« Vas-y, descends et rapporte-moi une bouteille. Et je ne veux pas de ce tord-boyaux-là. Trouve-moi du vrai whisky. »

Pauline s'illumina. Du revers de la main, elle essuya ses larmes.

« Dis à Lundy de la mettre sur mon compte », ajouta Cassidy. Puis il se souvint du rouleau de billets qui se trouvait dans la poche de son pantalon. Il passa la main sous la mince couverture et découvrit qu'il n'avait plus de pantalon. Il portait seulement son caleçon de coton.

Pauline sortit en hâte de la pièce. Cassidy resta assis sur son lit, raide et figé, se demandant ce qu'ils avaient fait de son pantalon. Bon Dieu, il avait quelque chose comme quatre-vingts dollars dans sa poche. Soudain, il eut conscience d'un détail qui avait plus d'importance que l'argent... Les élancements lancinants avaient disparu, et maintenant il n'éprouvait plus qu'une douleur sourde qui semblait, elle aussi, s'atténuer à son tour. Il sentit qu'il recouvrait rapidement sa lucidité et son sens de l'équilibre. Il porta la main à sa tête et tâta sa bosse. Il ressentit une vive douleur en la touchant, mais c'était seulement à cause de l'hématome, la blessure n'était que superficielle. Elle était sèche, la peau n'avait pas éclaté, et ce n'était rien d'autre qu'une vilaine bosse à la tête.

La porte s'ouvrit et Pauline entra, portant une bouteille de whisky et un paquet de cigarettes. Elle alluma deux cigarettes et emplit deux grands verres presque jusqu'au bord. Puis elle approcha une chaise du lit, s'assit et donna à Cassidy sa cigarette et son verre d'alcool.

Cassidy avala une gorgée de whisky et secoua la tête.

« Pauline, ça m'ennuie de te déranger encore une fois, mais je voudrais de l'eau. J'ai l'estomac vide et j'ai besoin d'eau pour faire passer l'alcool.

– Mais bien sûr, mon chou, je t'en prie. »

Et elle sortit en courant et rapporta un verre d'eau.

« Merci », dit Cassidy.

Il but très vite une bonne rasade de whisky. Pauline lui sourit.

« Bois ton eau, maintenant, mon chou. Allez, bois. »

Cassidy avala un peu d'eau. Puis il reprit du whisky, et encore de l'eau. Il tira sur sa cigarette, se remplissant à fond les poumons, puis laissa la fumée s'échapper lentement de sa bouche. Souriant à Pauline, il lui dit :

« Ça va mieux maintenant.

– Tant mieux, mon chou. Tant mieux. »

Il but une autre gorgée de whisky.

Pauline demanda :

« Ecoute, mon chou, si tu veux que je fasse quelque chose pour toi, dis-le-moi. Je ferai tout ce que tu voudras.

— Je veux seulement que tu restes là, dit Cassidy. Reste là et bois avec moi. »

Ils levèrent leurs verres et échangèrent un regard tout en buvant.

Il y eut soudain un crépitement furieux dans le ciel chargé d'électricité, et Pauline poussa un petit cri. Cassidy se retourna aussitôt et regarda par la fenêtre. Il vit qu'il faisait presque nuit noire, au-dehors. Le crépitement aigu déchira l'air de nouveau, suivi d'un grondement sourd.

« Tiens, dit Pauline. Bois un autre verre. »

Elle remplissait le verre de Cassidy. Elle le lui tendit et remplit le sien.

Cassidy avala un peu de whisky et le fit passer avec une gorgée d'eau. Il levait son verre d'alcool pour boire de nouveau quand il remarqua ce que l'attitude de Pauline, assise à deux pas, les yeux fixés sur lui, avait d'étrange. Son visage étroit et blafard était encore plus blanc que d'habitude, son regard extrêmement vif et brillant.

Elle lui dit :

« Ne te fais pas des idées fausses. Ne crois pas que je ne veuille plus de Spann. Je pense que j'aurai toujours besoin de Spann. »

Cassidy posa son verre sur le sol. Il alluma une cigarette.

« Mais, tout de même, poursuivit Pauline, si tu voulais me prendre à Spann, je crois que tu y arriverais. »

Cassidy lui sourit. Le sourire devint grimace et Cassidy secoua la tête.

« En tout cas, dit Pauline, tu pourrais quand même essayer. »

Il y eut un nouveau coup de tonnerre dans le ciel au-dessus d'eux, et Pauline, saisie d'un violent frisson, renversa du whisky sur la couverture qui recouvrait les jambes de Cassidy.

« Oh ! mon Dieu, dit Pauline. Seigneur !

– Ce n'est qu'un orage. »

Cassidy tendit le bras et posa la main sur l'épaule de Pauline pour la calmer.

Mais elle continuait de frissonner et ses lèvres tremblaient.

« Ecoute. Quand j'entends ça, je suis morte de peur. J'ai l'impression que c'est la fin du monde.

– Tu as peut-être raison.

– Oh ! non, dit-elle vivement. Oh ! non, Cassidy, je t'en prie, ne dis pas ça.

– Mais si c'était vrai ? Qu'est-ce que ça changerait ?

– Oh ! pour l'amour du Ciel, je t'en prie, mon chou, ne dis pas de choses pareilles. Je t'en supplie, je t'en supplie... »

Elle renversa du whisky sur la couverture, puis elle laissa rouler le verre jusqu'au bord du lit. Elle se remit à pleurer. Elle passa le bras autour des jambes de Cassidy, emprisonnées par la couverture. Elle les serra contre elle, puis elle commença à remonter vers ses genoux, puis plus haut encore.

Cassidy lui saisit les poignets et lui demanda :

« Hé ! où vas-tu comme ça ?

– Il faut que tu me croies. Ce n'est pas que je ne veuille plus de Spann.

– Qu'est-ce que tu veux, alors ?

– On ne pourrait pas faire l'amour ensemble ? Juste une fois.

– Non », répondit Cassidy.

Il avait de la peine pour elle, mais il ne savait pas comment le lui dire, ni comment le lui montrer, alors il lança d'une voix irritée :

« Si tu ne tiens pas mieux l'alcool que ça, fous le camp d'ici.

– Mais je ne suis pas ivre, mon chou. Il ne faut pas m'en vouloir.

– Très bien. Alors, arrête. Tiens-toi correctement.

– Regarde-moi, j'ai les larmes aux yeux. Regarde comme je tremble. Je crois que c'est tout à la fois. De te voir comme ça, complètement assommé, avec une bosse sur la tête, à ne pas pouvoir sortir de cette chambre. De te voir te terrer ici comme une bête. Ecoute, mon chou, il faut que je te dise quelque chose. Tu n'as pas une seule chance de t'en tirer. J'en suis sûre. Tu ne t'en rends pas compte ? Je veux seulement faire quelque chose pour toi, pour que tu te sentes bien. »

Cassidy lui lâcha les poignets, Pauline posa ses mains sur le torse de Cassidy, et il ne l'en empêcha pas. Elle lui passa les bras autour de la taille et mit sa tête contre son flanc. Cassidy lui tapota la tête et de son autre main saisit son verre de whisky et en but une gorgée. Pauline tourna la tête et il lui donna un peu d'alcool.

« Tiens, dit-il. Ça va ?

– Oh ! mon chou... »

Elle se redressa un peu, comme pour peser de tout son poids sur la poitrine de Cassidy.

« ... La vie est tellement moche. Parfois, je donnerais n'importe quoi pour être morte. Regarde ce qu'ils font à un type comme toi, qui es un gars bien, honnête et gentil. Si, je pense ce que je dis, je le pense du fond du cœur. Et c'est pour ça que ça me fait mal, parce que je sais qu'ils vont te boucler pendant des années et des années. Quelle bande de salauds ! Tous autant qu'ils sont. »

Cassidy regarda derrière Pauline, le papier peint déchiré qui pendait au mur. Il dit :

« Tu es gentille.

– Et toi, mon chou, reprit-elle, j'ai toujours pensé que tu étais un type bien. Toujours. »

Ils échangèrent un sourire affectueux et Cassidy demanda :

« Tu ne m'en veux pas ?

– Pourquoi est-ce que je t'en voudrais ?

– Parce que je t'ai dit non.

– Ce n'est rien, mon chou. Je suis contente que tu aies dit non. Je crois que je me suis un peu laissée aller pendant une minute. Je suis calmée, maintenant. Mais j'aimerais quand même bien trouver un moyen de t'aider. »

Au même moment, les murs semblèrent gémir et trembler, et au-dehors retentit le fracas d'un coup de tonnerre terrifiant, suivi d'un second, et un éclair aveuglant inonda la pièce d'une lumière bleutée.

« Oh ! Seigneur ! » hoqueta Pauline.

Cassidy la saisit aux épaules.

« Ecoute, dit-il, si tu veux m'aider, tu peux faire quelque chose pour moi. J'aimerais que tu ailles chercher Doris. »

Pauline contemplait la fenêtre.

« Doris ?

– Trouve-la et amène-la ici.

– Quand ?

– Tout de suite, dit Cassidy. Si tu pars maintenant, tu ne seras pas prise par l'averse. »

Pauline détacha son regard de la fenêtre. Elle regarda Cassidy, hocha gravement la tête et déclara :

« C'est ça. Je vais aller chercher Doris et je la ramènerai. Parce que c'est ici qu'elle devrait être. Avec toi. Tu as parfaitement raison.

– Alors, vas-y, dit Cassidy. Dépêche-toi. »

Et il la poussa doucement hors du lit et la regarda se diriger vers la porte. Mais soudain, il cessa de la regarder, car il vit la porte s'ouvrir pour livrer passage à Mildred.

Pauline, surprise par la brusque apparition de Mildred, poussa un petit cri et fit un bond de côté. Puis elle s'élança vers la porte en essayant de forcer le passage.

« Pas si vite, dit Mildred, en reculant d'un pas pour lui barrer la route.

– Laisse-moi sortir », dit Pauline.

Mildred regardait Cassidy.

« Que se passe-t-il ?

– Qu'est-ce que ça peut te faire ? grinça Pauline. Qui t'a demandé de venir ? »

Mildred tourna légèrement la tête et lança un regard mauvais à Pauline.

« Pourquoi ? Vous ne m'attendiez pas ? »

Au lieu de répondre, Pauline tenta une nouvelle fois d'atteindre la porte. Mildred la saisit par la taille, et du coude, lui repoussa la tête en arrière pour l'immobiliser. Pauline commença à se débattre et Mildred resserra son étreinte. Son coude écrasait le menton de Pauline.

« Réponds-moi, dit Mildred à Pauline. Dis-moi seulement ce qui se tramait ici. »

Pauline essaya de parler, mais Mildred lui pressait si fort le menton qu'elle ne pouvait pas desserrer les mâchoires.

« Lâche-la, lança Cassidy.

– Je vais lui briser le cou », dit Mildred.

Du coude, elle frappa sèchement Pauline qui partit en arrière et tomba brutalement sur le plancher.

Cassidy se leva de son lit et s'avança vers Mildred. Elle l'attendait, sans bouger, les mains sur les hanches, les pieds bien écartés, tendue, prête à l'affrontement.

Dédaignant Mildred, Cassidy se tourna vers

Pauline et l'aida à se relever. Elle avait heurté violemment le sol et elle massa son maigre postérieur avec un air pensif, plutôt inquiet.

« Dis donc, fit-elle. Je crois bien que j'ai une fracture. »

Mais soudain elle découvrit Mildred qui se tenait à deux pas et aussitôt, elle oublia tout, sauf l'animosité qu'elle éprouvait envers elle. Son regard se rétrécit et elle lui dit, un sourire méchant sur ses lèvres minces :

« Je te prie de m'excuser. J'aurais dû te le dire tout de suite. Ton mari m'envoyait faire une course. »

Mildred ne bougea pas.

« Quel genre de course ? »

Le sourire de Pauline s'épanouit.

« Il veut que je ramène Doris. »

Il y eut un moment de silence, puis Mildred dit :

« Très bien, mon petit ! Ça ne me dérange pas. »

Elle s'écarta, pour laisser Pauline accéder librement à la porte.

« Vas-y. Va chercher Doris. »

Le sourire de Pauline s'effaça et ses yeux commencèrent à s'agrandir. Elle sortit de la pièce et referma la porte.

Cassidy retourna s'asseoir sur le bord du lit. Il alluma une cigarette et au moment où il en tirait la première longue bouffée, il entendit un nouveau coup de tonnerre, qui résonna longuement. Il tourna la tête, regarda par la fenêtre et vit tomber les premières grosses gouttes de pluie. Puis il y en eut de plus en plus, elles tombèrent de plus en plus vite, de plus en plus fort, et l'averse éclata vraiment.

Il entendit Mildred lui dire :

« Ça m'étonnerait qu'elle ramène Doris. Elle serait folle de sortir par un temps pareil. Regarde ce qu'il tombe. »

Cassidy ne quitta pas la fenêtre des yeux. Il contemplait les torrents de pluie qui déferlaient sur la ville.

Puis sa voix se joignit au fracas de l'averse, et avec la même force, la même intensité qu'une pluie d'orage, il déclara :

« Je ne sais pas pourquoi tu es venue, mais moi, je reste ici pour attendre Doris. Et quand elle arrivera, je te jetterai dehors. »

13

CASSIDY s'attendait à ce que Mildred réagisse aussitôt, et il s'apprêta à affronter une violente riposte. Mais, au lieu de cela, un silence pesant s'installa dans la pièce, un silence qui paraissait plus pénible encore que le fracas de la tempête qui faisait rage au-dehors. Puis, au bout d'un moment, Cassidy entendit le tintement d'un goulot de bouteille qui heurtait un verre. Il quitta la fenêtre et tourna son regard vers le centre de la pièce.

Mildred était assise à la table. Elle se versait un verre bien tassé. Confortablement installée, elle fumait une cigarette, devant son verre d'alcool. Elle était légèrement penchée en avant, les coudes sur la table, si bien que ses seins énormes saillaient comme une barrière au-dessus de la table, son dos tendu bien droit descendait en une pente abrupte jusqu'à l'amorce de ses formes rondes et pleines, épanouies, qui étaient en parfaite harmonie avec le reste de son corps aux courbes insolemment sensuelles.

Elle vit que Cassidy la regardait, et elle se pencha un peu plus tout en se tournant juste assez pour faire ressortir la minceur de sa taille qui contrastait avec les formes généreuses de sa poitrine et de ses hanches. Puis, très lentement, elle leva le bras et plongea ses doigts au plus profond de son épaisse masse de cheveux noirs et elle laissa son autre main vagabonder le long de son corsage. Un à un, les boutons se libérèrent des boutonnières. Elle se pencha un tout petit peu plus pour mettre en valeur la poussée irrésistible de ses seins découverts très bas, et qui semblaient vouloir jaillir hors de son soutien-gorge.

Cassidy lui tourna le dos et alla jusqu'au lit. Il s'arrêta au bord du lit, contemplant la couverture froissée. Il entendit le bruit ténu, presque imperceptible, d'un tissu qui crissait. Le crissement se détachait distinctement du fracas de la tempête. Aux oreilles de Cassidy, ce bruit prit une importance considérable.

Faisant demi-tour, Cassidy se dirigea vers la table, sans regarder Mildred. Il gardait les yeux braqués sur la bouteille de whisky et les cigarettes. Il s'assit à la table et se versa un verre. Il entendit le bruit feutré d'un objet sans consistance qui tombait sur le plancher. Regardant par terre, il découvrit le corsage de Mildred.

De nouveau Cassidy s'éloigna de la table. Emportant son verre et sa cigarette, il alla s'asseoir à l'extrémité du lit de façon à faire face à la porte. Il posa son verre de whisky par terre et tira quelques bouffées de sa cigarette, puis il baissa lentement la main vers son verre, le porta à ses lèvres, et il commençait à boire lorsqu'il entendit le bruit métallique d'une fermeture éclair que l'on ouvrait. Il se renversa un peu d'alcool sur le menton.

Puis il y eut le son plus dense, plus significatif, de la jupe qui glissait sur les hanches de Mildred.

Le fracas de la tempête semblait exploser dans la pièce, pour s'évanouir ensuite, laissant la place aux bruits de la chambre, puis éclatait de nouveau pour s'estomper encore. Cassidy commença à tourner la tête vers le centre de la pièce, puis, d'un mouvement brusque, se força à fixer son regard sur la porte, sur le plancher, n'importe où, sauf sur la table. Mais, au même moment, un objet d'un violet vif traversa l'air sous ses yeux avant d'atterrir à ses pieds.

Cassidy le regarda. Le violet était la couleur favorite de Mildred, et elle avait l'habitude de teindre tous ses sous-vêtements d'un violet particulièrement vif. Le slip de nylon qui se trouvait à ses pieds était d'un violet éclatant, et, en le regardant, Cassidy eut l'impression que le tissu était en train de brûler. Des flammes écarlates semblèrent jaillir vers lui, il eut un mouvement de recul et se mordit fortement la lèvre. Il regarda le verre de whisky qu'il tenait dans sa main et soudain, il lui sembla que l'alcool changeait d'apparence. Sa couleur virait au violet.

Cassidy se leva et, de toutes ses forces, lança son verre contre la porte. Il y eut un bruit de verre brisé, mais qui fut noyé par le coup de tonnerre qui, au même moment, ébranla toute la pièce.

La lumière s'éteignit.

Dans l'obscurité totale, Cassidy leva la tête, essayant de repérer l'emplacement de l'ampoule. Elle avait peut-être besoin d'être revissée. Il leva le bras et la chercha à tâtons, en reculant vers le centre de la pièce. Il y eut un nouveau coup de tonnerre assourdissant, puis la lumière revint brusquement.

Derrière lui, contre ses jambes, Cassidy sentait l'arête du rebord de la table, il était face à la fenêtre. C'était comme une sorte d'étrange miroir de verre obscur, strié de ruisselets de pluie qui couraient dans tous les sens. Mais sur cette surface noire et luisante, se dessinait une forme blanche, et sur cette forme blanche, il distinguait une tache de couleur, violet vif. Cassidy agrippa le rebord de la table, et, les yeux fixés sur la fenêtre, il vit la tache violet vif se détacher de la forme blanche et disparaître.

Il entendit un léger choc sur le plancher. Baissant les yeux, il vit le soutien-gorge violet vif.

Cassidy lâcha le bord de la table et se dirigea lentement vers le lit, il se dit qu'il devrait s'enfouir sous la couverture, fermer les yeux et tenter de dormir. Il s'allongea sur le lit et commença à tirer la couverture sur ses jambes. Il y eut un bruit au milieu de la pièce. Le raclement d'une chaise que l'on repousse.

Cassidy se débarrassa de la couverture et lança ses jambes par-dessus le rebord du lit. Il commençait à se lever, mais ce qu'il vit devant lui le fit cligner des yeux et retomber en arrière. C'était comme s'il avait reçu un coup de poing en pleine poitrine.

Mildred était debout, au milieu de la pièce. Elle ne portait que ses chaussures et ses bas, et un porte-jarretelles violet. Ses mains reposaient sur les courbes de ses hanches. Les pointes de ses seins dressés semblaient braquées sur lui.

« Viens ici ! » ordonna Mildred.

Cassidy essaya de détacher son regard de ce spectacle, mais il en fut incapable.

« Viens ici ! répéta-t-elle. J'ai quelque chose à te dire. »

Sa voix était douce, chaude, et riche, épaisse comme du miel. Elle sourit et s'avança vers lui.

« Fous-moi la paix ! dit-il.

— Qu'est-ce qui te prend ? demanda-t-elle, de la

même voix chaude. Tu n'aimes pas ce que tu as sous les yeux ?

– Je connais déjà. »

Mildred mit ses mains en coupe sous ses seins, pour éprouver leur poids, leur fermeté.

« Ils n'ont jamais été aussi lourds, dit-elle. Tu ne les trouves pas superbes ? »

Cassidy avait l'impression d'étouffer.

« Espèce de sale pute !

– Mais regarde-les.

– Tu sais ce que je devrais faire ? Je devrais...

– Allez, regarde », dit-elle.

Il se dit que ce ne devrait pas être trop difficile. Il suffisait de détacher son esprit du spectacle qu'il avait sous les yeux, et de ne voir en Mildred que la traînée qu'elle était.

Il se laissa aller en arrière, en appui sur les coudes, inclina la tête en connaisseur et déclara :

« Oui, ils ne sont pas mal... »

Son regard se fit agressif, pour que Mildred ait une idée de ce qu'il allait lui dire.

« ... Il faudrait qu'on se revoie, un de ces jours. Combien tu prends pour une passe ? »

Mildred ne fit pas attention à ses paroles, ou alors, elle décida de ne pas relever. Elle ne dit rien. Elle avança encore d'un pas.

Cassidy serra les dents.

« Je suppose que ça ne sert à rien de t'injurier. Je n'ai plus qu'une chose à faire, c'est te rouer de coups. »

Mildred eut un sourire suave, découvrant sa lèvre inférieure, pleine, humide. Elle dit :

« Tu ne feras pas ça. »

Puis, d'un mouvement fluide, sans hâte, mais avec soudaineté, sans brusquerie mais avec une agressivité presque tangible, elle fondit sur lui, lança ses bras autour de son cou et s'assit sur ses genoux. Elle posa ses lèvres sur celles de Cassidy, ses lèvres pleines, humides d'une chaleur soyeuse et lourde, qui devint plus lourde encore. Et très vite, ses lèvres humides se firent brûlantes, comme un feu liquide.

Cassidy entendit son chuchotement qui ressemblait à une menace.

« Tu as toujours envie de cette fille ? »

Très lentement, mais avec un élan irrésistible, Mildred fit peser son poids sur lui, posa ses mains sur les tempes de Cassidy alors que ses baisers déversaient en lui un feu brûlant, puis ses doigts s'enfoncèrent dans les cheveux de Cassidy pour s'y tortiller comme des serpents.

« C'est toujours Doris que tu veux ? »

Elle le dominait, maintenant, et Cassidy était allongé sur le dos. Il ouvrit les yeux et il vit la flamme noire qui dansait dans le regard de Mildred. Il eut brusquement conscience d'avoir posé les mains sur elle et il se dit qu'il devait réagir et forcer Mildred à cesser son manège. Il essaya d'ôter ses mains du corps de Mildred, mais elles ne lui obéirent pas. Et ses bras entourèrent la taille de Mildred et il la fit basculer sur le côté, mais il ne put finir son geste car la façon dont elle l'embrassait, maintenant, le pétrifiait de plaisir, le rendant presque fou.

« Alors ? susurra-t-elle. C'est toujours elle que tu veux ? Tu en es sûr ? »

Et son baiser se fit encore plus intense, puis elle se fit plus pressante encore, de plus en plus pressante. Cassidy entendit distinctement le bruit que firent les chaussures de Mildred en tombant sur le plancher. Le choc, amplifié, lui vrilla les tympans et vint se planter dans son cerveau, où il se répéta à l'infini, comme un écho. L'écho de tous ces moments passés où elle s'était débarrassée de ses chaussures, alors qu'ils étaient allongés sur leur lit et qu'il pleuvait au-dehors.

« Tu veux bien faire quelque chose ? » demanda-t-elle.

Elle avait parlé doucement, d'une voix rauque, profonde comme le violet de la nuit.

« Tu veux bien retirer mon porte-jarretelles ? »

Cassidy posa les mains sur la bande élastique qui lui ceignait la taille.

« Fais-le lentement », dit-elle.

Il commença à faire glisser le porte-jarretelles sur les cuisses de Mildred.

« Moins vite, murmura-t-elle. Je veux que tu l'enlèves très lentement. Tout doucement... »

Il baissa le porte-jarretelles, très lentement, jusqu'aux chevilles de Mildred, puis il le fit glisser et le laissa tomber sur le sol. Ensuite, il se redressa et la contempla, allongée sur le dos, qui lui souriait. Il approcha ses lèvres de la richesse épicée de ses seins lourds.

« Prends-les », souffla-t-elle, les paupières mi-closes. Cassidy voyait ses yeux briller à travers ses longs cils.

Et il se pencha pour goûter cette riche odeur d'épices sauvages, pour s'en griser, jusqu'à ce que, brusquement, il se sente repoussé. Il n'avait aucune idée de ce qui le repoussait ainsi. C'était une force tangible, il en ressentait physiquement les effets, mais il ne pouvait pas accepter la vérité. Il ne pouvait vraiment pas croire que c'étaient les mains de Mildred, posées sur sa poitrine, qui l'écartaient d'elle.

« Qu'est-ce qu'il y a ? marmonna-t-il.

– Lève-toi.

– Pourquoi ?

– Comme ça, tout simplement. »

Cassidy essayait de comprendre.

« Comment, comme ça ? »

Maintenant, il se rendait compte que Mildred parlait sérieusement. Elle ne plaisantait pas, elle le repoussait vraiment.

Elle l'écarta fermement et roula sur elle-même pour descendre du lit du côté opposé. Puis elle se leva, et se dirigea vers la table. Elle prit le paquet de cigarettes, en sortit une, la mit à sa bouche et gratta une allumette.

Au moment où l'allumette s'enflamma, Mildred se retourna et sourit à Cassidy, à travers la flamme. Elle tira une longue bouffée de sa cigarette et comme la fumée s'échappait de sa bouche, elle demanda :

« Passe-moi mon porte-jarretelles. »

Cassidy baissa les yeux et vit le porte-jarretelles violet vif. Il tendit le bras, lentement, et le prit dans sa main.

« Est-ce que je dois te l'apporter ?

– Envoie-le-moi.

– Tu voudrais bien que je te l'apporte, n'est-ce pas ? dit-il. Tu voudrais que je rampe jusqu'à toi. »

Mildred ne bougea pas, fumant sa cigarette.

« C'est ça que tu veux, reprit Cassidy. Tu veux me voir ramper. »

Elle ne répondit pas. Elle tira longuement sur sa cigarette et souffla la fumée en direction de Cassidy.

Il regarda la fumée qui flottait vers lui, et Mildred de l'autre côté de l'écran de fumée. Le porte-jarretelles violet était comme un objet incandescent qui lui brûlait la main, et il le lança de toutes ses forces à travers la pièce. L'objet heurta le mur d'en face et tomba sur le plancher.

« Je ne ramperai pas », dit Cassidy.

Mais l'affirmer ne suffisait pas. Il comprit qu'il devait faire quelque chose pour résister à la tentation de ramper. Chancelant, titubant, pris de vertige, il était comme assommé par son désir de la posséder, tout de suite. Rien d'autre n'existait plus pour lui, il n'y avait plus que ce besoin physique. Il se répétait qu'elle avait dit non, qu'elle avait repoussé. Pendant une fraction de seconde, l'homme qu'elle avait repoussé, ce ne fut plus lui-même, mais Haney Kenrick, et il la vit secouer la tête en disant non, non. Mais, de nouveau, ce fut Cassidy. C'était Cassidy à qui elle disait non.

« Tu peux toujours dire non », grogna-t-il, et il se leva du lit pour bondir sur elle. Mildred le laissa venir, et quand il fut tout près d'elle, elle lui planta ses ongles dans la peau. Cassidy ne sentit rien. Elle écrasa sa cigarette allumée sur la poitrine nue de Cassidy, et il ne sentit rien. Elle le griffa de nouveau, le bourra de coups de poing, de coups de pied, mais il ne sentait rien du tout, et il la souleva de terre, il la souleva très haut. Il la jeta sur le lit où elle tomba sur le dos. Mildred essaya de se relever, mais il la repoussa. Elle essaya une seconde fois, et Cassidy plaqua une main sur son visage et il la repoussa encore. Elle tenta de lui mordre la main, il lâcha prise pour aussitôt lui emprisonner les poignets. Elle lutta, se débattit, mais les genoux de Cassidy repoussaient ses cuisses avec force, Mildred hurla et ses cris se brisèrent contre le vacarme des coups de tonnerre et le crépitement de la pluie. Puis il n'y eut plus qu'un seul fracas : celui de la foudre qui explose.

14

Cassidy enfouit son visage encore plus profondément dans l'oreiller. De nouveau, il entendit la même voix, puis il sentit une main se poser sur son épaule. Il savait qu'il avait terriblement besoin du sommeil qu'on venait lui voler. Il avait dormi longtemps, mais il n'avait pas eu son compte de sommeil, et il en souffrait. Il se rappelait vaguement ce qui s'était passé entre Mildred et lui, et il comprit pourquoi il avait tant besoin de dormir. Il se dit qu'il lui faudrait se reposer douze ou quatorze heures.

« Allez, lève-toi, dit Pauline. Je t'ai apporté quelque chose à manger. »

Cassidy garda les yeux fermés.

« Quelle heure est-il ?

– Près de dix heures et demie, répondit Pauline, en lui secouant l'épaule, il est dix heures et demie du soir et il serait temps que tu te cales un peu l'estomac. »

Il ouvrit les yeux et s'assit sur son lit. Ebloui, il cligna des yeux et sourit à Pauline. Puis il regarda derrière elle et vit le plateau posé sur la table. Il commençait à sortir du lit quand il se souvint qu'il ne portait rien sur lui.

« Où sont tous mes vêtements ?

– Ta chemise est là-bas, sur une chaise. Ton caleçon est par terre.

– Ecoute, dit-il. Je veux le reste de mes vêtements. Je veux mon pantalon et mes chaussures.

– Ils sont en bas.

– Va les chercher. »

Pauline porta la main à sa bouche en un geste d'inquiétude.

« Shealy a dit que si tu avais tous tes vêtements, tu t'habillerais et tu partirais. Et il ne faut pas que tu sortes. Shealy a dit que tu devais rester ici. Et Spann dit...

– Qu'est-ce qui se passe, Pauline ? Tu as peur de Spann ? »

Aussitôt, l'attitude de Pauline changea. Elle releva la tête avec arrogance.

« Allons, tu sais bien que non. Si Spann me cherche des histoires, je le jetterai à terre et je le bourrerai de coups de pied.

– Bien, dit Cassidy. C'est parfait. Alors, va chercher mes vêtements. »

Pauline se dirigea vers la porte, puis s'arrêta, regarda Cassidy et lui dit :

« Je les cacherai sous une couverture. Je leur dirai que tu avais froid, ici, et que tu voulais une couverture supplémentaire. »

Cassidy ne répondit pas. Il attendit que Pauline ait quitté la pièce, puis il enfila son caleçon et sa chemise et alla jusqu'à la table pour voir ce qu'elle lui avait apporté. Il y avait une assiette de ragoût de mouton, du pain et du beurre. Le ragoût fumant était appétissant. Cassidy eut soudain conscience d'avoir très faim, et le plat paraissait excellent. Il contenait beaucoup de viande, et la sauce épaisse regorgeait de légumes. Cassidy décida de s'installer tranquillement pour savourer son repas. Plus tard, il pourrait reconsidérer la situation et songer à fuir. Mais cela pouvait attendre, car, pour le moment, il n'y avait rien de plus important que ce ragoût de mouton.

Cassidy s'assit à la table et se mit à manger. C'était délicieux. Les seuls plats que Lundy servait en bas étaient du ragoût de mouton ou de bœuf, ou des pieds de porcs panés. De temps en temps, Lundy allait faire un tour en bateau le dimanche, et le lendemain, il servait des tourteaux à dix cents la pièce, qui avaient beaucoup de succès. Mais il ne pêchait que pendant l'été, quand il y avait des tourteaux en abondance. L'été précédent, Lundy avait invité Cassidy à venir pêcher avec lui, et aujourd'hui Cassidy éprouvait un certain plaisir à se rappeler ce dimanche où il était parti à la pêche avec Shealy, Spann et Lundy. Ils avaient emporté des têtes de poisson pour appâter, et quand les crabes s'étaient rués sur l'appât, ils les avaient sortis de l'eau avec des épuisettes. Cela avait été un bien beau dimanche. Ce soir-là, ils étaient rentrés chez Lundy, ils avaient mangé tous les tourteaux, jusqu'au dernier, et à eux quatre, ils avaient dû boire douze ou treize litres de bière. Ensuite, Lundy s'était laissé aller jusqu'à leur offrir des cigares. Bien carrés dans leurs fauteuils, l'estomac rempli de bière et de chair de tourteau, ils avaient fumé le cigare en parlant de pêche. Cela avait vraiment été un beau dimanche.

Mais il n'y avait pas beaucoup de beaux dimanches dont il puisse se souvenir. Il y avait quelques dimanches à peu près corrects qu'il avait passés au parc à regarder les enfants jouer. Il restait assis, seul, sur un banc, pendant que les enfants s'amusaient, puis il allait acheter des bonbons pour les distribuer. Tôt ou tard, il finissait par engager la conversation, et les gosses lui racontaient leur vie, lui parlaient de leurs parents, de leurs frères et sœurs. C'étaient des gosses de quatre, cinq ou six ans qui appartenaient à des familles nombreuses, très pauvres, et la plupart du temps, ils restaient au parc sans surveillance, à part la présence d'une sœur ou d'un frère plus âgé qui lisait des bandes dessinées dans un coin sans s'occuper d'eux le moins du monde. Cassidy aimait bien parler avec les gosses, mais au bout d'un moment, cela devenait difficile, parce qu'il se mettait à penser qu'il n'avait pas d'enfant lui-même, et c'était un sentiment déprimant, comme une sorte de vide. En même temps, c'était vraiment une bonne chose que Mildred et lui n'aient pas eu d'enfants. Il répétait sans cesse à Mildred de bien faire attention de ne pas être enceinte, et elle lui répondait toujours qu'il n'avait pas de souci à se faire parce qu'elle n'avait aucune intention de se gâcher la vie avec des mioches.

C'était pour ça que presque tous les dimanches avaient été absolument sinistres. A cause de ce genre de réflexions, de ce genre d'atmosphère. C'était toujours comme ça quand ils sortaient du lit et qu'ils s'habillaient. Quand ils allaient d'une pièce à l'autre dans l'appartement trop étroit et qu'ils se marchaient sur les pieds. Et pourtant, à bien y repenser...

Non, se dit-il. Il n'était pas question d'y repenser. Il n'allait penser à rien avant d'avoir fini son ragoût. Et quand il aurait terminé son repas, il n'allait certainement pas se torturer l'esprit en songeant au passé. La meilleure chose à faire, c'était de trouver un moyen de sortir d'ici ce soir et de quitter la ville avant le lendemain matin. Avec Doris. Oui, bon Dieu, avec Doris. Il se demanda pourquoi il avait besoin de se le répéter avec autant d'insistance. Cela aurait dû venir facilement, comme s'il disait « Doris et moi, nous quittons la ville ce soir ». Comme ça, naturellement.

La porte s'ouvrit et Pauline entra, portant une couverture pliée. En approchant de la table, elle déplia la couverture et Cassidy prit son pantalon et ses chaussures. Il s'arrêta de manger, le temps de s'habiller, et il vit Pauline s'asseoir de l'autre côté de la table, le regardant d'un air inquiet.

Cassidy plongea la cuillère dans son assiette, avala une grosse bouchée de ragoût, suivie d'un morceau de pain, et lança à Pauline un regard interrogateur.

Il avala sa nourriture et demanda :

« Qu'est-ce qui te tracasse ?

– Tes vêtements. Je crois que je n'aurais pas dû te les apporter. »

Cassidy revint à son ragoût. Il avala une dernière cuillerée, utilisa le dernier bout de pain pour nettoyer l'assiette, l'avala et but un verre d'eau. Puis il alluma une cigarette, en donna une à Pauline et la lui alluma.

« Ecoute-moi, dit-il. Tu n'as rien fait d'autre que de m'aider.

– Mais Shealy a dit...

– Je me fous de ce que Shealy a dit. Regarde le gâchis qu'il a déjà fait. Sans lui, je m'en serais tiré.

– Je le sais.

– Alors ?

– Alors, reprit Pauline, d'autre part, c'est peut-être une bonne chose de considérer le problème sous un autre angle.

– Ça, ce n'est pas de toi, coupa Cassidy. C'est du Shealy. C'est le genre de conseil que je n'ai pas envie d'entendre. Je n'en ai pas besoin.

– Mais, mon chou...

– Mais, rien du tout.

– Ecoute, mon chou. Ils sont en train de chercher une solution. S'ils te font rester ici, c'est pour ton bien.

– Personne ne me fera rester nulle part. »

Cassidy se leva. Il n'aimait pas la façon dont Pauline le regardait, la façon dont elle secouait lentement la tête.

S'éloignant de la table, il écouta le bruit qui venait de l'extérieur. C'était celui, monotone, d'une pluie persistante, une pluie régulière qui allait tomber toute la nuit et probablement toute la journée du lendemain.

Cassidy, morose, contemplait la fenêtre.

« Cet après-midi, je t'ai demandé de faire quelque chose pour moi. Tu as accepté. »

Il attendit une réponse. Puis il reprit :

« Je t'ai envoyée chercher Doris. »

Il attendit de nouveau.

Il se retourna et lança un regard noir à Pauline.

« Alors, qu'est-ce qu'il s'est passé ? Tu l'as trouvée ?

– Bien sûr.

– Comment ça, bien sûr ? Pourquoi ne l'as-tu pas amenée ici ?

– C'est ce que j'ai fait », répondit Pauline.

Cassidy porta vivement une main à sa tête. Il plaqua ses doigts très fort contre sa tempe.

Pauline grimaça :

« Tu veux que je te fasse un dessin ?

– Non, dit Cassidy. J'imagine très bien la scène. »

Il voyait la porte s'ouvrir, Pauline et Doris entrer dans la pièce. Et Doris qui restait figée sur le seuil en le découvrant couché dans le même lit que Mildred.

« N'aie pas de remords, dit Pauline. Doris s'en foutait totalement. »

Cassidy recula d'un pas.

« Comment ça, elle s'en foutait ?

– Elle était ivre morte. Complètement partie. »

Et Cassidy vit alors Pauline prendre Doris par le bras, sortir de la pièce et refermer la porte en silence. Il vit le lit dans lequel Mildred et lui dormaient, puis Mildred qui se réveillait, s'habillait et sortait. Il se demanda comment elle avait eu la force de se lever après ce qui s'était passé entre eux. Le moins qu'il puisse dire, c'est qu'il ne l'avait pas ménagée. Un sacré type, ce Cassidy. Il lui avait suffi de loucher sur une paire de seins nus pour vouloir lui prouver qu'il était un homme. Et c'était devenu si important, de prouver qu'il était un homme, qu'il en avait complètement oublié Doris.

« Tu sais ce que je suis ? marmonna-t-il. Je suis le dernier des guignols. Je prépare mon grand numéro et, à la dernière minute, je fous tout en l'air.

– Mon chou...

– Je suis une vraie planche pourrie.

– Ecoute...

– Je ne vaux rien.

– Assieds-toi une minute. Ecoute-moi...

– A quoi bon ? Je ne vaux rien du tout. Je suis un raté. Je suis un ivrogne, un minable, un pauvre type. Et ce n'est pas tout. Je suis le dernier des hypocrites. »

Pauline avait saisi la bouteille et elle emplissait deux verres.

« Tu as besoin de quelque chose pour te remonter.

– Non, j'ai plutôt besoin de quelque chose qui m'assomme complètement. »

Il but, et Pauline lui versa un autre verre. Il le vida aussitôt.

« Je suis un hypocrite, reprit-il. Et je vais te dire une chose : il n'y a rien de pire qu'un hypocrite.

– Tu as besoin de boire un coup. Tiens, prends la bouteille.

– Oui, donne-moi cette saloperie de bouteille. »

Il porta la bouteille à ses lèvres et but une longue rasade. Puis la reposa sur la table.

– Ecoute, je vais te dire pourquoi je suis un hypocrite...

– Mais non, tu n'es pas un hypocrite, il ne faut pas dire ça.

– Si, je le dis, parce que je sais que c'est vrai. Je ne suis qu'une ordure. Et il y a autre chose. Tu sais pourquoi je n'arrête pas de prendre des coups ? C'est parce que je les mérite. Je récolte exactement ce que je mérite. »

Cassidy saisit la bouteille de nouveau. Il but longuement, puis la tint à bout de bras, et la contempla fixement.

« Salut », fit-il.

Pauline se leva.

« Non, je t'en prie, dit-elle, tu ne vas pas te mettre à perdre les pédales ?

– Pas de danger... »

Cassidy avala une nouvelle gorgée.

« ... Et pourtant, ça serait peut-être ce qui pourrait m'arriver de mieux. Parce que, à ce moment-là, je serais inconscient. Au moins, la vie est plus facile quand on n'est conscient de rien.

Quand on plane complètement, et qu'on ne sait plus qui on est.

– Allez, bois un coup, dit Pauline, tendrement.

– Pour me soûler ? Comment veux-tu que je me soûle ? Ce soir, je me sens capable de boire des litres et des litres de whisky sans arriver à me soûler.

– Alors, tu devrais dormir un peu, dit Pauline. Allez, allonge-toi et essaie de dormir. »

Elle poussait doucement Cassidy vers le lit. Il s'y laissa tomber, sur le dos. Pauline lui prit les jambes pour les étendre.

« Ferme les yeux, dit-elle. Fais un bon somme. »

Cassidy ferma les yeux.

« L'aviation, marmonna-t-il.

– Comment ? Qu'est-ce que tu dis, mon chou ?

– L'aviation. J'étais dans l'aviation.

– Bien sûr. C'est très bien... »

Pauline traversa la pièce à reculons, en direction de la porte.

« ... Dors, maintenant. »

Elle tendit la main vers l'interrupteur et éteignit la lumière.

« Aviateur. Commandant. Pilote-Commandant. Chef-Pilote. Chauffeur de car-Commandant. Voyagez avec le commandant Cassidy, c'est la mort garantie. Nous sommes tous fiers du commandant J. Cassidy. C'est lui qui tient le volant. Le voilà, ce salopard, c'est lui... »

Pauline était près de la porte. Elle l'ouvrit et sortit. La porte se referma sans bruit.

« C'est lui, marmonna Cassidy. Je le vois. Il s'appelle Jim Cassidy, et il essaie de s'enfuir, mais il n'y arrive pas. Je le vois maintenant. »

Sa tête glissa sur l'oreiller. Il gémit à plusieurs reprises. Puis il sombra très vite.

Dans son demi-sommeil, il balbutia :

« Eh, Mildred, écoute. Ecoute-moi. J'ai quelque chose à te dire. Non, pas ce que tu crois, ce n'est pas pour te traîner dans la boue. Je veux te dire quelque chose d'agréable. A ton sujet. Je voulais dire que t'étais une fille bien. Voilà. C'est un compliment, ça, non ? Venant de ma part, c'est un sacré compliment. Tu es une fille bien... »

Il gémit de nouveau.

« Ce qu'il faut que je fasse, c'est réfléchir à tout ça. Et à toi, Mildred. Il faut que je réfléchisse à ton cas. Peut-être que je me suis complètement trompé sur ton compte. Je ne sais pas. Il faut que j'y réfléchisse. Il faut... »

Et il s'endormit.

Vers trois heures du matin, il fut brusquement réveillé par un éclat de rire sonore. Le bruit venait du rez-de-chaussée, juste en dessous de lui, de l'arrière-salle où les bons clients de Lundy continuaient à boire après la fermeture.

Le rire se fit plus strident. Il y avait plusieurs voix mêlées. Cassidy écouta, assis dans l'obscurité, puis il descendit du lit et approcha son oreille du plancher pour entendre plus distinctement. Les rires s'éteignirent les uns après les autres jusqu'à ce qu'il n'y en ait plus que deux, qui continuaient à résonner.

Cassidy reconnut ces deux rires. Il se dit qu'il était parfaitement réveillé et qu'il ne se faisait pas des idées. Ils étaient en bas tous les deux, Haney Kenrick et Mildred. Ils étaient assis à la même table, et ils se payaient du bon temps. Pour Cassidy, ces cris et ces éclats de rire qui lui vrillaient les tympans étaient comme un fer chauffé au rouge qui se plantait dans son cerveau.

15

Aussitôt, il fut envahi par un besoin de violence. Il eut envie d'ouvrir la porte, de se précipiter en bas et de leur faire rentrer leur rire dans la gorge à coups de poing. Levant le bras, il tira la cordelette qui actionnait l'interrupteur, puis il fit quelques pas vers la porte. Alors, Cassidy se rendit compte qu'ils n'en valaient pas la peine. Ils ne méritaient certainement pas qu'il coure le risque d'alerter la police en leur réglant leur compte et se retrouver menottes aux poignets avant d'être jeté derrière les barreaux. Réfléchissant aux conséquences pratiques de son geste, il comprit que cela pouvait se solder par dix, vingt ou peut-être trente ans de prison.

Les éclats de rire résonnaient toujours, en bas, mais maintenant Cassidy ne les entendait plus. Il s'approcha de la fenêtre, l'ouvrit très lentement et vit que la pluie avait cessé. L'air était chaud et humide. Il se pencha par la fenêtre et découvrit le toit en pente, juste en dessous de lui, à moins de deux mètres. Il n'eut aucun problème à prendre pied sur le toit, puis à se laisser glisser jusqu'au rebord. Là, il se suspendit dans le vide un moment, puis se laissa tomber dans la ruelle, derrière chez Lundy.

Lorsqu'il toucha le sol, les éclats de rire lui parurent tout proches. Il se retourna et se retrouva en face de la fenêtre de l'arrière-salle. La fenêtre était entrouverte et Cassidy s'approcha pour regarder et écouter.

Il se dit qu'il n'y avait rien à voir, ni rien à entendre. S'il réfléchissait une minute, il quitterait les parages le plus vite possible. Il irait tout droit aux entrepôts de marchandises. Ou alors il foncerait jusqu'aux quais, il plongerait dans le fleuve et il essaierait de le traverser à la nage jusqu'à Camden. Et de là, il reprendrait tout à zéro. Il irait n'importe où. Mais il n'avait rien à gagner à traîner ici. Le quartier était mortel, et les visages de ses amis attablés chez Lundy étaient ceux d'une bande d'abrutis au sourire idiot. Ses bons vieux amis n'étaient qu'un groupe de minables qui descendaient lentement la pente fatale.

Ils souriaient, comme s'ils lui faisaient signe, et dans leurs voix éraillées par l'alcool, Cassidy reconnaissait l'écho de leur déchéance. Il commença à s'éloigner de la fenêtre.

Mais, malgré tout, il n'arrivait pas à partir. Il revint à la fenêtre et regarda à l'intérieur. Il les vit tous, là, dans la salle remplie de fumée. La plupart étaient installés à leur table habituelle, certains étaient appuyés contre les murs, et l'un d'entre eux dormait par terre. A travers le nuage de la fumée de cigarettes et des vapeurs d'alcool, leurs visages paraissaient gris et aucune lueur ne semblait éclairer leurs regards.

Et Cassidy se rendit compte que les rires avaient cessé, et qu'il régnait un silence pesant dans la salle. Il avait encore en mémoire l'écho des rires qu'il venait d'entendre un instant plus tôt, puis cet écho s'évanouit à son tour. Debout, près de la fenêtre, il scruta la pièce et il vit Pauline et Spann qui se regardaient, puis Pauline prendre une cigarette dans l'étui de Spann. Il vit Shealy et Doris lever leur verre, et, sans dire un mot, le visage impassible, porter un toast dans le vide. Il vit Mildred, les bras tendus, les deux mains posées sur la table, qui pianotait doucement le bois de la table tandis que Haney Kenrick l'observait, les sourcils froncés, en mâchonnant un cigare qu'il n'avait pas encore allumé.

Cassidy concentra son attention sur Haney et il l'entendit demander :

« Qu'est-ce qui se passe, ici ? On entendrait une mouche voler, tout à coup. »

Personne ne dit rien.

« Pourquoi est-ce qu'on ne s'amuse plus ? voulut savoir Haney. On ne fait plus la fête ? »

Mildred hocha la tête.

« Bien sûr, dit-elle. On a seulement besoin d'une tournée supplémentaire, c'est tout. »

Haney tapa bruyamment dans ses mains.

« Mais comment donc, lança-t-il. Et une tournée générale ! »

Mildred regarda Lundy.

« Tu entends ce qu'il dit ? A boire, pour tout le monde. »

Haney eut un sourire hésitant. Du regard, il parcourut la salle, comptant les clients. Ils étaient une vingtaine, et Haney saisit Lundy par la manche et lui dit :

« Attends un peu...

– Pas question, coupa Mildred. Tout le monde boit et c'est Haney qui régale... »

Elle se leva et tous la regardèrent.

« ... C'est moi qui passe la commande. On prendra tous du whisky, Lundy. Une bouteille pour chaque table.

– Allons, écoute un peu, dit Haney. Enfin, bon Dieu... »

Cassidy vit toute la scène se dérouler. Il vit Lundy faire le tour de la salle avec une rapidité et une énergie inhabituelles. Puis il y eut une nouvelle bouteille sur chaque table; Mildred était toujours debout et tout le monde la regardait. Haney Kenrick ne la quittait pas des yeux. Lundy se tenait près de lui et Haney sortit un rouleau de billets et paya les consommations, son regard allant comme un éclair du visage de Mildred à ses billets de banque pour revenir aussitôt à Mildred.

Alors, Mildred leva la bouteille, lentement, puis elle la renversa et laissa l'alcool se déverser sur le sol.

« Qu'est-ce que tu fais ? » lança Haney.

Et aussitôt il bondit sur ses pieds parce qu'à toutes les autres tables, les clients renversaient leurs bouteilles et le whisky se répandait sur le plancher.

« Qu'est-ce que ça veut dire ? » hurla Haney.

Ils tinrent tous leurs bouteilles renversées jusqu'à ce que la dernière goutte en tombe. La seule cliente qui ne participait pas était Doris. Elle ne comprenait pas ce qui arrivait, et, la bouche à demi ouverte, elle regardait Shealy secouer sa bouteille pour être sûr qu'il n'y resterait pas une seule goutte de whisky.

Haney avait le visage rouge et luisant.

« Bon, écoutez, dit-il. On s'est tous bien amusés, ce soir, et j'aime rire un bon coup, de temps en temps, comme tout le monde. Mais, cette fois, ça va trop loin. Ce n'est pas comme ça que je comprends la plaisanterie.

– Moi, si », dit Mildred en se retournant lentement pour lui faire face.

Haney déglutit avec peine. Il ouvrit la bouche

pour dire quelque chose, puis la referma, serra les dents et déglutit de nouveau. Il finit par déclarer :

« Je dois être idiot ou quelque chose...

– Toi ? murmura Mildred, secouant la tête. Non, pas toi. Tu es loin d'être idiot. Tu es très malin, au contraire. »

Haney porta le cigare à sa bouche, l'en retira puis l'y porta de nouveau.

Mildred poursuivit :

« C'est pour ça que tu as de l'argent. C'est pour ça que tu es bien habillé. Parce que tu en as, là-dedans... »

Elle se tapota la tempe.

« ... tu es tellement plus futé que nous. Tu es tellement plus fort que nous. C'est vraiment facile, pour toi, n'est-ce pas ? »

Haney saisit son cigare et l'arracha de sa bouche.

« Qu'est-ce qui est vraiment facile ?

– De blouser les gens.

– De blouser qui ? Toi ? »

Mais il tournait déjà la tête pour les regarder tous les uns après les autres.

Mildred lança :

« Regarde-moi, Haney. »

Haney s'enfonça son cigare dans la bouche et regarda Mildred. Il mâchonnait rageusement son cigare comme pour se donner du courage.

« Très bien, dit-il. Je te regarde. Est-ce que j'ai l'air inquiet ?

– Non, répondit Mildred. Tu n'as pas l'air inquiet. Tu as l'air mort de peur.

– Et de quoi j'aurais peur ?

– C'est à toi de nous le dire », répondit Mildred.

Haney s'assit. Il plongea la main dans la poche

de sa veste et en sortit quelques allumettes. Il en choisit une, la frotta contre la semelle de sa chaussure et commença à allumer son cigare. Un silence de mort régnait dans la pièce. Il tira quelques violentes bouffées, puis il se leva et se dirigea vers la porte.

Dans la salle, personne ne dit rien, personne ne bougea. En approchant de la porte, Haney tourna la tête de droite à gauche en petits mouvements saccadés. Il posa la main sur la poignée, commença à ouvrir la porte et se rendit compte que personne n'allait l'empêcher de sortir. Il respirait difficilement, maintenant, et son visage virait du rouge au pourpre. La sueur lui dégoulinait du menton. Ses lèvres tremblaient et ne serraient plus son cigare qu'il dût ôter de sa bouche.

Tout à coup, il lâcha un chapelet de jurons sonores, referma la porte à la volée et se retourna.

« Vous croyez que j'ai peur? demanda-t-il, s'adressant à la salle entière. Quand un homme a peur, il s'enfuit. Est-ce que vous m'avez vu m'enfuir? »

Il commença à faire le tour de la salle, allant d'une table à l'autre.

« Je ne fuis personne. Je peux vous regarder en face, tous autant que vous êtes. Je peux vous regarder droit dans les yeux et vous dire que j'ai la conscience tranquille. »

Il était à la table de Spann quand il dit cela, et Spann, pensif, fixait le centre de la table.

C'était comme s'ils se massaient tous autour de Haney, bien que personne n'ait bougé. Haney s'écarta de la table de Spann et recula vers le centre de la pièce.

« Maintenant, écoutez-moi, dit-il. Ecoutez bien ce que je vais vous dire. Si je n'avais pas la conscience tranquille, est-ce que je serais venu ici, ce soir ? »

Mildred quitta sa table et avança vers Haney. Elle lui dit :

« Tu es venu ici pour nous placer ton baratin.

– Quoi ? fit Haney, écarquillant les yeux. Quel baratin ? Toute la soirée, je n'ai pas arrêté de raconter des histoires.

– Pour nous faire rire, dit Mildred. Pour amuser la galerie. Comme si on était des attardés mentaux, incapables de réfléchir ou de réagir. »

Elle s'approcha encore de Haney, qui commença à battre en retraite devant elle.

Elle poursuivit :

« Tu as fait une grosse erreur. Tu nous as pris pour des imbéciles. »

Puis son poing partit à toute volée et elle frappa Haney en plein visage. Elle le frappa de nouveau et il se plia en deux en laissant échapper un hurlement. Mildred leva le bras pour frapper une troisième fois, mais elle vit Shealy secouer la tête, comme pour l'avertir. De la fenêtre, Cassidy remarqua ce geste, et vit que Mildred tenait compte du conseil de Shealy. Tournant le dos à Haney, elle regagna sa table.

Elle s'assit, alluma une cigarette et la fuma tranquillement. Elle se comportait comme s'il ne s'était rien passé. Avec un râle, Haney reprit longuement son souffle. Il fit quelques pas vers Mildred, les bras écartés comme pour l'implorer, mais une idée soudaine dut lui traverser l'esprit car il fit brusquement volte-face et se précipita vers la table où Shealy était assis avec Doris. Au même moment, Lundy passait près de la table et barra involontairement la route à Haney qui le bouscula.

Haney saisit Lundy et l'écarta violemment.

Lundy heurta une table, trébucha et tomba à terre. Il eut un cri de chien blessé et s'assit sur le plancher, puis ses glapissements furent noyés par les grondements sourds qui s'élevèrent de toutes les tables.

Cassidy vit tous les clients se lever lentement de leurs sièges. Avec un sourire suave, Spann regardait la longue lame de son couteau jaillir du manche et se rétracter comme la langue d'un serpent. Haney se retourna pour leur faire face et Cassidy découvrit la terreur qui habitait son regard.

Puis Shealy fit signe aux hommes de se rasseoir. Au même moment, Haney avait lancé un coup d'œil à Shealy et intercepté son geste, et maintenant, son expression de terreur avait disparu, laissant place à une moue insolente de défi ouvert : Haney s'approcha de Shealy et lui lança :

« Ne te crois pas obligé de me faire une faveur. S'ils ont envie de me sauter dessus, laisse-les faire. Il n'y en a pas un seul qui me fasse peur, ici. »

De s'entendre ainsi clamer sa propre bravoure lui remonta le moral. Il dévisagea tous les hommes tour à tour et déclara :

« Si ça vous tente, je suis à votre disposition. Je vous attends.

– Calme-toi, dit Shealy. On peut très bien régler cette question tranquillement. »

Haney fronça les sourcils. Silencieusement, il interrogeait Shealy du regard, et sans dire un mot, Shealy lui répondit. Cassidy les observa tandis qu'ils échangeaient cette conversation muette. Cela dura un certain temps, et peu à peu, le regard de Cassidy se détacha d'eux et vint se poser sur Doris. Il observa la façon dont elle tenait son verre vide. Tous les autres occupants de la salle regardaient Haney, mais Doris fixait son verre, attendant que quelqu'un le remplisse. Le seul contact que possédait Doris avec le monde extérieur était ce verre vide. Cassidy s'en rendait parfaitement compte, en l'observant à travers la fenêtre, et du même coup, il comprenait beaucoup d'autres choses.

Cette soudaine prise de conscience était presque une réalité tangible, comme une page de livre contenant des vérités premières imprimées noir sur blanc. Cassidy comprenait, maintenant, la totale inutilité de sa tentative de sauver Doris. Il n'y avait aucune possibilité de la sauver. Elle n'avait aucune envie d'être sauvée. Tous les efforts que Cassidy avait faits pour l'arracher à l'alcool partaient d'une présomption erronée, et son propre mobile, maintenant qu'il le considérait de façon objective, avait été beaucoup plus égoïste que désintéressé. La pitié qu'il ressentait pour Doris n'avait été que le reflet de celle qu'il éprouvait envers lui-même. Et si Doris lui avait semblé si nécessaire, c'était parce qu'il avait besoin de trouver en lui-même quelque chose de noble et de chevaleresque.

Il comprenait, maintenant, que ses bons sentiments s'étaient portés dans la mauvaise direction. Il s'en était fallu de peu qu'il ne joue à Doris un tour fatal. Elle était ce qu'elle était, et elle ne serait jamais autre chose. Elle était en communion parfaite et permanente avec sa bouteille d'alcool, sa compagne inséparable.

Quand Cassidy eut compris cela, il raya Doris de sa mémoire. Et la pensée qui lui vint alors à l'esprit fut le début d'une nouvelle découverte, mais avant qu'il puisse y réfléchir plus longuement, Haney Kenrick attira son attention.

Il vit Haney s'éloigner de la table et s'avancer

vers le centre de la pièce d'une démarche parfaitement assurée et quelque peu prétentieuse.

Mais maintenant, la salle avait des allures de tribunal, et il y avait quelque chose de cérémonieux dans la façon dont Shealy se levait, se penchait par-dessus la table et brandissait l'index vers Haney en déclarant :

« Tu as menti à la police. Mais tu ne peux pas nous mentir, à nous. »

Haney fut sidéré. Il resta pétrifié. Tournant toujours le dos à Shealy, il répondit :

« Je ne sais pas de quoi tu veux parler.

– Encore un mensonge. »

Haney serrait son cigare entre ses dents. Il le mâchonnait furieusement. Rassemblant ses forces pour se montrer plus arrogant encore, il demanda :

« De quel droit me traites-tu de menteur ? »

Mildred se leva de nouveau.

« Nous savons la vérité.

– Vraiment ? »

Haney parvint à ricaner.

« Racontez-moi ça. »

Mildred serra les poings et fit un pas vers Haney. Mais cette fois elle parvint à se contenir. En tendant le bras vers l'autre bout de la pièce, elle dit :

« Il y a un téléphone, là-bas. Tu le vois, Haney ? »

Haney regarda l'appareil. Puis il regarda Mildred, et de nouveau, le téléphone.

« Voilà ce qu'on veut que tu fasses, dit Mildred. On veut que tu ailles au téléphone et que tu mettes une pièce dans l'appareil. »

Tout en parlant, elle reculait lentement vers la table de Pauline et de Spann.

Elle reprit :

« Mets une pièce dans l'appareil, et appelle la police.
– Quoi ? marmonna Haney, les yeux toujours fixés sur le téléphone. Qu'est-ce que tu as dit ?
– La police », répéta Mildred.
Maintenant, elle se trouvait devant Spann. Elle passa son bras droit derrière son dos pour que Haney ne puisse pas voir ce qu'elle faisait.
Cassidy vit sa main monter et descendre, et il comprit aussitôt. Silencieusement, elle demandait à Spann de lui donner son couteau. Spann glissa le cran d'arrêt dans sa paume et Mildred referma les doigts autour du manche.
« Appelle la police, ordonna Mildred, et dis-leur la vérité. »
Haney la regarda et sourit. C'était un sourire étrangement déformé et il y avait une lueur bizarre dans le regard de Haney.
« Tu me supplies de le faire, si je comprends bien.
– Si tu veux, dit Mildred. Je te supplie de le faire.
– Moi, ce n'est pas comme ça que je supplie... »
Haney respirait difficilement.
« ... Tu sais comment je supplie... »
Il soufflait de plus en plus fort, et l'air sifflait entre ses dents. Il regardait Mildred comme s'il était seul avec elle dans la pièce.
« ... Quand je supplie, je me mets à genoux. Tu t'en souviens, Mildred ? Tu te rappelles comment je me mettais à genoux ? »
Cassidy vit que Mildred, derrière son dos, soupesait le couteau pour l'avoir bien en main. Il agrippa le rebord de la fenêtre et se dit qu'il devrait entrer tout de suite pour arracher le couteau des mains de Mildred.

« Voyons comment tu fais, dit Haney. Fais-nous voir comment tu te mets à genoux pour me supplier... »

Il eut un rire gras.

« ... Mets-toi à genoux...

– Je le ferais, dit Mildred, si je savais que cela pouvait servir à quelque chose. »

Le rire de Haney s'arrêta net.

« Rien ne servirait à rien... »

Il fit un pas vers elle.

« ... Maintenant, j'ai enfin ce que je veux. Je peux dire que je suis drôlement en train de te posséder, non ? »

A ce moment, il perdit légèrement son calme et sa voix se fit stridente.

« Maintenant, tu l'as vraiment dans le baba et je peux faire ce que je veux de toi. »

Haney rit de nouveau, mais son rire s'étrangla quand Mildred mit son bras droit devant elle et qu'il vit la lame du couteau pointée sur son estomac.

« Je ne plaisante pas, dit Mildred. Tu as tout fait pour mettre mon homme dans le pétrin. Maintenant, tu vas le tirer de là, ou je te tue. »

Haney Kenrick resta figé, regardant Mildred avancer vers lui. Pendant un instant, il ne fut plus qu'une masse pétrifiée par la peur, mais brusquement, il se secoua, il explosa, en proie à une rage aveugle. La coupe débordait. C'en était vraiment trop. C'était vraiment trop injuste que Cassidy soit tout pour Mildred, et que lui, Haney Kenrick, ne soit rien d'autre qu'un gros tas de graisse qui attendait, impuissant, de servir de cible à la lame du couteau.

Sa rage explosa et Haney prit un risque insensé. Il se jeta sur Mildred, abattant ses bras devant lui. Sa main se referma sur le poignet de

Mildred, le tordit brutalement, et le couteau tomba sur le sol. Son autre main formait déjà un poing énorme qu'il tenait à hauteur de l'épaule, prêt à frapper. Haney se dit qu'il allait lui marteler le visage. Il allait massacrer ce visage superbe qu'il avait adoré. Pendant un instant, il savoura le plaisir d'imaginer Mildred défigurée.

Au même moment, Cassidy ouvrit la fenêtre et fit irruption dans la pièce, bondit sur Haney et l'assomma en abattant ses deux poings sur son crâne. Haney recula, titubant, et Cassidy frappa de nouveau, l'envoya au tapis, le releva et le terrassa une seconde fois. Haney essayait de se protéger, mais Cassidy passa ses deux bras autour de sa gorge, le souleva de terre et le traîna à travers la pièce jusqu'au téléphone mural.

Shealy était déjà au téléphone. Il avait mis une pièce dans l'appareil et il demandait à l'opérateur de lui passer la police.

« Non, gargouilla Haney.

– Non ? »

Cassidy resserra son étreinte sur la gorge de Haney.

Haney gargouilla de nouveau et parvint à dire : « D'accord. »

Puis Haney prit le téléphone. A l'autre bout du fil, un officier de police lui demanda de parler plus distinctement, ce que Haney avait beaucoup de mal à faire. Il hoquetait et il sanglotait.

Tous les clients avaient quitté leur table et ils se pressaient autour de Haney, maintenant, et quand Haney parut ne plus pouvoir tenir sur ses jambes, ils s'approchèrent obligeamment pour le maintenir debout tant qu'il serait au téléphone. Lorsque Haney commença à parler de façon compréhensible, Cassidy s'éloigna du groupe et chercha Mildred des yeux.

Il la découvrit assise seule à une table, au fond de la salle. Elle avait passé un bras par-dessus le dossier de sa chaise et elle était tranquillement assise, l'air détendu. Cassidy prit un siège de l'autre côté de la table.

« Où habites-tu maintenant? » demanda-t-il sans la regarder.

Mildred haussa les épaules.

« Je suis revenue à l'appartement. »

Elle jouait avec une allumette carbonisée, traçant une sorte de dessin sur la table avec l'extrémité noircie. Elle dit :

« Je regrette d'avoir jeté tes vêtements dans le fleuve. »

Cassidy ne la regardait pas. Une grosse boule dure lui bloquait la gorge. Il pencha la tête de côté et se mordit très fort la lèvre.

« Qu'est-ce qu'il y a? dit-elle. Hé! Cassidy, regarde-moi. Qu'est-ce que tu as?

– Ce n'est rien. »

Il avala la boule qui lui serrait la gorge, mais il n'arrivait toujours pas à regarder Mildred.

« Ça ira mieux dans un moment. Alors, je te dirai ce que j'ai. »

DU MÊME AUTEUR

Aux Éditions Gallimard :

LE CASSE.
CAUCHEMAR.
LA NUIT TOMBE.
SANS ESPOIR DE RETOUR.
VENDREDI 13.
TIREZ SUR LE PIANISTE.
L'ALLUMETTE FACILE.
LES PIEDS DANS LES NUAGES.
LA PÊCHE AUX AVAROS.

Aux Éditions Fayard :

LA LUNE DANS LE CANIVEAU.
LA GARCE.
CASSIDY'S GIRL.

Chez d'autres éditeurs :

DESCENTE AUX ENFERS.
ÉPAVES.

« Composition réalisée en ordinateur par IOTA »

IMPRIMÉ EN FRANCE PAR BRODARD ET TAUPIN
58, rue Jean Bleuzen - Vanves - Usine de La Flèche.
LIBRAIRIE GÉNÉRALE FRANÇAISE - 14, rue de l'Ancienne-Comédie - Paris.
ISBN : 2 - 253 - 03456 - 8

30/5938/3